13 DIAS DE MEIA-NOITE

LEO HUNT

13 DIAS DE MEIA-NOITE

Tradução de
ERIC NOVELLO

Título original
13 DAYS OF MIDNIGHT

Esta obra é de ficção. Nomes, personagens, lugares e incidentes são produtos da imaginação do autor; se forem reais, foram usados de forma fictícia.

Copyright © 2015 *by* Leo Hunt

Todos os direitos reservados.
Nenhuma parte desta obra pode ser reproduzida ou transmitida por qualquer forma, ou meio eletrônico ou mecânico, inclusive fotocópia, gravação ou sistema de armazenagem e recuperação de informação, sem a permissão escrita do editor.

Direitos para a língua portuguesa reservados
com exclusividade para o Brasil à
EDITORA ROCCO LTDA.
Av. Presidente Wilson, 231 – 8º andar
20030-021 – Rio de Janeiro – RJ
Tel.: (21) 3525-2000 – Fax: (21) 3525-2001
rocco@rocco.com.br
www.rocco.com.br

Printed in Brazil/Impresso no Brasil

Preparação de originais
NINA LUA

CIP-Brasil. Catalogação na fonte.
Sindicato Nacional dos Editores de Livros, RJ.

H921d	Hunt, Leo 13 dias de meia-noite/Leo Hunt; tradução de Eric Novello. – Primeira edição – Rio de Janeiro: Fantástica Rocco, 2018. Tradução de: 13 days of midnight ISBN 978-85-68263-70-9 (brochura) ISBN 978-85-68263-72-3 (e-book) 1. Ficção inglesa. I. Novello, Eric. II. Título.
18-51546	CDD–813 CDU–82-3(73)

Vanessa Mafra Xavier Salgado – Bibliotecária – CRB-7/6644

O texto deste livro obedece às normas do
Acordo Ortográfico da Língua Portuguesa.

Para meus avós

1

O CÍRCULO SE ABRE

A primeira coisa que acontece é eu abrir um envelope e a morte do meu pai cair na mesa do café da manhã. Sempre achei que ficaria sabendo disso pelos jornais, ou que talvez uma notícia como essa fosse entregue por um anjo segurando um pergaminho dourado, o rosto perfeito marcado pelo pesar. Em vez disso, estou sentado com o cabelo desarrumado, vestindo o pijama do avesso, lendo uma carta impressa em tinta preta comum em papel branco de escritório. O papel timbrado é da *Berkley & Co.*, que enviou uma mensagem curta informando sobre a morte dele. Minha presença é solicitada em uma reunião hoje à tarde com o advogado, "relativa à minha herança".

Não há nenhuma menção à minha mãe, o que é estranho. Está endereçada apenas a mim. Não tenho certeza do que sentir. Eu estava na metade de uma tigela de cereal quando abri a carta, e agora meus flocos de trigo derreteram, transformando-se em algo que parece areia molhada.

Pego os restos do meu café da manhã e vou até a pia. Lá fora, no jardim dos fundos, o Presunto choraminga e bate na porta. Eu o coloquei lá fora e esqueci; ele deve estar ensopado a essa altura. Abandono minha tigela na pia e atravesso a cozinha para deixá-lo entrar. Quando abro a porta, ele passa voando por mim como um cachorro possuído, deixando marcas de patas molhadas no piso.

Não vejo meu pai, a não ser na televisão, desde que tinha seis anos. Ele não é — era — exatamente o que alguém chamaria de *super*famoso, mas a maioria das pessoas provavelmente o reconheceria. O rosto dele aparece bastante se você começar a vasculhar as cestas de livros com desconto nos supermercados ou assistir a reprises tarde da noite dos vários programas sobre paranormalidade dos quais ele participou. Até alguns anos atrás, eu recebia um cartão no meu aniversário, mas desde então nem isso. Acho que poderia ter falado com ele no telefone se tivesse me esforçado muito — talvez deixando um monte de mensagens no seu escritório —, mas nunca tentei. Deixou claro não querer muito contato conosco. Eu sempre achei que teríamos algum reencontro desconfortável quando eu fosse mais velho, mas, pelo visto, agora não vou ter nem isso. Olho para o jardim lá fora, maçãs de outono vermelhas penduradas na árvore. Depois das árvores há uma parede de pedra, e então grama e ovelhas. O céu está cinza, e as nuvens, pesadas e disformes.

Ouço a minha mãe nas escadas e, antes de pensar direito no que estou fazendo, corro de volta pela cozinha e escondo a carta do advogado no bolso. É claro que eu deveria contar para ela. Deveria ser a primeira coisa a sair da minha boca: *Meu pai morreu.* Três pequenas palavras, mas não digo nada. Fico de pé fingindo examinar meu suco de laranja quando ela entra, vestindo aquele treco que parece um poncho que ela veste toda manhã, e começa a perambular e fazer barulho procurando algo para comer. Será que ela já sabe? Não parece. Ela mal conseguiu lidar com a separação; se soubesse que ele está morto, duvido que estivesse se aguentando em pé.

Estou preocupado com a reação dela. Ele era famoso o suficiente para isso sair em algum noticiário. Ela vai descobrir. Eu realmente deveria contar para ela agora.

— Bom dia — digo para a minha mãe, como se nada atípico estivesse acontecendo.

— Bom dia, querido — diz ela, meio que se virando para mim, dando um pequeno sorriso sonolento.

Minha mãe abre um ovo na lateral da frigideira. Obviamente já passou da fase vegana. O momento de falar parece passar, e fico de pé sem fazer nada. O Presunto reaparece, as unhas fazendo barulho no piso a cada passo que dá. Ele é um cão de caça, uma mola tensa de pelos cinza e tendões. Tem um focinho longo e majestoso, mas a cabeça é coroada por um tufo pálido que me lembra um pintinho. Ele pressiona a cabeça úmida contra a minha mão. Apesar de todos os crimes que já cometi contra ele — as visitas ao veterinário, os remédios de verme e os passeios forçados na chuva —, o Presunto acredita que sou uma boa pessoa. Ele resmunga enquanto massageio seus ombros.

O nome da minha mãe é Perséfone — mas ela é fã de reinvenções; então talvez a sua certidão de nascimento diga algo diferente. Ela não tem um relacionamento próximo com seus pais. É alta e esguia, com cabelos loiros que parecem cordas desfiando. Acho que a melhor forma de explicá-la é dizer que ela não *faz* muita coisa, ou melhor, que ela começa coisas e não termina, seja uma carta, um livro, uma refeição ou o plano antigo de montar uma loja de cristais. Ela está interessada no poder recuperador dos cristais. Ela também se interessa por cartas de tarô, numerologia, regressão a vidas passadas, teorias de astronautas antigos, Reiki e livros de pessoas que conheceram anjos ou mudaram suas vidas através do pensamento positivo — a parceira perfeita para um especialista profissional em fantasmas como meu pai. Ou deveria ter sido, pelo menos. Minha mãe não se interessa muito por arranjar um emprego, limpar a casa ou ir a reuniões de pais e professores. Acho que, apesar da separação, meu pai deve ter cuidado da questão do dinheiro; então não vá achando que passei por maus bocados: luz cortada, caixas vazias no Natal ou coisas assim. Somos clientes regulares das lojas de comida orgânica e, desde o início do ensino médio, sempre tive os tênis certos, o corte de cabelo correto e roupas de marca, o que é importante se eu quiser continuar a andar com o Kirk, o Mark e os outros. Eu não sei o que vai acontecer em relação ao dinheiro, agora que meu pai se foi. Noto que minha mãe está olhando pela janela com uma expressão meio vazia, o que me leva a pensar que ela já deve ter tomado uma das suas pílulas para dor.

É que a minha mãe tem um negócio chamado cefaleia em salvas. Eu já me sinto mal quando tenho uma dor de cabeça normal, padrão, como se alguém estivesse enrolando uma corda em volta do meu crânio, mas cefaleia em salvas dá dores de cabeça elevadas à enésima potência. É pior do que enxaqueca. É tão ruim que é como se alguém tivesse enfiado um espeto de ferro em brasa no seu rosto, de acordo com os panfletos que dão para membros da família para nos ajudar a entender a condição. Quando minha mãe está tendo uma crise, ela precisa se refugiar no quarto com as cortinas totalmente fechadas e ficar lá por dias e dias com uma venda nos olhos e gelo na testa.

Então é assim que as coisas são com a minha mãe. Ela não é de todo má, para ser sincero. Nós dois nos damos bem porque ela não se interessa muito pelas minhas notas, ou em saber quem são meus amigos ou quanto tempo eu passo fora com eles, que são os motivos para meus amigos brigarem com os pais deles. Ela é estranha, mas pelo menos não bebe durante a semana que nem a mãe do Kirk, nem tem um sorriso ritualístico e um fluxograma de perguntas educadas como a do Mark, que eu acho que é um androide maternal que o pai dele construiu com um kit entregue pelo correio.

— Um dia meio azul — diz minha mãe. Não tem nada no dia que possa ser remotamente descrito como azul, mas o comentário confirma que ela não recebeu a notícia. Não tenho nenhuma ideia de como puxar o assunto.

— É — falo, apertando os ombros e as costas do Presunto. Acabei de me dar conta de que vou ter que matar aula hoje. Já estou bem atrasado por causa da carta, não que a minha mãe tenha notado. Minha reunião com o advogado do meu pai é no início da tarde, mas os ônibus até o centro vão pelo caminho mais longo; então é mais fácil simplesmente não ir à escola do que tentar fugir no intervalo de almoço. Se eles perguntarem onde eu estava, tenho um trunfo de primeira categoria. Os professores vão todos se esforçar ao máximo para facilitar as coisas quando descobrirem o que aconteceu. Eles vão comer na palma da minha mão por alguns meses.

— Espero que a gente veja alguns pássaros hoje — diz ela, gesticulando em direção ao alimentador de pássaros que pendurou em uma das macieiras. Esse é um projeto recente.

— Aposto que vão ficar nas nuvens com a comida — comento. Ela passa o ovo para um prato. — Sabe... Porque eles sempre ficam nas nuvens.

Minha mãe sorri lentamente. Ela não se vira, mas posso ver o fantasma de um sorriso em seu reflexo. Dura apenas alguns instantes.

Caminho até ela. Presunto me segue, bufando e cabeceando minhas pernas.

— Tenho que me aprontar para a escola agora — digo. — E eu vou chegar tarde em casa. Tenho treino de rúgbi hoje à noite.

Não tenho, mas não sei quanto tempo a reunião vai demorar.

— Faça coisas boas hoje — diz ela. — Você é uma pessoa especial.

Quando a abraço, consigo sentir todos os ossos nas costas dela.

Meu nome é Luke Manchett e tenho dezesseis anos. Moro em uma cidade chamada Dunbarrow, no alto das colinas do nordeste da Inglaterra. Nasci na região central, mas, quando o processo de separação começou, minha mãe teve a ideia romântica de fugir para uma casa no campo, o que acabou se mostrando bem menos romântico depois de dez anos de garoas intermináveis e fofocas de cidade pequena. Não me entenda mal: tenho certeza de que é um ótimo lugar para se visitar em um tour de ônibus se você tiver sessenta anos. Tem muitas igrejas históricas, túmulos, altares de sacrifício celtas e coisas parecidas. Quando você tem dezesseis anos, Dunbarrow consiste em uma rua principal brega, um bar que talvez não peça sua identidade, campos molhados cheios de ovelhas e um labirinto de condomínios populares onde você não quer que os garotos achem você, a menos que conheçam seu rosto. Eu moro na Wormwood Drive com a minha mãe, em uma casa considerada chique por ter um jardim nos fundos e outro na frente. Fica localizada nos arredores da cidade, e o muro do jardim nos separa dos cercados de ovelhas, que se espalham daqui até o horizonte. Minha mãe adora isso porque é natural e orgânico, e as ovelhas são tão *incrivelmente* orgânicas — e rurais — e nem por um instante fazem você querer se matar quando encara sem querer os olhos mortos e vazios delas, imagine.

Nós perdoamos o fato de que nada acontece em Dunbarrow porque estamos mais próximos da única cidade da região, Brackford, do que Throgdown e Sheepwallow e todos os outros minúsculos vilarejos mais para o interior. Brackford é um gigante de ferro que está enferrujando, caído, ainda tentando se levantar décadas depois de as minas terem sido fechadas e os estaleiros, abandonados. O céu está sempre cinza e o vento vem forte do mar cor de concreto, correndo selvagem pelas fileiras de casas com varandas.

De qualquer modo, o que acontece agora é que desço nossa colina normalmente, com minha mochila da escola e tudo, e então vou para a rodoviária e troco meu uniforme no banheiro. Passo quase quarenta e cinco minutos sendo levado até Brackford. Ao chegar, compro um lanche (hambúrguer e batata frita), perambulo por algumas lojas de música e dou uma olhada em umas chuteiras chiques. Os lugares estão todos decorados, prontos para o Dia das Bruxas: há esqueletos de papel e bruxas de plástico pendurados nas vitrines. Em geral, quando matamos aula, é porque o Kirk está com a casa livre e podemos abrir algumas das cervejas da mãe dele e jogar Xbox. Eu preferiria isso a uma reunião com os advogados do meu pai. Realmente deveria ter falado com a minha mãe sobre a carta. Ela tinha que estar comigo. Sei que deveria voltar para casa, contar para ela, e então reagendar a reunião para outro dia, mas às 13:45 estou sentado na recepção da Berkley & Co. Na mesa à minha frente tem uma secretária loura, que estuda a tela do computador com os movimentos de cabeça compulsivos de um pássaro enjaulado. Depois de meia hora, ela assente ansiosamente na minha direção e eu entro.

O escritório do sr. Berkley é como eu esperava — estéril e prático. Tem uma mesa grande e preta, arquivos de um cinza fosco e um calendário coberto de anotações na parede. A mesa está vazia, exceto por uma caneta tinteiro e um relógio de ouro antigo com um pêndulo reluzente balançando. Nenhuma foto de família.

O sr. Berkley tem muitas rugas, mas a aparência dele ainda é marcante, como uma daquelas pessoas mais velhas que dá para ver que já foram bonitas, com cabelo cinza esbranquiçado que ele penteia para trás como o protagonista de um filme da década de 1930. Ele tem uma barba elegante e dentes grandes e perfeitos que parecem ter custado mais do que o carro de algumas pessoas. Está vestindo um terno cinza-claro e uma camisa cor-de-rosa, sem gravata, e está lendo alguma coisa de um pequeno caderno, que guarda em uma gaveta assim que entro na sala. Parece rico, mais do que rico — é como se o dinheiro tivesse criado vida e se sentado à minha frente. Ele se levanta e quase me cega com seu sorriso antes de se esticar por cima da mesa e apertar minha mão com força, ao mesmo tempo que indica a cadeira de frente para ele. Seu cheiro é de loção pós-barba com especiarias. É coisa demais para absorver de uma vez só.

— Luke — diz ele, sorrindo como se nós dois tivéssemos acabado de ganhar na loteria. — Senhor Luke A. Manchett, presumo? Filho e herdeiro do falecido dr. Horatio Manchett?

— Ahm, oi — digo. Os olhos do sr. Berkley são tão azuis que as íris parecem artificiais, como se fossem feitas de plástico. Ele parece amigável, mas sinto como se estivesse me avaliando para alguma coisa. Eu me remexo na cadeira.

— Peço desculpas pela espera — continua ele. — Tive muita coisa para resolver hoje. Petições inesperadas, antigos amigos pedindo para renegociar acordos... estive sobrecarregado. Espero que possa me perdoar.

— Está tudo bem, de verdade.

— Obrigado, meu rapaz. O perdão é uma virtude e tanto, não é mesmo? A alma aliviada flutua mais facilmente no rio gelado.

— Isso é, tipo, poesia? — pergunto.

— Não — responde ele. — Na verdade, não é. Acredito que seja mais um conselho. Mas me esqueci de quem é. Enfim, o que eu queria dizer, antes de começarmos a discutir os detalhes, é que me agrada pensar que eu e seu falecido pai éramos próximos. Horatio foi um grande homem. Sua perda é uma perda para todos nós.

Não tenho certeza se ser apresentador de um programa cafona de televisão com temática paranormal qualifica a pessoa como um "grande homem", mas não parece ser o momento certo para discutir isso.

— Eu não conhecia ele tão bem assim — conto.

— Ele lamentava o afastamento entre vocês. Isso eu posso garantir.

— Prefiro... eu não conheço você. Senhor. Prefiro não conversar sobre isso. Desculpe.

— Desculpe, desculpe. Bem, Luke, como sabe, pedimos a você que viesse com alguma urgência para tratar de sua herança. Seu pai deixou claro o desejo de que você fosse contatado assim que possível. Entendo que a pouca antecedência possa ter sido um pouco inconveniente. Espero que seus tutores tenham sido compreensivos.

Dou de ombros.

— Enfim. Vamos direto ao assunto. Luke, pedi que viesse aqui hoje para informá-lo de que é o único beneficiário do testamento de Horatio. Você herdará todo o patrimônio dele, tanto dentro quanto fora do país, assim como os rendimentos futuros das vendas de livros e vídeos digitais. Há também a questão da conta bancária criada para seu uso pessoal contendo uma soma de mais de seis milhões de dólares, valor que, convertido para libras esterlinas, dá cerca de quatro milhões de libras...

Ele continua a falar, mas sua voz se transforma em um sussurro abafado pela explosão de fogos de artifício que começou na minha cabeça. Sinto como se minha cadeira tivesse acabado de descarregar um choque de mil volts no meu corpo. Eu achava que meu pai ganhava bem com o programa de TV, mas não sabia que era *tão* bem assim. Sou um milionário. Não só isso, sou um multimilionário. Uma série de fotos de revista passa em flashes pela minha cabeça: mesas VIP, garrafas de bebidas caras em boates, suítes em coberturas. Não consigo acreditar que ontem mesmo eu estava preocupado com minhas provas. Quem se importa com elas? Também não vou precisar implorar para a minha mãe para ter meu próprio carro, o que é ótimo, porque ela tem ignorado completamente minhas indiretas e não notou as revistas de automóveis que venho deixando na sala nos últimos seis meses. Eu me imagino dirigindo uma Ferrari laranja fosforescente, com Holiday Simmon no banco do carona, o cabelo dela reluzindo na luz de um pôr do sol tropical enquanto nós...

— Luke?

— Sim — falo, não tendo ouvido uma única palavra do que o sr. Berkley disse.

— Então entende o que estou lhe dizendo hoje?

— Aham. Patrimônio do papai. Seis milhões de dólares. Dentro e fora do país. Vendas de DVD.

— Esse era o panorama geral, sim. Agora, como único beneficiário do testamento, existem certos passos que precisa tomar para poder herdar...

— Ele não deixou nada para outra pessoa? — Sempre pensei que deveria ter pelo menos uma outra mulher: loura, magra, metade da idade dele.

— Como eu disse, Luke, único beneficiário. Ele exigiu que você fosse contatado sozinho sobre esse assunto, não sua mãe ou qualquer outra pessoa. Ele foi bem claro quanto a isso. Agora, a primeira coisa que preciso que faça é assinar alguns documentos, indicando que entende o que estou dizendo a você hoje e que está disposto a assumir a responsabilidade completa pelo patrimônio de seu pai.

Manda ver, quero gritar para ele. *O que quer que seja necessário. Mostre o dinheiro.* Vim aqui esperando herdar algumas abotoaduras ou um relógio. Berkley vasculha a gaveta da mesa por alguns instantes. Eu observo o pêndulo do relógio oscilando.

— Aqui estão — diz ele, depositando algumas folhas de papel na mesa. Folheio algumas. As do topo são documentos jurídicos comuns, digitados em computador, impressos em papel-carta. Eu os assino com a caneta tinteiro de Berkley. A última página é diferente, e eu hesito. É uma folha de pergaminho áspera e amarela, e o texto foi escrito à mão com algum tipo de tinta marrom esquisita. A caligrafia é minúscula e floreada, uma confusão frenética de letras góticas. Aperto os olhos, mas não consigo ler nada.

— O que é isso? Isso está em inglês? — pergunto para Berkley.

— Está em latim, meu garoto. Algum problema?

Passo meu dedo pelo pergaminho. Parece áspero, fibroso.

— Velino — diz o sr. Berkley. — Feito de pele de cabra. Difícil de encontrar esses dias, como você certamente deve imaginar. Temos um fornecedor em Cúmbria.

Descanso a caneta no espaço em branco no final da página. Berkley se inclina para a frente. Levanto a ponta da caneta. O relógio dourado faz tique-taque, um som constante e baixinho.

— O que estou assinando? — pergunto.

— Como expliquei, Luke, seu pai...

— O que estou assinando aqui? Por que isso está escrito em latim e em pele de cabra?

Berkley passa a mão em seu cabelo lustroso. Ele solta ar pelo nariz.

— Luke, sei que é provável que isso pareça... atípico, mas Horatio certamente não era uma pessoa muito comum. Foram estipuladas diversas regras que precisam ser cumpridas antes de você receber qualquer parte do dinheiro ou dos ativos dele. A primeira regra é que esse documento específico precisa ser assinado por você hoje. Essa é uma solicitação bem específica, feita em um testamento juridicamente vinculativo. A menos que assine esse documento aqui e agora, tenho ordens para dissolver o patrimônio do falecido dr. Manchett e, com o dinheiro resultante, fazer contribuições para diversas organizações de caridade. Você e sua mãe não receberiam um único centavo. Tudo muito nobre, acredito que concordará, mas não creio que seja o resultado que você deseja, e francamente também não é o resultado que eu gostaria de ver hoje. Se quiser ler as instruções que seu pai me deixou sobre esse assunto, tenho os documentos aqui.

Berkley pega alguns documentos encadernados de outra gaveta e empurra tudo na minha direção. Tem mais parágrafos e subcláusulas do que eu conseguiria ler se sentasse aqui o dia inteiro, mas com certeza a assinatura em cada um dos papéis é do meu pai. Eu a reconheço pelos cartões de aniversário que ele mandava.

Baixo os olhos para meus tênis. A coisa toda é bem estranha. Meu pai deixa tudo, absolutamente tudo, para um filho com quem não fala há uma década? Por que não minha mãe? Será que ele não confiava nela para administrar o dinheiro? Será que esse foi um dos motivos pelos quais os dois se separaram? Ele simplesmente decide me transformar em um multimilionário? Se eu não soubesse que isso é improvável, imaginaria até que tem uma câmera escondida me filmando, como se isso fosse uma pegadinha de um programa de humor. E o sr. Berkley está começando a me parecer bem esquisito, sorrindo demais, pedindo para eu escrever meu nome em *pele de cabra*...

Resolvo que não tenho muitas opções. A imagem de Holiday e eu andando de carro pelos Alpes é atraente demais. Estão me oferecendo mais do que jamais pensei que ganharia na vida, e isso é só o começo. Eu ficaria livre das provas, de precisar ter um emprego, até da minha mãe... quem recusaria? Pressiono a caneta de Berkley no velino e crio uma versão razoável da minha assinatura. A ponta fica presa nas fibras e preciso usar mais força do que o normal. Quando levanto a caneta, o relógio parece congelar por um breve instante, o pêndulo dourado imóvel, como se a sala decidisse pular um batimento do coração.

O sr. Berkley relaxa, reclinando-se na cadeira. Ele sorri, e dessa vez o sorriso chega aos olhos dele pela primeira vez.

— Acho que tomou a decisão certa — diz Berkley. — Devo destacar que há algumas outras condições que precisam ser cumpridas antes que as transferências do dinheiro e dos ativos possam ser feitas; não estou autorizado a divulgar as condições ainda. Mas estou confiante de que serão resolvidas em breve. Caso contrário, entrarei em contato dentro da próxima quinzena para providenciar todos os detalhes para você. Ah, e há alguns itens diversos que você herdou, que tenho ordens para entregar imediatamente. — Ele enfia a mão em mais uma gaveta e tira um feixe de papéis amarrado com uma fita, uma caixa de metal sem brilho que parece algo feito para guardar óculos e um livro verde.

— O que é isso? — pergunto, levantando o livro.

Ele é pequeno e grosso, só um pouco maior do que as bíblias que deixam nas gavetas de hotéis. Cheira a algo velho, quase podre, e o que consigo ver do papel parece tão amarelo quanto os dentes de um fumante. Está encadernado em couro verde pálido, sem título ou autor visível. Tem uma estrela de oito pontas dourada em relevo na capa. O livro tem um par de fechos de metal fosco. Tento abri-los, mas estão presos de alguma forma e deixam marcas dolorosas nos meus dedos.

— É uma antiguidade, pelo que fui informado — diz Berkley. — Não sei exatamente o que significava para seu pai, mas ele insistiu que recebesse isso imediatamente. Ele é bem valioso; então, por favor, seja cuidadoso. Sugiro que o trate com carinho.

Apoio o livro na mesa e pego a caixa de metal. Ela chacoalha ao ser levantada, soando como se tivesse vários pequenos objetos soltos dentro. Ela abre de um lado. Eu a inclino e uma chuva de anéis se derrama na madeira escura da mesa: anéis dourados e com pedras vermelhas, azuis, pretas. Um anel no formato de um leão, outro com um crânio sorridente encravado. Conto nove no total. Pego alguns aleatoriamente e os giro nas minhas mãos. São frios e pesados. Nunca vi meu pai sem eles; eram meio que sua marca registrada. Alguém deve tê-los arrancado de seus dedos depois que ele morreu.

Devolvo os anéis para a caixa.

— Ele não esperava que eu usasse eles, né? — pergunto.

— Ele queria que ficasse com eles — responde Berkley. — O que será feito deles depende inteiramente de você.

— E esses aqui? — pergunto, apontando para os papéis.

— Itens da mesa do seu pai, acredito. Correspondência etc. Ele queria que você os lesse.

Olho para a pilha desgrenhada de papéis.

— Eu tenho provas na escola, sabia? — digo.

— E tenho certeza de que seu pai ficaria muito feliz de saber da sua dedicação aos estudos — diz ele, sorrindo, sem um pingo visível de sarcasmo. — No estado atual, eles são um tanto quanto inconvenientes de transportar...

Só um instante, vou pegar uma pasta de documentos para você. — O sr. Berkley levanta e vai até um armário no fundo da sala. Volta com uma pasta de arquivos marrom e pesada. — É sempre bom ter uma dessas sobrando, considerando minha profissão. Nunca se sabe quando precisará de um lugar para guardar um contrato... pronto. Está tudo bem guardado agora.

O advogado enfia os papéis do meu pai na pasta, e então arruma o livro verde e a caixa de anéis junto dela. Ele empurra tudo na minha direção.

— Isso é tudo? — pergunto. A lembrança do dinheiro mais uma vez pipoca na minha mente, e então eu me pergunto de novo se isso é algum tipo de truque. Eu meio que torço para ele mostrar uma mala cheia de notas de cinquenta.

— Por enquanto. Como disse, você não receberá o dinheiro imediatamente. Existem aquelas condições pendentes que precisam ser atendidas, impostos a serem negociados, esse tipo de coisa. Detalhes, detalhes. Entrarei em contato quando estiver tudo resolvido.

— Tá, né — digo, guardando a coleção de anéis do meu pai de volta na caixa.

Eu me levanto e coloco o livro e os anéis no bolso do meu casaco. Os documentos estão dobrados embaixo do meu braço. O sr. Berkley se levanta depressa e estende o braço na minha direção. Aperto a mão dele.

— Permita-me dizer mais uma vez como lamento sua perda, Luke. Horatio era muito querido para mim. Foi deveras interessante finalmente conhecer seu herdeiro. Espero sinceramente que, se precisar de alguma coisa no futuro, qualquer coisa com a qual eu possa ajudar, não hesite em entrar em contato.

— Prazer em conhecer o senhor também — digo, arrancando minha mão da dele.

Resolvo logo que, depois de receber o dinheiro do meu pai, nunca mais vou falar com esse homem, pelo motivo que for. Nunca tive mais certeza de qualquer coisa na vida. Quero ficar o mais longe possível do relógio dourado fazendo tique-taque e do olhar perturbador dele. Dou um passo para trás, para longe dele, acenando um tchau com meu braço livre.

— Foi um prazer — diz o sr. Berkley. — Um prazer, Luke. Tenho certeza de que nos encontraremos novamente.

Eu separo algum tempo para perambular por Brackford depois disso, para parecer que fui treinar depois da escola, e pego o ônibus de volta para Dunbarrow às seis da tarde. Sentado no andar de cima, observando o céu que vai escurecendo e se espalhando eternamente por cima da rodovia, pedaços do meu dia quicam pela minha cabeça como bolas de fliperama. Sonhos dourados de riqueza, sapatos, jeans novos, carros, casas, misturados com pensamentos mais sombrios: a carta, minha mãe parada de pé na pia, dizendo que hoje era um *dia azul*. Berkley me estudando, me observando com os olhos de um azul vivo que não demonstravam nenhuma emoção. O pergaminho onde assinei meu nome, o livro verde que tenho aninhado no bolso do meu casaco impermeável. Sinto como se alguém tivesse feito uma oferta irrecusável e, em troca, eu tivesse concordado em fazer algo que ainda não entendo. Por que meu pai só pôs meu nome no testamento? E quanto à minha mãe? Como ele morreu, e por que ninguém, além de mim e Berkley, parece saber nada sobre isso? O que aconteceu com meu pai, exatamente?

Na última vez que o vi — além do dia em que ele nos deixou, além de vislumbres do rosto dele na capa de livros de bolso em liquidação —, eu tinha quinze anos, não tinha ido para a escola por causa de uma gripe e estava esparramado na frente da nossa TV. Suor escorria da minha testa e eu sentia meu corpo inchado e dolorido, como se alguém tivesse usado uma bomba de bicicleta em mim. Estava zapeando pela televisão e o rosto do meu pai apareceu na tela.

Ele andava comendo bem, dava para ver, e seu terno branco parecia um número menor do que o ideal. A barba dele parecia algo que você tiraria de um ralo, e os dedos estavam carregados de anéis.

Meu pai estava conversando intensamente com uma velha, convencida de que o falecido marido ainda assombrava a casa. Ela tinha visto o homem na cadeira favorita dele, dizia, ou não exatamente visto, mas sentido. Tinha sentido o cheiro dele, a loção pós-barba que usava desde seus dias no exército. Ela mencionou isso várias vezes, que ele tinha servido no exército, dando a esse detalhe mais peso do que o fato de ele estar morto. Um homem de hábitos, disse meu pai com gentileza, e ela concordou. A mulher disse que tinha visto as almofadas afundando, como se tivesse uma cabeça invisível ali. E toda manhã, contou, ela encontrava os sapatos dele do lado do tapete de boas-vindas — *não importava quantas vezes ela os colocasse de volta no sótão*. Ela falou essa última parte com a intensidade resfolegante das pessoas completa e verdadeiramente piradas.

Meu pai fez que sim com a cabeça e disse que gostaria de ver a cadeira, se pudesse. A câmera seguiu em direção à sala de estar. Com um ar solene, ela indicou a cadeira que o marido ainda apreciava, e meu pai tirou um dos anéis, pendurou-o numa corrente e, então, balançou-o em cima da cadeira, dizendo:

— Sim, sim, ainda posso sentir o espírito dele aqui. Ele ainda não atravessou.

Ele pegou a mão da viúva e, olhando bem fundo nos olhos dela, disse para uma mulher idosa em luto que seu marido precisava de ajuda para chegar à vida após a morte e que ele seria a pessoa a oferecer essa ajuda.

Ver aquele olhar fingido de amor e preocupação no rosto dele — porque ele direcionava aquele mesmo olhar para mim antes de ir embora, quando eu caía no parque ou ia falar com ele sobre os monstros no armário — doeu para caramba, como ser esfaqueado, e eu troquei de canal e tomei cuidado para não assistir ao programa dele de novo.

Está totalmente escuro, e uma garoa fina cai quando chego andando pela entrada de carros e abro a porta da frente. Percebo com irritação repentina que não estou enlameado nem carregando minha mochila esportiva, o que prejudica a credibilidade da minha história sobre o rúgbi, mas minha mãe não chega nem perto de notar. Ela está sentada no sofá com uma máscara facial cheia de gelo presa na cabeça, o que nunca é um bom sinal. Está ignorando uma novela. Presunto está deitado como um tapete vivo aos pés dela.

— Olá, querido.

— E aí, mãe? — Eu aperto a mão dela.

— Alguns pardais vieram ao jardim hoje. Sempre fiquei tão feliz de termos vindo para cá. Pássaros de verdade, sabe? Não só pombos. Como foi seu dia?

Descobri que meu pai ausente (seu ex-marido) está morto. Encontrei o advogado esquisito do papai e assinei um documento para ganhar quatro milhões de libras, com umas condições que nem sei quais são. Não sei se fiz a coisa certa.

— Foi tudo bem na escola. Não aconteceu nada.

Minha mãe sorri de um jeito meio aéreo.

— Você está bem? — pergunto.

— Andei tendo uns vaga-lumes nessa última hora. Não se preocupe.

Os "vaga-lumes" são faíscas e flashes que minha mãe vê no canto dos olhos quando uma dor de cabeça das grandes está por vir. Eu deveria ter dito algo para ela de manhã. Ela mal vai conseguir levantar pelo resto da semana. Eu não vou receber qualquer ajuda dela. Resolvo que podemos falar sobre meu pai quando ela melhorar. Ela parece estranha com a máscara de gelo azul néon, como uma figurante em um programa de super-heróis com orçamento muito baixo.

— Descansa, mãe. Vou lá fazer o jantar para mim.

— Bom rapaz. Fico feliz de ouvir isso. Seja bonzinho e alimente o Presunto, por favor? Ele está me perturbando o dia todo, arranhando e ganindo.

— Pode deixar.

Eu alimento Presunto com uma latinha de Ração Deluxe do Mr. Paws antes de empurrá-lo para fora. Coloco um pouco de macarrão para cozinhar. Quando fica pronto, minha mãe já se arrastou para a cama. Ela já devia querer se deitar há horas, mas sei que prefere esperar até eu voltar, para eu não chegar e encontrar a casa vazia. Tem uma tempestade começando, e, quando deixo Presunto entrar de novo, ele está ensopado, o pelo cinza colado nas costas e nas pernas magricelas. Ele me lança um olhar de lamentação quando eu rio e vai deitar embaixo de um aquecedor. Verifico minhas mensagens. Kirk mandou uma de tarde, dizendo que ele e Mark colocaram fogo na gravata do Nick Alsip com um bico de Bunsen na aula de química hoje. Kirk diz que foi "lendário". Obviamente perdi um dia muito importante na Dunbarrow High. Tomo um banho e, então, por impulso, vou para o corredor e pego o livro verde do meu pai do bolso do casaco impermeável. O vento aumenta lá fora. Dou uma olhada no livro sob a luz fraca do corredor. Berkley disse que era valioso. O que ele tem de tão especial? Passo um dedo pela estrela de oito pontas na capa. O couro é liso e frio.

Vou me sentar no sofá da sala, com a TV ainda balbuciando no fundo. Boto no mudo e tento abrir os fechos do livro. Estão presos, rígidos como cadáveres. Não cedem nem um pouco. Tento entender como forçá-los a abrir, mas não quero danificar o livro. Parece tão velho. Definitivamente não quero quebrá-lo para abrir — isso arruinaria o valor de venda. Eu o deixo de lado e assisto ao futebol na TV. A bola branca parece uma mancha minúscula em contraste com a grama verde.

Não sei que horas são. As janelas são olhos escuros na parede. A TV está adormecida, projetando uma luz azul vazia. Presunto está dormindo na frente dela, o peito peludo inflando e contraindo enquanto ele assobia nos seus sonhos. O vento é um barulho abafado lá fora, e posso ouvir alguma coisa — um cano, talvez — batendo contra as paredes. Estou deitado no sofá. O livro verde do meu pai está no meu peito, fechos trancados.

Eu me sento lentamente com uma sensação de que ainda estou dormindo. Empurro o livro de cima do meu peito para o braço do sofá. O aquecedor deve ter tido um curto ou algo parecido, porque consigo ver minha respiração pairando em nuvens. Levanto-me e atravesso a sala em silêncio rumo à cozinha. A única luz é o brilho do painel de controle do micro-ondas. As luzes não estavam ligadas quando eu sentei no sofá? Será que a minha mãe voltou e apagou tudo? Conforme minhas pupilas se dilatam para se adaptar, a escuridão se infiltra em mim e consigo enxergar com mais nitidez, daquele jeito que vemos quando não tem luz, a cozinha em tons suaves de cinza. Do lado de fora da janela, no jardim, as macieiras estão se debatendo. O ruído do vento está mais alto aqui. O céu é um redemoinho de manchas negras, o horizonte manchado de laranja sujo pelas luzes distantes da rua.

O frio do piso está escalando minhas pernas, tentando chegar às minhas entranhas. Quero acender as luzes, mas algo me impede dizendo que então, se eu fizer isso, o que quer que esteja do lado de fora da casa poderá me ver.

Isso é idiota. Estou assustado porque está escuro e frio, e meu instinto de macaco foi programado por milhões de anos de evolução a entrar em pânico em situações de escuridão, porque meus olhos não são tão bem adaptados a enxergar no escuro quanto os olhos dos nossos predadores costumavam ser. É por isso que estou com medo. Não tem nada espreitando lá fora. Paro para tentar escutar o som da minha mãe tossindo ou se movendo, mas não tem nenhum som vindo do segundo andar.

Andando com bastante cuidado, saio da cozinha e fico parado no corredor. Não há janelas aqui, e, embora isso deixe o ambiente mais escuro do que na cozinha, me sinto mais calmo. Isso é ridículo. Tenho dezesseis anos, não sou um garoto de seis com uma lanterna.

Antes que possa pensar mais sobre o assunto, ando a passos largos até a cozinha e acendo todas as luzes. Só para ser ainda mais desafiador, ligo a chaleira. O som de água borbulhante e vapor furioso ecoa pela casa. Relaxando por completo, caminho até a geladeira e tiro um pacote de peru processado. Comendo uma das deliciosas, apesar de borrachudas, fatias, eu me parabenizo. É perfeitamente natural se sentir desconfortável quando se está sozinho em um lugar escuro, mas se entregar a esses temores animalescos é vergonhoso. Eu sou uma luz da razão em um mundo assombrado por demônios etc.

Sou interrompido durante esses pensamentos pelo som alto de um impacto gigantesco lá em cima, como se alguém tivesse acabado de derrubar uma bola de boliche telhado abaixo. Presunto começa a uivar. Ele corre até a cozinha e se encosta na minha perna.

Devolvo a comida à geladeira — devo deixar claro que minhas mãos não estão tremendo nem um pouco quando faço isso —, abro a gaveta de talheres chiques e pego o espeto de carne mais afiado que temos. Encorajado pelo espeto de vinte centímetros, me forço a atravessar a cozinha e entrar no corredor escuro. Presunto me segue com a cabeça abaixada, gemendo baixinho.

— Cala a boca — ordeno, e ele obedece.

Tento ignorar o frio na barriga, como se tivesse acabado de pisar em falso em uma ponte e estivesse caindo vertiginosamente em direção à água negra congelante. Eu me concentro no espeto. Sou um Macho Alfa com testosterona escorrendo pelas minhas glândulas sudoríparas. Presunto, um membro leal e servil da minha matilha, busca por minha liderança nessa situação.

— Mãe? — chamo, projetando minha voz para cima.

As árvores rangem.

— Mãe!

Presunto pressiona a cabeça com mais força contra minhas pernas. Seria bem a cara dela dormir no meio disso tudo, mas o silêncio lá em cima está me deixando nervoso. Eu preciso saber que ela está bem.

Respiro fundo, endireito as costas, subo a escada pé ante pé e atravesso o patamar em silêncio. É difícil dizer exatamente de onde o barulho vinha. Será que era do banheiro? Presunto passa por mim e aponta o nariz em direção ao quarto da minha mãe.

— Você tem certeza? — sussurro. Ele gane.

Encaro a madeira branca, respirando fundo.

Não tem nada dentro da casa...

Coloco minha mão na porta.

Presunto se remexe e geme.

Fecho os olhos e imagino que Holiday Simmon, loura e linda, está me assistindo de alguma forma, talvez na TV. Ela quer me ver ganhar. É agora que provo ser merecedor.

Seguro o espeto com mais força e, então, antes que possa pensar duas vezes, entro de supetão no quarto da minha mãe, pronto para golpear o máximo de ladrões possível com meu espeto de carne antes que eles possam me derrubar.

Não tem ninguém no quarto além da minha mãe.

Eu me viro depressa para o caso de eles estarem escondidos atrás da porta, mas simplesmente não tem ninguém mais no cômodo.

Também não posso evitar notar que Presunto não me seguiu de verdade para o combate. Ele ainda está esperando no patamar, só a cabeça desgrenhada espiando pela moldura da porta.

— Judas. — Cuspo a palavra para ele, balançando meu espeto. — Seu pequeno Judas peludo.

Ele entra devagar no quarto e lambe minha mão.

Deixando a covardia de lado, parece que o Presunto estava certo sobre o quarto. As janelas estão escancaradas, e o vento entra furioso. Essa deve ter sido a fonte do barulho. As cortinas verdes e laranja da minha mãe estão sacudindo, mas, fora isso, nada parece estar fora do lugar. As máscaras tribais ainda estão penduradas na parede, o mapa das estrelas continua na posição certa. Ela está deitada na cama, cabelo enrolado por cima do travesseiro.

— Mãe?

Ela levanta a cabeça como um nadador, respira uma vez.

— Sim, querido?

— Mãe, sua janela abriu de repente. Você não ouviu nada?

— Não, não. Ah, puxa...

— Você não...

— Luke, querido... por favor. Preciso descansar.

— Tá bom — digo, incapaz de acreditar que ela não tenha notado a janela se escancarando no meio de uma tempestade. Os médicos dela com certeza pegam pesado nas receitas.

Ela já está afundando de novo no travesseiro.

Fecho a janela, verificando se prendi o ferrolho direito. Estudo o jardim dos fundos, iluminado pelas luzes ainda acesas na cozinha. A respiração da minha mãe se torna mais profunda e lenta. Não tem ninguém lá fora ou, melhor, nenhum sinal de alguém que eu possa ver. Não sei o que estava procurando, se esperava ver o sr. Berkley no gramado ou algo assim. Começa a chover de novo, e as gotículas são como pequenos diamantes no vidro. Em pouco tempo tem água demais para eu enxergar qualquer coisa.

— Provavelmente foi só o... — começo a dizer para Presunto, mas me interrompo. Nos filmes, sempre que alguém diz *foi só o vento*, essa pessoa é assassinada logo em seguida. — Não vamos abaixar nossa guarda.

Presunto esfrega a cabeça na minha coxa. Lá fora, a tempestade ruge. Minha mãe suspira e se vira. Dois comprimidos e ela é nocauteada. Nenhuma ajuda.

— Olha — digo para Presunto ao sairmos —, isso será uma exceção, mas o que acha de dormir no meu quarto hoje? No chão, é claro.

2

A GEMA PARA CIMA

Acordo com uma dor de cabeça que me deixa tonto e a boca cheia de penugem cinza e pegajosa. Tem um peso quente nas minhas costas, que descubro ser o Presunto, que deve ter resolvido em algum momento da noite que tinha levado a pior nesse acordo de dormir no chão. Ele gane amargamente quando o empurro para fora da cama.

À luz do sol, a noite passada parece ter sido um sonho estranho. O livro verde do meu pai está descansando na minha mesa de cabeceira. Eu me lembro de tentar abri-lo e então dormir, acordar, a janela da minha mãe..., fico parado na cama, olhando para o teto, e penso no meu pai. Decido que vou ficar bem em relação a isso. O que eu esperava, que ele voltasse e se desculpasse? Implorasse por meu perdão? Seja qual for a humilhação final que eu perdi, é provável que tenha sido melhor assim. Ele se foi e me deixou o dinheiro, e isso é tudo que preciso resolver. Eu e minha mãe vamos ficar bem.

Passo um pouco mais de tempo do que de costume no chuveiro para tirar do meu cabelo os vestígios do Presunto. Então me enrolo em uma toalha e dou uma boa olhada no meu rosto — o rosto de um milionário, lembro com um arrepio bom. Eu não estou parecendo um milionário, isso precisa ser dito. Minha aventura da meia-noite cobrou seu preço. Minhas pálpebras estão escuras e pesadas e meus dentes estão um pouco peludos porque me esqueci de escová-los. Bochecho com enxaguante bucal duas vezes em vez de uma e, então, passo dez minutos domando meu cabelo com gel. Estou tentando um novo estilo de franja em que ela meio que rodopia para a direita ao invés da esquerda, mas não cheguei ainda a uma conclusão sobre isso.

Quando sinto que meu rosto está em ordem, volto a passos largos até meu quarto e visto meu uniforme — calça preta, suéter cinza e meus tênis mais novos. Eles são Lacoste, de couro branco com detalhes em verde. Não podemos usar tênis nas aulas, é claro, mas não é socialmente aceitável aparecer na escola com os sapatos do uniforme. Você chega com seus tênis, dá uma volta e deixa todo mundo vê-los. Eu mantenho meus sapatos de escola no meu armário. Como acordei cedo, dou uma boa olhada nos tênis de vários ângulos no meu espelho de corpo inteiro antes de descer para alimentar e acalmar Presunto. Tive mais uma ideia sobre o dinheiro que meu pai deixou para mim. Posso ter sapatos novos para todos os dias da minha vida, se quiser.

Caminho até a cozinha e meu bom humor desaparece como se um balde de medo estivesse equilibrado em cima da porta. A cozinha está vazia. O sol está começando a destacar as nuvens de tempestade mais próximas do horizonte. Tudo completamente parado.

O motivo de eu ficar tão perturbado é que tem um café da manhã inglês completo na mesa da cozinha, no lugar onde costumo me sentar. Não deveria haver um café da manhã completo esperando na mesa.

Não deveria haver um café da manhã inglês completo em lugar algum da casa, porque acabei de acordar, e Presunto, até onde sei, não sabe usar o forno ou o abridor de latas. Minha mãe mal vai conseguir sair da cama hoje, e além disso ela nunca cozinha carne para mim. Então não tem como ela ser responsável por isso. Eu me aproximo hesitante da comida, como se ela estivesse conectada ao fio de detonação de uma bomba. Examino os ovos, o bacon, a caneca de chá. Tem até uma porção de torrada à parte, um guardanapo dobrado em triângulo e um copo pequeno de suco de laranja.

Hipótese: eu comecei a cozinhar enquanto durmo.

Passo pelo café da manhã impossível e tento localizar Presunto, que é a outra peça desse quebra-cabeça. Por que ele não comeu nada disso? A menos que a comida seja guardada cuidadosamente, Presunto a devorará com extrema voracidade. Ele já desceu faz mais de meia hora.

Encontro-o em seu caixote na lavanderia. Ele revira os olhos na minha direção quando entro, mas não se levanta para me cumprimentar. Está tremendo de frio.

— Presunto?

Ele continua imóvel. Corro até lá em cima e pego meu espeto de carne de novo. Faço uma rápida verificação dos aposentos, tanto do segundo andar quanto do térreo, mas nada está fora do lugar ou faltando. Não consigo entender. Quem invadiria minha casa e deixaria um café da manhã pronto para mim? Algum tipo de serviço de bufê sem consentimento?

Hipótese: não existe café da manhã. Eu estou ficando maluco.

Volto a passos largos para a cozinha. Ainda está lá, vapor subindo, chá no exato tom de marrom que gosto.

Quero chamar alguém, mas não sei o que dizer. Posso denunciar um café da manhã não autorizado? Tiro meu telefone do bolso. Eu me recuso a ser uma vítima, mesmo sem saber muito bem do que estou sendo vítima. Aperto o 9 três vezes e então fico parado com o dedo no botão de chamar. Imagino várias conversas com a polícia, nenhuma delas particularmente produtiva. Talvez eu possa apenas dizer que alguém invadiu minha casa? Mas aí eles vão perguntar o que roubaram, e eu vou ter que explicar o que aconteceu, e eles vão rir da minha cara.

A refeição misteriosa está começando a esfriar. Não sei o que fazer. Subo e empurro a porta do quarto da minha mãe. Ela ainda está dormindo, deitada torta embaixo do edredom. Eu me inclino para baixo e seguro seu pulso pálido.

— Você fez café da manhã para mim hoje? Oi?

Ela abre os olhos, mas não move a cabeça.

— Luke — diz ela —, não é exatamente um bom momento para mim hoje...

— Mãe, eu sei, mas...

— É muito difícil ouvir você falar, querido — diz ela, colocando as mãos no rosto.

— Sério — começo a falar.

— Se você puder trazer um pouco de água para mim, por favor — diz ela, voltando a fechar os olhos.

Isso é tudo que vou conseguir. Então calo minha boca.

Ela deveria me ajudar, e não o contrário.

No fim das contas, resolvo não chamar a polícia. Tipo, o que eles podem fazer? Vão perguntar algumas coisas, meu nome será colocado em um computador em algum lugar. Aí eles salvam o arquivo, identificando-o como LUNÁTICO e se esquecem de mim.

Em vez disso, jogo a comida no lixo e coloco todos os pratos no lava-louça em temperatura bem alta, caso a comida esteja mesmo contaminada com cianeto. Como um pouco mais de peru frio da geladeira, ajudando-o a descer com suco de manga direto da caixinha. Depois disso, tenho um breve momento de pânico ao pensar que talvez o invasor tenha envenenado tudo na geladeira também, mas não sinto cólicas estomacais. Então, provavelmente está tudo bem. Subo e levo água para minha mãe. Pego minha mochila e saio porta afora em uma manhã cinzenta.

Construída há quarenta anos, a Dunbarrow High School está desmoronando como um biscoito amanteigado velho. As portas que um dia foram de um verde vibrante desbotaram, ficando com uma cor bem estranha, parecida com a de ervilhas. O número de alunos é cinco vezes maior do que o planejado originalmente, e a equipe de funcionários inclui a tripulação costumeira de ditadores e divorciados.

Meus amigos estão no pátio da escola, como sempre fazem de manhã, jogando bola. O centro do pátio é dominado pelas classes altas, e os vermes que povoam os primeiros anos têm que jogar suas partidas na beirada, perto das latas de lixo. Kirk Danknott faz a bola girar com habilidade, e ela desenha um arco no ar, parando bem aos pés de Mark Ellsmith. Mark domina a bola com o calcanhar e a manda derrapando na minha direção.

— Manchett — diz Mark.

— Tudo certo, rapazes — digo.

Kirk dá um grunhido.

Mark é alto e largo, com olhos da cor de uma piscina. Ele é capitão do time de rúgbi, o que significa que preciso rir de suas piadas.

Eu quico a bola para Kirk.

— Você assistiu à partida? — pergunta ele.

— Não, estava ocupado. Vi os melhores momentos ontem à noite.

Kirk e eu jogamos futebol juntos desde que tínhamos oito anos. Kirk é pesadão, com o cabelo tão raspado que tem apenas uma penugem na cabeça. Está usando tênis laranja sujos com os cadarços desamarrados.

— Onde você estava ontem? — pergunta Mark.

— Eu tinha assuntos de família para resolver — digo, sabendo que isso fechará a porta para qualquer outra pergunta a respeito.

Quanto menos Mark, Kirk e o resto do pessoal souberem a respeito da situação com minha mãe e meu pai, melhor; essa sempre foi minha estratégia. Uma vantagem de o meu pai estar tão afastado de nós é que ninguém suspeita que sou parente do cara na TV com um bando de anéis e um terno branco. Ele nem se parece comigo, graças ao peso extra que ganhou — e acho isso ótimo. Para sobreviver à Dunbarrow High, você precisa ser tão normal quanto possível, e isso significa nada de mãe doente nem pai caçador de fantasmas, só o bom e velho Luke Manchett, que gosta de futebol e rúgbi e não gosta de dever de casa.

Mark faz que sim para a minha desculpa e vira para o outro lado.

— Ei, você vai para o parque hoje à noite? — pergunta Kirk.

Terça-feira é o único dia que nenhum de nós tem treino. Então é normalmente uma noite para ficarmos de bobeira.

Penso nos advogados, no testamento do meu pai, na minha mãe deitada na cama como se tivesse se afogado. Penso nos desconhecidos preparando um café da manhã tradicional na minha cozinha e fugindo de alguma forma antes de eu acordar.

— Não sei, cara — digo.

— Você está de brincadeira? Mal tenho visto sua cara. Além do mais, a Holiday com certeza vai estar lá.

Holiday Simmon é a garota mais cobiçada do nosso ano, sem dúvida. Ela tem cabelo louro cor de mel e o tipo de rosto e corpo que a gente só costuma ver nas revistas. Ela voltou para a pista há pouco tempo, depois de terminar com o namorado, que supostamente era um universitário de Brackford. Desde então, eu a vi várias vezes nas nossas partidas de rúgbi, de pé na beirada do campo com diversos figurinos perfeitos. Kirk logo percebeu que eu estava prestando atenção e desde então me perturba com isso.

— E daí? — digo para Kirk, prestando atenção no rosto de Mark. Ele não parece demonstrar interesse.

— Só não quero que você fique de fora, cara.

— Eu tenho... dever de casa — digo, me arrependendo imediatamente da minha desculpa horrível. Mark e Kirk me lançam olhares idênticos de desprezo, como se dissessem *Quem é você e o que fez com o Luke?*

— Tem certeza que está tudo bem? — pergunta Mark. — Você não acreditou naquela baboseira toda da diretora sobre "o ano mais importante das nossas vidas", né?

— A escola é uma piada — completa Kirk. — Eles não ensinam nada que você precisa saber para conseguir um emprego de verdade. Quando é que vamos usar as coisas que aprendemos aqui depois da formatura?

— Kirk — começo, tentando desviar o assunto —, é verdade que o sr. Richmont desenhou uma cara de vômito na sua última redação de história?

— Olha só — diz ele. — Eu consigo ganhar mil pratas por semana vendendo banda larga de porta em porta, ok? É venda por comissão. Tenho uma personalidade ótima para vendas. Ninguém precisa ir para a universidade para conseguir um emprego. Passa a bola.

Toco a bola de leve para Kirk. Ele intercepta o passe e então, com um gesto ágil, puxa a perna para trás e chuta a bola com toda a força pelo pátio em direção ao vidro da secretaria da escola. A bola acerta Elza Moss, Esquisita Número Um, nas costas, com um impacto que quase consigo sentir. Ela gira, o cabelo balançando.

Elza Moss é o tipo de garota que teria sido queimada na fogueira há alguns séculos. Eu sei que parece cruel, mas é verdade. Basta olhar para ela para perceber que ela não se encaixa: alta e pálida, com um punhado de sardas embaixo dos olhos. Ela tem feições de ruiva, mas pinta o cabelo de preto, tipo o céu da meia-noite, e o contraste deixa o rosto dela branco como cera. Ela passa spray no cabelo e o escova para trás até ele flutuar acima dela, enorme, como se ela tivesse uma nuvem de tempestade de estimação.

Eu não exatamente odeio Elza, mas existem regras bem rígidas na Dunbarrow High School, pelo menos entre os alunos. As garotas precisam ter cabelo liso e brilhoso, não nuvens de trinta centímetros de altura. Podem usar bijuterias, mas não demais. As roupas não podem ser compradas de brechós, passadas adiante por parentes ou descobertas no sótão de alguma casa de campo perdida, que é a impressão que tenho do vestuário de Elza quando ela não está de uniforme. Garotas podem — são até incentivadas quanto a isso — usar maquiagem nos olhos, mas tentar parecer Cleópatra não faz parte das instruções.

Talvez Elza conseguisse passar incólume se fizesse qualquer esforço para se integrar, mas ela se recusa a cumprir até mesmo as diretrizes mais simples. Usa coturnos para ir à escola, lê livros demais, fala palavras demais e fuma cigarros sozinha do lado de fora dos portões. Apostaria uma grana que o quarto dela tem pilhas de poemas e que nenhum deles rima.

— Ele chuta, ele faz o gol — comemora Kirk.

Todos os calouros dão risadinhas dissimuladas, mas eu não estou rindo: Elza é conhecida por ter uma língua afiada. Ela está prestes a começar a gritar, mas então seu olhar cruza com o meu e seu rosto muda. Ela fica calma e quase curiosa, me estudando com os olhos. Era só o que eu precisava, além de todo o resto, alguma pária adquirir uma fixação psicótica comigo. Faço uma careta para ela, que dá de ombros antes de cutucar a nossa bola para o lamaçal denso de outubro que chamam de canteiro de flores e pisá-la com a bota, usando todo o peso do corpo, afundando-a até estar quase completamente submersa.

Ela levanta uma sobrancelha para mim e sai andando.

— Ah, tanto faz — diz Mark.

— Kirk, você é que vai tirar aquilo de lá, cara.

— Que aberração...

A manhã está tão nublada que todas as luzes das salas de aula estão acesas. Eu estou sentado na aula de matemática, curvado sobre a minha mesa, observando a professora desenhar fileiras de números no quadro branco. Normalmente me viro bem, mas hoje não consigo acompanhar nada. Cada coluna de números me lembra da minha herança, dos quatro milhões, do sr. Berkley. Sem contar que tem algo sobre ontem à noite que não consigo entender. Sei que deixei o livro do meu pai no sofá lá embaixo. Subi com Presunto, entrei de supetão no quarto da minha mãe e depois fui dormir. O livro estava na minha mesa de cabeceira hoje de manhã. Em geral, eu simplesmente concluiria que levei o livro para cima e esqueci, mas a aparição do café da manhã misterioso sugere que alguém está movendo coisas de um lugar para o outro na minha casa.

Estremeço. Parece algo tão bizarro um desconhecido invadir e fazer isso que fico tentado a pensar que minha mãe ou eu viramos sonâmbulos. Você ouve falar sobre pessoas fazendo todo tipo de loucura enquanto dormem. Algumas até cometem assassinatos.

Tento reconcentrar minha atenção nos problemas de álgebra, mas as ideias continuam pipocando na cabeça: o dinheiro, o café da manhã misterioso — e então começo a pensar no meu pai.

Não sei muito sobre o início da vida dele. Ele conheceu minha mãe em uma feira espírita, na época em que ela morava em uma van e nunca usava sapatos. A mãe do meu pai morreu quando ele era bem novo, e o pai dele, vovô Archie, começou a beber muito. Vovô morreu cerca de um ano depois de eu nascer; então, não lembro nada dele. Meu pai trabalhou como operário quando era bem novo, antes de decidir se tornar um médium e exorcista, por motivos que a minha mãe nunca explicou de verdade. Ele conseguiu um programa de TV que fez bastante sucesso para um programa desse tipo, se casou com minha mãe, me teve e, então, nos deixou quando eu tinha seis anos.

Se meu pai nunca tivesse estado por perto, seria tudo um pouco mais fácil de aguentar. Só eu e minha mãe cuidando da nossa vida. Mas minhas lembranças dele são boas. Eu gostava muito dele. Morávamos na região central naquela época, só nos mudamos para o norte, para Dunbarrow, depois da separação, e nossa casa era legal, mais chique do que a casa onde eu e minha mãe moramos agora. O programa do meu pai (que eu não tinha autorização de assistir por ser "assustador demais") só tinha uns dois anos naquele ponto, mas ele estava dando um bom dinheiro, e minha mãe trabalhava também. Meu pai passava bastante tempo no escritório, com a porta fechada, fazendo coisas para o programa, mas sempre tinha tempo para mim. No inverno, ele montava bonecos de neve comigo, e no verão enchíamos a piscina infantil e brincávamos com um crocodilo de plástico de que eu gostava. Todas essas coisas sadias. Lembro-me de estar na praia uma noite e correr atrás das gaivotas junto com meu pai, espalhando-as pelo ar, como uma nevasca ao contrário.

Não sei quando as coisas começaram a dar errado. Lembro que a minha mãe ficou muito mal na primeira vez em que teve uma de suas dores de cabeça, tão ruim que foi internada no hospital por uns dias, e depois passou semanas deitada na cama. Ela me contou muito mais tarde que ficou tão mal que eles pensaram, por algumas horas, que ela fosse simplesmente morrer. De qualquer modo, meu pai teve um colapso enquanto isso estava acontecendo. Passava a noite em claro no escritório, falando no telefone o dia inteiro, dizendo coisas que eu não conseguia entender, em idiomas que eu nunca tinha ouvido ninguém falar. Ele estava bebendo muito também. Tenho a lembrança vívida de acordar uma noite e ouvir alguém gritando no jardim. Olhei pela janela e vi meu pai andando de um lado para o outro, inquieto, perto do lago. Lembro que era uma noite de lua cheia, e o rosto e as mãos do meu pai estavam bem vívidos e pálidos à luz fraca. Eu não consegui entender o que ele estava fazendo, porque lembro que parecia estar discutindo, mas com alguém que não estava lá. Ele perambulava e esperava e parecia estar escutando o jardim sombrio falar, e então se virava e começava a agitar os braços e gritar de novo. Eu não sabia o que fazer. Definitivamente não queria que ele soubesse que eu o tinha visto falando sozinho. Voltei para a cama e fechei os olhos.

Assim que minha mãe voltou a poder falar, eles começaram a discutir. Não gritando, mas em sussurros raivosos tarde da noite. Eu me lembro de ambos passarem muito tempo no telefone. Por volta dessa época, teve um final de semana em que a gente devia ir a algum lugar, e minha mãe estava se arrumando toda e levando uma eternidade, mas depois, quando estava descendo as escadas, ela começou a chorar e se sentou, e nada que meu pai disse conseguiu fazê-la mudar de ideia, e então ela voltou para o quarto e trancou a porta. Foi então que ele mesmo se sentou nos degraus e disse para mim que ele e minha mãe não iam mais morar na mesma casa.

Não demorou muito para ele sumir depois daquele dia, e nós nos mudamos para Dunbarrow. Minha mãe procurou emprego, mas parecia nunca conseguir, e aí ela realmente aderiu a essa coisa de Pensamento Positivo e ler livros como *Mudando sua vida em apenas dez dias!*, mas isso também não deu certo para ela. Tudo simplesmente continuou na mesma. Pensei que meu pai talvez fosse voltar um dia, mas isso nunca aconteceu, e as coisas continuaram assim até ele morrer.

Estou nervoso ao caminhar de volta pela nossa entrada, o céu já escurecendo, mas a casa está em uma temperatura normal e nada mudou de lugar desde que saí de manhã. Presunto está feliz em me ver, saltitando pelo corredor, e ouço minha mãe tocando um dos seus CDs com canto de baleias no andar de cima. Preparo um pouco de chá para mim e, quando ele fica pronto, ando com Presunto até o fundo do campo mais próximo e de volta. Decido que, na verdade, quero passar um tempo com meus amigos, fazer algumas coisas normais com Mark e Kirk, talvez conhecer Holiday um pouco melhor, esquecer os cafés da manhã, os livros e o meu pai. Por fim, resolvo pegar o ônibus até o parque.

Eu me sento bem na frente, no andar de cima, para aproveitar o pouco de vista que há na escuridão. O interior do ônibus está aceso e as janelas estão pretas; por isso, posso dar uma boa olhada nos outros passageiros pelo reflexo sem ter que me virar. Há apenas duas outras pessoas sentadas aqui em cima. Elas já estavam no ônibus quando subi as escadas, e ambas são esquisitas o suficiente para atrair minha atenção. São dois homens, mais velhos que eu. Estão sentados bem no fundo. Acho que estão falando um com o outro, mas não consigo ouvi-los por causa do ronco do motor.

O cara sentado à esquerda é alto e forte, com a cabeça raspada e feições achatadas. Três brincos dourados reluzem em sua orelha, e ele tem muitas tatuagens no braço e no pescoço, embora eu não consiga distingui-las em detalhes. Está largado no banco com os pés no encosto de cabeça da frente. Usa uma camisa xadrez vermelha, abotoada até o pescoço, com jeans estonado e coturnos cor de cereja. Suspensórios superbrancos atravessam seu peito. Eu não sabia que ainda era possível encontrar skinheads, não no meio do nada, pelo menos.

Seu amigo é ainda mais estranho, sentando-se ereto e a postos, como se estivesse prestes a começar um recital de piano. Tem cabelo preto e oleoso e um bigode preto pontudo. Talvez fosse mais bonito se não tivesse as manchas vermelhas feias na testa e no maxilar. Está vestido com um terno azul-marinho, uma camisa branca e uma gravata larga roxa e amassada. Esse não é um visual recomendável quando você sai para beber em Dunbarrow, a menos que deseje que alguém quebre uma caneca de cerveja na sua cara.

Não sei como, mas eles devem ter percebido que eu os estava encarando pelo reflexo. Param de conversar e olham para mim. O skinhead se levanta. Deve ter pelo menos uns dois metros de altura, com um peitoral musculoso. As mangas da camisa ficam apertadas nos braços. Ele dá três passos largos pelo corredor central, botas vermelhas batendo com força no chão.

Será que eu deveria me virar e dizer algo? O cara está de pé no meio do corredor, segurando-se nos bancos ao lado, me encarando. Kirk diz que, quando temos que lutar com alguém maior que nós, devemos tentar acertar o cara nas bolas e correr. Se esse skinhead chegar mais perto, vou mirar um chute direto na virilha do jeans Levi's descolorido dele. Me recuso a ser enfrentado por pessoas que não conseguiram evoluir da cultura jovem de trinta anos atrás.

O sujeito dá mais um passo à frente.

Eu me viro e o estudo com mais atenção. Meu rosto está sério, maxilar rígido. Estou tentando demonstrar que não vou ser um alvo fácil. Fazemos contato visual e percebo que cometi um erro.

Ao vivo e em cores ele é ainda mais feio, com barba por fazer em um rosto cor de queijo. Ele tem uma cruz tatuada na testa e uma longa cicatriz branca na bochecha esquerda. Seus olhos são piscinas cinzentas. Seja lá o que for que as pessoas normais têm e que faz você sentir que elas são decentes, sãs e ainda capazes de raciocinar... não existe nem sinal disso nesse homem.

Eu continuo encarando-o nos olhos, incapaz de desviar o olhar.

Em alguns instantes ele vai pular na minha direção e torcer minha cabeça até arrancá-la como uma rolha de champanhe. Já posso até ouvir o anúncio em uma reunião na escola. *Lamento informar que um dos nossos alunos mais queridos foi decapitado no andar de cima do X45 na terça-feira à noite...*

O skinhead sorri para mim, exibindo uma boca cheia de dentes amarelos tortos, e então pisca o olho e caminha de volta para seu amigo.

Antes de se virar, acho que ouço ele dizer algo parecido com isso:

— Desculpe, chefe.

Devo ter pegado, tipo, um trevo de sete folhas hoje de manhã sem ter percebido.

Minhas pernas ainda estão tremendo de adrenalina quando salto do ônibus no centro de Dunbarrow. A praça não está cheia, mas, apesar de ser um dia de semana, há alguns grupos fumando do lado de fora dos bares. Caminho reto, evitando contato visual, e cruzo a ponte sobre o rio, entrando no parque.

Está tudo escuro e silencioso, iluminado apenas pela luz de uns postes, mas sei onde encontrar meus amigos. É o grupinho de sempre: Mark e o resto do time, alguém jogando bola, Kirk e uns caras do bairro dele, cabeças raspadas e marcas de queimadura de cigarro nos agasalhos esportivos. Estão todos sentados em torno dos brinquedos de playground: tem gente na escada, algumas garotas rindo quando um dos amigos de Kirk as empurra no carrossel. Choveu mais cedo, e caminhando para o parque vejo que as folhas de grama estão brilhando à luz de um poste próximo, como se alguém tivesse passado verniz na ribanceira toda. Kirk me vê e se arrasta na minha direção, já bêbado, esticando uma mão com uma garrafa de sidra grande de plástico.

— Luke, parceiro.

— Ei, Kirk — digo.

Ele desaba em cima de mim, me abraça com um pouco de força demais.

— Luke, você é um cara legal, parceiro.

— Sim, estou legal.

— Não, você é legal, é um cara legal.

— Eu estou legal — repito.

Não me sinto legal. Estou guardando muitos segredos. Tenho mais dinheiro agora do que os pais de Kirk provavelmente ganhariam em uma vida inteira, e não sei como falar disso. O que ele acharia disso? E se eu contasse quem meu pai era? Conheço Kirk faz oito anos e mal sei como explicar, mesmo que tangencialmente, o que vem acontecendo comigo desde segunda de manhã. Ele está me oferecendo a garrafa de sidra. Eu aceito, bebo o máximo que consigo de uma vez só e devolvo a garrafa.

— A Holiday está aqui — diz ele, e então bebe um pouco da sidra também.

É vagabunda e ruim, o gosto lembra o cheiro de canetas de feltro.

— É mesmo? — digo.

Sinceramente, quando Kirk disse que ela viria, eu duvidei bastante. Presumi que Holiday Simmon teria algo melhor a fazer numa terça-feira à noite do que beber sidra no parque, mas parece que eu estava errado a respeito disso. Posso ver a parte de trás da cabeça loira dela. Está sentada no escorrega no playground, perto de alguma outra garota.

— Vai lá — diz Kirk —, faz sua jogada.

— Você acha?

— Não... não pensa demais. Vai lá e faz.

— Está bem — digo, e tomo outro gole da sidra.

Não sei por que Kirk bebe esse negócio. Ele paga um sem-teto para comprar bebida para a gente. Então imagino que não dê para ser muito seletivo. Atravesso o parque até Holiday. Eu já encontrei com ela nos bastidores dos nossos jogos e fui da turma dela em algumas matérias e tal. Conheço-a o suficiente para dizer oi, mas nunca realmente conversei com ela além disso. Ela tem seu próprio círculo de amigos, que não é exatamente o meu, e havia o namorado dela em Brackford — sem contar que eu basicamente sempre tive medo dela. Estou nervoso agora, observando sua cabeça loira se aproximar enquanto cruzo o parque. Não sei ao certo o que vou dizer. Eu lembro a mim mesmo que sou um milionário. Milionários nunca têm dificuldades em relação a garotas, nunca. Tento assumir a mentalidade de milionário, dar os últimos passos com a pose de um milionário. Há uma fila de modelos de lingerie e atrizes francesas esperando para tomar o lugar dela se ela não me quiser. Quero dizer, isso se quem tiver deixado um café da manhã para mim hoje mais cedo não me estripar antes que Berkley possa transferir o dinheiro... Pensando bem, aqueles caras no ônibus definitivamente estavam olhando para mim... Eles sabiam de alguma coisa... Não, pare de pensar nisso... Você está falando com a Holiday neste exato instante... Ela está literalmente falando alguma coisa agora. Eu preciso responder. Preciso parar de pensar em francesas hipotéticas e assassinatos hipotéticos e responder algo para a Holiday.

— Oi! — digo, parecendo mais chocado do que feliz em vê-la.

— Bem, eu estava perguntando como foi seu dia — diz Holiday —, mas o oi também funciona.

Ela sorri. Eu já estava praticamente mudo de tão nervoso, mas seu sorriso completa o processo.

Ela não está muito arrumada: está usando jeans e uma jaqueta North Face, mas parece incrível, irradiando o tipo de beleza casual que é um dom e não pode ser conquistada. Ela prendeu o cabelo em um coque alto e está usando óculos de aro grosso que nunca a vi usar. Ainda está sorrindo, esperando.

— Luke Manchett — digo, finalmente. — Estou no time? O time de rúgbi.

Alguém me mate agora mesmo. Me faça desaparecer daqui.

— Sabemos quem você é — diz a garota próxima de Holiday, chamada Anna ou algo parecido?, magra e amarga. Dá para notar só de olhar para ela que todo mundo a conhece simplesmente como "a amiga da Holiday".

— *Alice* — diz Holiday. — Luke, você conhece a Alice Waltham?

— Não — respondo. — Oi.

— Oi. — Alice levanta a cabeça para olhar para mim com um desinteresse em escala industrial, e aí pega um maço de cigarros do casaco e começa a prestar atenção nele.

— Você fuma, Luke? — pergunta Holiday, animada.

— Não — respondo. — Treinamento. Quero dizer, não posso por causa do treino.

— Eu também não fumo — diz ela. — Minha mãe tem o nariz de um cão farejador. Eu nunca conseguiria fazer isso sem me ferrar, mesmo se quisesse. Mas, tipo, eu acho que meu *irmãozinho pequeno* está fumando, e ele tem doze anos. Você acha que isso é esquisito? Fumar quando você tem doze anos? Quero dizer, não posso provar, mas tenho quase certeza disso. E minha mãe não dá *um pio*.

— Nem os garotos de doze anos sabem o que garotos de doze anos deveriam estar fazendo — digo, o que não acho que faça muito sentido, mas Holiday ri mesmo assim.

Eu não consigo acreditar que estejamos mesmo tendo uma conversa. Esse tempo todo... era fácil assim. Eu só tinha que chegar perto e falar com ela.

— Você tem irmãos? — pergunta Holiday.

— Não, só eu.

— Eu deveria saber disso — diz Holiday. — Minha mãe conhece a sua. Elas estiveram em um retiro Reiki juntas ou algo assim. Minha mãe gosta dessas coisas estranhas.

— Ah. Eu não sabia disso — digo.

Estou realmente surpreso em saber que a minha mãe conversa com alguma outra pessoa em Dunbarrow. Ela nunca esteve muito interessada em se envolver em atividades na cidade. Está contente em viver no campo e só. Acho que ela não sabe nem o nome do casal que mora à nossa direita. Eu sinto um calafrio súbito e me pergunto se minha mãe contou à mãe da Holiday sobre meu pai e a separação. Se Holiday sabe que sou filho do dr. Horatio Manchett. Se ela sabe, não demonstrou até agora.

Conversamos um pouco mais, sobre escola, provas e amigos em comum, e em certo ponto a Alice bufa bem forte, com desprezo, se levanta e nos deixa sozinhos. Então eu me sento no escorrega, ao lado da Holiday. As coisas estão indo bem, e nossos joelhos estão começando a encostar quando levanto a cabeça e vejo alguma coisa na linha das árvores, lá na ribanceira, que quase faz meu coração parar.

Os dois caras do ônibus, o skinhead e o Cara-Manchada, estão de pé embaixo do poste mais distante. O skinhead está apoiado em uma árvore, a maior parte dele nas sombras. Consigo ver o brilho de um cigarro perto do rosto dele. Cara-Manchada está de pé, completamente reto, bem embaixo do poste, e olha direto para mim, como se quisesse que eu o visse me observando.

— Luke? — chama Holiday.

— Sim?

— Você está bem? Está tremendo.

Ela tem razão. Minha mão está agitada no meu joelho. Eu a seguro com a minha outra mão, tentando manter ambas sob controle.

— Eu acho... — Tento achar uma maneira de dizer isto. — Eu acho que tem alguém me seguindo.

Ela levanta uma sobrancelha.

— Tem esses dois caras... Dois esquisitos. Eles estão logo ali, no topo da ribanceira. Não olha agora. Espia devagar. Lá perto do poste de luz. Eles estavam me encarando no ônibus e agora estão aqui. Estou falando sério.

— Que caras? — indaga Holiday, sorrindo.

— *Aqueles* caras — digo. — Não posso apontar para eles. Estão lá perto do poste.

— Não tem ninguém lá! — Holiday me dá um soco na perna. — Sei que é quase Dia das Bruxas, mas pode parar de tentar me assustar! Meu pai tenta fazer esse tipo de coisa o tempo todo. Não vou cair nessa.

— Holiday — digo, olhando-a direto nos olhos. — Estou falando sério. Tem dois caras observando a gente. Bem ali na ribanceira.

— Não tem ninguém ali — diz Holiday. — Sei que você está só de sacanagem comigo!

Ela estava olhando reto para eles. Será que os óculos dela precisam de um ajuste? O Cara-Manchada está exatamente onde estava antes, encarando nós dois. Ele provavelmente tem um metro e oitenta e está bem embaixo do poste de luz, não tem como não ver.

Enquanto estou olhando, o skinhead se inclina para fora das sombras e diz algo que apenas o Cara-Manchada consegue ouvir.

— Será que é você que está de sacanagem *comigo*? — pergunto. — Como pode não estar vendo os dois?

— Vendo quem? — pergunta Mark, a voz dele vindo de trás de onde estamos.

Ele dá uma batida no meu ombro, me dando um susto como se alguém tivesse atirado do lado do meu ouvido. Holiday arfa também e, então, dá uma risadinha.

— Luke está sendo um bobão — diz ela. — Está tentando me assustar.

Seu tom é leve, de brincadeira, mas tem um sinal de alguma coisa diferente no olhar dela. Como se tivesse começando a perceber que estou realmente assustado.

— Estou ficando maluco? — pergunto a Mark. — Tem dois caras observando a gente de cima daquela ribanceira. Olha lá.

— Hein? — diz ele. — Bem, se eles estavam lá, não estão mais.

Ele tem razão. Não tem mais ninguém na ribanceira. Só um poste com uma lâmpada laranja solitária e um enorme carvalho escuro, galhos balançando ao vento que começa a soprar mais forte.

A noite não chega a voltar aos trilhos depois disso. Qualquer clima que estivesse rolando entre mim e Holiday é perdido, e Mark fica de pé atrás de nós enquanto fala. Então tenho que torcer o pescoço para olhá-lo nos olhos. Fico esperando ele ir embora, mas ele nunca vai. Não consigo relaxar. Fico pensando nos dois homens e no café da manhã, imaginando se foram eles que prepararam, me perguntando se conheciam meu pai de alguma forma. Depois de um tempo, começa a chover de novo, e aproveito isso como uma desculpa para ir embora. A Holiday diz algo sobre uma festa de Dia das Bruxas na casa dela, e eu faço que sim com a cabeça sem absorver direito o que ela está falando. Os ônibus não rodam mais tão tarde da noite. Então eu ando até a Wormwood Drive pelo caminho mais longo, a chuva borbulhando nos meus ombros e no capuz do meu impermeável, as calhas cheias de rios reluzentes. A cada passo que dou, penso no Cara-Manchada e no skinhead, tentando entender. Talvez eles saibam sobre o dinheiro, estejam tentando pegá-lo de alguma forma? O que exatamente eram as complicações das quais o sr. Berkley estava falando? Já roubaram vinte pratas do Kirk; não gosto nem de pensar no que as pessoas fariam comigo por vários milhões. Eu preciso de um guarda-costas ou algo parecido. Quando finalmente chego à subida da nossa colina, estou convencido de que o skinhead vai saltar de alguma sombra para me atacar. Sempre que passa algum carro eu me achato contra a cerca, pensando que talvez um bando de sequestradores com máscaras pretas saia de dentro dele. Quando chego à minha rua, imagino que já estão na minha casa. Minha mãe está sozinha, e o Presunto é um covarde: ele vai se esconder na lavanderia.

O vento diminuiu, e as árvores ao longo da Wormwood Drive estão paradas, mas isso só me deixa mais inquieto. Parece que a rua inteira está prendendo a respiração. Eu me aproximo da nossa casa, ouvidos alertas para qualquer som estranho, lamentando não ter um espeto de carne à mão. As janelas escuras lembram olhos ocos. Estou prendendo a respiração, esperando qualquer movimento a cada instante. O medo se intensifica quando abro a porta da frente, e estou fazendo caretas para a escuridão dentro da nossa casa, com total certeza de que a silhueta de um homem aparecerá no corredor.

Ouço um leve movimento na cozinha e minha alma quase sai do corpo. Então a forma cinza de Presunto aparece nas trevas e ele pressiona calmamente a cabeça quente contra minhas pernas, esperando para receber carinho. Eu caio na gargalhada e o empurro para longe.

Está tudo bem com a casa em si. Não tem nenhuma refeição misteriosa esperando na mesa. O controle remoto da televisão, os tênis, a mochila da escola, as chaves de casa da minha mãe, as panelas, a cesta de frutas na sala de estar, os papéis do meu pai na minha mesa. Todos os objetos estão no lugar certo. Minha mãe está dormindo na cama. Aparentemente não se moveu o dia inteiro. Se alguém esteve aqui, o Cara-Manchada, o skinhead ou outra pessoa, não existe qualquer sinal disso. Verifico cada cômodo e garanto que cada janela esteja trancada. Encho um copo de água e bebo. Ando até meu quarto. Fecho os olhos.

A LEGIÃO

Uma manhã de quarta-feira cinza-ardósia. Quando saio do quarto, Presunto está deitado do lado de fora como um peso de porta. Eu não deveria ter deixado ele dormir comigo na outra noite. Isso estabeleceu um precedente perigoso.

— Vá lá para baixo — digo, mas ele se recusa a obedecer.

O frio que notei ontem voltou, pinicando meus dedos dos pés. O alívio que senti quando cheguei em casa ontem à noite já desapareceu completamente, substituído por uma sensação desconfortável de desgraça iminente. Sei que não foi a última vez que vi aqueles homens. Preciso dar uma olhada na cozinha. Desço as escadas sendo o mais silencioso possível e empurro a porta de leve, usando só um dedo.

Alguém fez café da manhã de novo para mim. Olho fixamente para a comida, meu estômago se revirando. O chef misterioso voltou. Os pratos são menos refinados desta vez: fatias de peru processado e um copo de suco de manga. A carne foi organizada em um leque delicado em um prato azul. O ar dentro da cozinha está quase abaixo de zero. Juro que tem gelo no copo de suco e nas janelas da cozinha. Eu me recuso a acreditar que isso está acontecendo. Pego o prato de fatias de peru e o arremesso com toda a força contra a parede. Ele se despedaça em uma cascata de fragmentos azuis e pedaços sacolejantes de carne. Fico mais calmo. Ando a passos largos pelo corredor, pego o telefone sem fio e disco o 9 três vezes.

— Alô? Polícia, por favor. Quero relatar uma invasão de domicílio. Número 7, Wormwood Drive.

— É uma emergência? — pergunta o operador.

— Acho que talvez ainda tenha alguém dentro da casa.

— Acha que o criminoso pode ainda estar na sua propriedade?

— Por favor, mande alguém — digo. — Estou com medo.

Desligo o telefone e volto para a cozinha, estudando cada canto com cuidado. Vou até a gaveta de talheres e pego meu espeto de confiança. Subo as escadas furtivamente e dou uma olhada no banheiro, no meu quarto e no quarto da minha mãe, onde ela está dormindo, cortinas fechadas, corpo enroscado no edredom. Ao fechar a porta, ouço um pequeno movimento discreto, certamente vindo da cozinha. Presunto ainda está deitado do lado de fora do meu quarto. Sei que ele também ouviu o ruído. Gesticulo para que me siga, mas ele não se move. Estou arrepiado de medo, meus braços e minhas pernas coçando e pinicando como se eu estivesse coberto de insetos invisíveis. Cada degrau das escadas parece levar uma eternidade, cada pequeno rangido da madeira sob meus pés soa tão alto quanto um disparo de canhão.

Cruzo o corredor antes que possa pensar duas vezes e abro a porta da cozinha de repente.

O Cara-Manchada está ajoelhado, fazendo alguma coisa no chão. Percebo, com uma sensação cada vez maior de descrença, que ele está limpando os fragmentos do prato que espatifei, varrendo com uma escova e uma pá de lixo. Ele se vira para olhar para mim. Seu rosto é espichado e oleoso. As manchas mais parecem pústulas, e a pele dele é pior do que a de qualquer pessoa na Dunbarrow High. Olhamos um para o outro, ele segurando uma escova, eu um espeto.

Alguém dá uma tossida à minha esquerda.

O skinhead está sentado à mesa da cozinha, encarando-me. Eu quase engasgo de terror. Ele deve ser capaz de se mover silenciosamente. Seguro o espeto com tanta força que minhas articulações brilham, brancas. Ele está fumando um cigarro artesanal, apoiando os braços grossos na mesa.

— Se mover um único músculo, vou esfaquear você — digo para ele, voz firme. — Estou falando sério. A polícia está a caminho.

Ele dá de ombros, não diz nada. Dá outra tragada no cigarro.

— Eu chamei a *polícia* — informo, a voz começando a tremer.

— Devo confessar que estou confuso — diz o Cara-Manchada, levantando-se.

— O que vocês estão fazendo aqui? — pergunto. — Esta é a minha casa!

— Mil desculpas, senhor — retruca o Cara-Manchada, curvando-se ligeiramente. Ele tem a voz limpa de um âncora de telejornal. — Será que o ofendemos de alguma forma? Você parece estar... irritado.

— Quem são vocês?

— Diabos — diz o skinhead.

— Eu sou o Vassalo — responde o Cara-Manchada —, um guia para quando o caminho está escuro.

— O quê?

— Este é meu colega, o Juiz — continua o Cara-Manchada, gesticulando na direção do skinhead.

— Tudo certo, chefe? — diz o skinhead.

— Quem são vocês? — pergunto de novo. O skinhead não se parece com qualquer juiz que eu já tenha visto.

— A minha explicação foi inadequada? Podemos mergulhar em biografias detalhadas se necessário, mas achei melhor dar uma descrição resumida. Os outros devem chegar nos próximos dias, imagino.

— Os outros?

— O restante da sua Legião, senhor — diz o Cara-Manchada, o Vassalo.

— Você é louco. "Legião"?

— Isso é por causa da outra noite? — pergunta o skinhead, o Juiz, desconfortável. Se eu não soubesse que isso é bem improvável, diria que ele parece ter medo de mim. — Porque, se for, então lamentamos com humildade, sinceramente. É muito fora das regras nos manifestar como fizemos.

— Manifestar?

— Normalmente nunca ousaríamos ir até você sem que isso seja especificamente solicitado — diz o Vassalo. — Meu colega e eu estávamos simplesmente ansiosos devido à falta de instruções depois da transferência.

— Você não parece apreciar muito a minha culinária — comenta o Juiz. — Achei que deveria perguntar o que você deseja comer.

— "Transferência"? Por favor, da forma mais resumida possível, expliquem quem são e o que estão fazendo na minha casa.

— Eu acho — diz o Vassalo — que presumimos demais.

— Com certeza. — O Juiz dá uma bufada.

— Você é o Mestre Luke A. Manchett, correto? — pergunta o Vassalo.

— Sim — digo, ainda segurando o espeto para o caso de eles avançarem de repente na minha direção. — Esse é meu nome.

— Seu pai é o dr. Horatio Manchett — continua ele.

— Era — respondo. — Ele está morto. Isso tem a ver com dinheiro? Porque não tenho o dinheiro. Os advogados não me repassaram ainda. Ainda estou esperando. Eu não tenho o dinheiro.

Os homens se entreolham, confusos.

— O dinheiro tem pouquíssima utilidade para nós atualmente — diz o Vassalo. — Somos parte da Legião do seu pai. Pelo visto, você não entende o termo.

— É claro que não.

— Somos da Legião dele — diz o Juiz. — Sua equipe, sua trupe, seu poder.

— Somos, éramos, os lacaios de seu pai — explica o Vassalo. — E, em caso de morte, o domínio sobre a Legião é repassado ao herdeiro vivo mais velho. Que, até onde sabemos, é você, Luke. Ele não explicou isso para você?

— Ele me deixou alguns papéis. Não li nenhum deles ainda.

— Tenho certeza de que eles explicam esses assuntos melhor do que nós — diz o Vassalo. — Não sou um especialista quando se trata de sucessão.

— Ainda não tenho nenhuma ideia do que vocês estão falando — digo. — Vocês são os serviçais dele?

— Escravos seria uma descrição mais apropriada — comenta o Juiz. O Vassalo olha para ele, sério. — Meu colega e eu temos opiniões divergentes sobre o tópico — explica ele. — Mas, sim, somos seus serviçais. Nosso contrato foi assinado e agora estamos em dívida para com você até a sua própria morte.

— Então vocês são... minha propriedade?

— Sim — responde ele, inclinando-se novamente. O Juiz também abaixa sua cabeça nodosa. — Somos sua Legião, sua posse para fazer o que quiser.

— Vocês são minha propriedade? Existem leis contra isso. Meu pai tinha *escravos*? Quantos?

— A Legião Manchett conta com oito almas — diz o Vassalo. — Nem todas são tão... razoáveis quanto o Juiz e eu. Contudo, elas se apresentarão quando chamadas.

— Mas... não é permitido ter escravos! Isso é ilegal! O que eu vou dizer para a minha mãe? Ah, sim, temos oito pessoas novas morando na nossa casa agora? Não precisa se preocupar com isso? Meu pai deixou de herança para mim?

— É ilegal manter seres vivos como escravos, sim — diz o Vassalo. — Infelizmente, não existem leis assim governando as almas. Como, bem, esse é um assunto delicado para nós dois, como o Juiz e eu não estamos mais vivos, não existem leis proibindo de nos manter como trabalho forçado.

— Vocês... o quê?

— Ele realmente não sabe? — pergunta o Juiz. — Ou está só nos testando?

— Vocês estão mortos? — digo. — Vocês estão me dizendo que estão mortos? Estou falando com pessoas mortas neste exato instante?

— Bem, tudo bem — diz o Juiz. — É um assunto sensível. Não precisa esfregar na nossa cara.

— Vocês são fantasmas — digo.

— Somos espíritos — corrige o Vassalo. — Seu falecido pai era um necromante, um daqueles que usa ritos antigos para levantar os mortos e forçá-los a servi-los.

Por um instante, todos nós nos encaramos, e então eu caio na gargalhada. É simplesmente demais. O Vassalo e o Juiz sorriem um para o outro sem humor na expressão.

— Vocês são impagáveis — digo. — Isso é ridículo.

Ouço uma batida pesada na porta da frente. Obrigado, Departamento de Polícia de Dunbarrow, chegaram na hora certa.

— Tudo bem — digo. — Fiquem aqui. Essa é a polícia chegando. Vou deixar eles entrarem e aí vocês podem contar para eles sobre os "ritos antigos" e como vocês são fantasmas deixados para mim pelo meu pai em seu testamento, e aí, quando vocês terminarem de contar isso tudo, os homens com os casacos brancos e as redes virão pegar vocês e levar embora.

— Por favor, deixe-os entrar se quiser — diz o Vassalo. — Nenhum de nós ousaria dizer o que pode ou não fazer. Mas eu não espero que eles possam fornecer a você a ajuda de que imagina precisar.

Não me dou ao trabalho de responder. Quanto antes esses maníacos estiverem fora da minha cozinha e algemados na traseira de uma van, melhor. Me dou conta de que abrir a porta para a polícia enquanto seguro uma arma tende a criar uma má impressão. Então escondo meu espeto no suporte para guarda-chuvas e abro a porta. Os policiais têm uma cara de pessoas sensatas, com bochechas vermelhas e ombros largos.

— Bom dia, senhor. Qual é o problema exatamente? — pergunta o mais alto, entrando na casa.

— Tem dois homens na minha cozinha — digo. — Eles dizem ser amigos do meu pai. Entraram na minha casa sem permissão e agora se recusam a sair.

— Entendo — diz ele. — Entendo.

— Por favor, pode pedir para eles irem embora? — pergunto. — Estou sozinho aqui.

— Vamos ver o que está acontecendo — responde ele. — Tenho certeza de que podemos resolver isso.

Ele passa por mim, virando desconfortável no corredor estreito, e entra na cozinha. Eu respiro com alívio. O parceiro permanece no corredor comigo. Vai ficar tudo bem.

— Você falou que estavam na cozinha? — Ouço a voz do policial.

— Sim, é isso mesmo — respondo.

— Não tem ninguém aqui, filho.

— Eles estavam logo ali — digo. — Talvez tenham ido para outra sala.

Sigo o policial até a cozinha e congelo mais uma vez. Não. Não. Isso não pode estar acontecendo.

O policial está perambulando a esmo em direção à geladeira. Ele observa as fileiras de panelas prateadas, a torradeira, os pedaços de prato azul acumulados na pá de lixo. Ele não olha para as coisas mais importantes do aposento, que são os dois maníacos.

— Você está bem, filho? — indaga o policial. — Você está parecendo um pouco pálido.

— É quase como se ele não pudesse nos enxergar. Engraçado como essas coisas funcionam — comenta o Juiz.

— Eles estão bem... Eles estavam bem aqui.

— Vou dar uma olhada nos outros cômodos — diz ele. — Meu parceiro vai verificar lá em cima. Fique aqui e grite se precisar de mim. Tem mais alguém em casa?

— Meu cachorro — digo. — Meu cachorro está no andar de cima. E minha mãe. Mas ela... ela está mal.

— Certo — diz ele, e sai caminhando para a sala de estar.

— Isso não está acontecendo — digo.

— Tentamos explicar, senhor — diz o Vassalo. — Sinto muito. Espero que isso não seja muito perturbador para você.

— Vocês... — Eu me esforço para pensar em uma palavra. — Vocês são fantasmas de verdade. Vocês estão mortos.

— Em um sentido, sim. Em outros, não — diz o Vassalo.

— Então vocês são o quê? — pergunto. — Eu não sou muito... Isso não é nem um pouco científico. É lixo. Isso é uma bobagem.

— Ciência não tem nada a ver com isso — diz o Juiz. — Não passamos para o outro lado, nós persistimos. E isso é tudo.

— Então você... Você é uma consciência humana? Algo que sobreviveu à morte, alguma parte do ser humano que não é física. Algum tipo de energia ou...

— Se me permite, senhor — diz o Vassalo —, eu o aconselharia a não pensar demais nisso. Nunca me serviu de nada, pelo menos disso eu sei. Mentes melhores que a sua ou a minha já perseguiram suas próprias sombras por vidas inteiras procurando respostas para tais perguntas.

— Preciso sentar — digo.

— O que você falou, rapaz? — pergunta o policial atrás de mim.

— Ah, nada — respondo.

— Cachorro legal, o seu — diz ele. — Qual é o nome dele?

— Presunto.

— Bem legal o cachorro. Mas então, filho, demos uma olhada e não tem ninguém aqui. Sua mãe está dormindo, pelo jeito. Talvez esses caras tenham fugido quando ouviram a gente entrar.

Há algo no tom de voz dele que me faz pensar que ele não acredita realmente que tinha alguém na casa e está prestes a me passar um sermão sobre chamadas de falsas emergências, mas acho que ele também consegue perceber que estou perturbado de verdade por alguma coisa.

— Deve ter sido isso — concordo.

— De qualquer modo — diz o policial —, sei que deve ter sido um susto, dois estranhos na sua casa. Você disse que eles eram amigos do seu pai?

— Eles disseram que eram — respondi. — Eles eram um pouco... estranhos.

— Bem, passe para mim as descrições deles que vamos ficar de olho. E ligue de novo se eles retornarem. Eles ameaçaram você de alguma forma?

— Não — digo. — São só muito estranhos.

Dou uma descrição razoavelmente precisa do Juiz e do Vassalo para o policial, e devo admitir que ele registra isso tudo sem levantar a sobrancelha. Então fecha o caderno, me diz para tomar cuidado e me deixa sozinho com os mortos.

— Meio dedo-duro você, não? — diz o Juiz. — Se abrindo todo com a polícia.

— Não é para você ser meu servo?

— Eu falo o que penso — diz ele, dando de ombros.

Um dos policiais fecha a porta com força. O carro deles começa a roncar na entrada. Os fantasmas olham para mim com expressão de expectativa. Coloco minhas mãos nos olhos por alguns instantes, mas, quando as tiro, os fantasmas continuam na minha frente. As árvores lá fora se curvam ao vento.

— Eu tenho muitas perguntas — digo a eles depois de uns instantes. — Parece que eu vou matar aula de novo hoje.

— Compreensível — diz o Vassalo.

— Será que... Será que um de vocês poderia antes me preparar uma xícara de chá?

Infelizmente, minha pergunta mais premente — como é morrer? — não é respondida pelos fantasmas. Eles não se lembram de ter morrido de fato, e aparentemente, depois que você morre, é difícil até se dar conta de que isso aconteceu com você. Para alguns fantasmas, a ficha nunca cai. Nem todos os mortos, conforme o Vassalo explica, são igualmente conscientes. As almas são tão variadas na morte quanto eram em vida.

— O Juiz e eu — conta ele — retivemos a maior parte da alma, nosso animus. Ainda temos um forte senso de tempo, identidade e lugar. Sabemos que só existimos em espírito. Nem todos os nossos colegas tiveram essa sorte.

— Você disse que eram quantos na Legião?

— Oito. Uma Legião completa de oito.

— Então todos têm nomes como os seus? Todos têm títulos? Vocês têm nomes de verdade?

— Perdi meu nome quando morri — diz o Juiz. — Não consigo me lembrar dele.

— Como disse, não sou um especialista — diz o Vassalo. — Pelo que entendo do processo, quando um espírito é preso, ele precisa receber um título, um nome de vínculo, para que não possa resistir aos comandos dados a ele. Existem certas posições dentro de uma Legião que sempre precisam ser preenchidas. Eu e o Juiz preenchemos duas dessas funções.

— Então sempre tem um Vassalo e um Juiz? Por quê?

— O propósito por trás dos nossos títulos é explicado no Livro.

— O livro?

— O *Livro dos Oito*. Um tomo infernal. O Livro contém os rituais de amarração e muito mais.

Eu mantenho a expressão calma. Tenho uma boa ideia do que pode estar dentro daquele pequeno livro verde que meu pai deixou para mim.

— Como são os outros? — pergunto. — Por que não estão aqui?

— Eles são ociosos — responde o Juiz.

Ele está preparando meu chá, apoiado no balcão, esperando a água ferver. De repente, me sinto tonto observando o vapor condensando na janela perto da chaleira. A chaleira está mesmo esquentando, está fervendo de verdade. Se isso é uma alucinação, é bem realista.

— Quero dizer, eles estão por aí — continua o Juiz. — Estão em LA, a maioria deles.

— Los Angeles? Por quê?

— Negociações estavam sendo feitas com seu pai.

— Um filme — completa o Vassalo.

— Jura? Achei que ele tinha morrido na Inglaterra.

— Terra estrangeira, infelizmente — diz o Vassalo, inclinando a cabeça.

A chaleira apita, e o Juiz a levanta e derrama água na minha xícara. Se eu olhar pelo canto do olho, posso ver uma chaleira flutuando no meio do ar. Quando olho diretamente para ele, o Juiz entra em foco lentamente, primeiro borrado, até que vai se ajustando e formando uma silhueta reluzente e nítida.

— Então vocês estavam todos em Los Angeles, e meu pai morreu. Os outros simplesmente ficaram por lá? Eles vão voltar?

— Se você os convocar, eles precisam vir — diz o Vassalo. — Todos eles.

— Quanto tempo levaria?

— Se você os convocar neste exato instante? Um dia, talvez — diz o Juiz.

— Mas... vocês são fantasmas. Como podem levar tempo para chegar a algum lugar?

— Eu não sabia que você tinha virado um especialista em estar morto agora, chefe. Como levamos tempo para chegar a algum lugar? Do mesmo jeito que você leva tempo, caramba.

— Bem, desculpe — digo.

— Temos certas vantagens devido ao nosso estado incorpóreo — diz o Vassalo. — Podemos viajar como o corvo voa, digamos. Existem limites sobre onde e quando podemos viajar, mas não são os mesmos que restringem os vivos. Paredes e chamas, montanhas e oceanos: essas coisas não atrapalham. Somos limitados pelos movimentos das estrelas, pela música das esferas. Quando os planetas estão na configuração errada, existe muito pouco que podemos fazer.

— Então você não pode simplesmente voltar para a América do Norte agora mesmo?

— Só existe um que pode estar em todos os lugares a todo tempo, e não somos como Ele.

— Como Deus? — pergunto. — Você está dizendo que existe um Deus?

— Tudo bem para você, se existir, chefe? — pergunta o Juiz, largando o chá perto do meu cotovelo direito.

— Eu sei que existe — diz o Vassalo —, embora esse herege possa discordar.

— Não parece muito provável — diz o Juiz. — Já estou morto há quase trinta anos e nunca tive nem um vislumbre de um portão perolado.

— E quem diz que isso conta como prova? — pergunta o Vassalo. — Você não esteve do outro lado, colega. Nenhum de nós esteve.

— O Pastor esteve — diz o Juiz. — Foi para o outro lugar e voltou também. Ele me contou.

O Vassalo olha fixamente para o teto.

— O Pastor? — pergunto.

— Outro membro da Legião — retruca o Vassalo, depois de algum tempo.

— Não vamos falar mal dos mortos — diz o Juiz.

Minha cabeça está começando a latejar.

— Escutem — digo —, será que vocês podem todos, tipo, dar um tempo ou alguma coisa assim?

— É claro — diz o Vassalo.

— Tirem o dia de folga. Tenho certeza de que o serviço normal, o que quer que seja, vai continuar... em breve. Eu acho. Mas, por enquanto, podem todos tirar um dia de folga. Vão passear na cidade ou coisa parecida.

— Nossa gratidão é eterna — diz o Vassalo.

O Juiz dá um sorriso torto e assente.

— Você quer que o jantar seja feito? — pergunta ele.

— Vou pedir uma pizza. Simplesmente, tipo... Vão se divertir? Eu acho.

Pela primeira vez, os fantasmas estão realmente sorrindo. Eles fazem uma mesura para mim e então saem andando, atravessando a parede e o jardim. O Vassalo continua andando em direção ao centro da cidade. O Juiz persiste, como se estivesse decidindo o que fazer. Quando percebe que ainda estou observando, ele sorri antes de desaparecer, como se alguém o tivesse desligado.

Respiro fundo e subo com minha xícara de chá. Presunto está no meu quarto, enrolado no meu edredom. Ele grunhe, ansioso.

— Está tudo bem, garoto — digo. — Eles já foram embora.

Eu me sento e esfrego a cabeça dele, alisando os pelos embolados. Não sei o que pensar. Quando os mortos estavam aqui, na minha cozinha, era mais fácil. Eu não podia duvidar de mim mesmo, porque estava acontecendo comigo. Agora que partiram, as dúvidas vieram como uma enxurrada.

Isso é ridículo. Não existem fantasmas, porque... Bem, simplesmente não existem, não importa o que os próprios fantasmas possam dizer.

Mas isso foi tranquilo demais para uma alucinação. Acho que, quando a pessoa enlouquece, acontecem coisas como ouvir vozes da TV dizendo que ela deve assassinar o presidente. Não sei quão convincente minha mente seria em criar pessoas diferentes, mas os fantasmas pareciam singulares e distintos, e eram lúcidos, faziam certo sentido, mesmo que distorcido. Nenhum deles era parecido com qualquer pessoa que eu já tenha conhecido. O Vassalo não parecia nem ser alguém deste século. Ele estava vestido como um sujeito do passado de verdade, e não como um ator fazendo o papel de alguém do passado.

Presumindo que isso seja real, não sei mais o que pensar do meu pai. Ele tinha fantasmas presos sob seu comando? Isso ajuda a entender, eu imagino, o momento em que o vi conversando consigo mesmo: havia mais alguém ali, alguém que eu não conseguia enxergar. Que tipo de pessoa se envolve nisso? Por quê? Será que todos os fantasmas no programa de TV dele eram reais? Será que isso está conectado à fortuna surpreendentemente grande dele? Neste momento, percebo que estou me perguntando por que ele nos deixou, por que foi tão de repente, o que aconteceu entre ele e minha mãe. Agora estou começando a pensar se não tinha algo mais, algo que nenhum de nós imaginava, puxando ele para longe.

Abro a porta do quarto da minha mãe e entro arrastando os pés, tigela de sopa em mãos. O quarto está escuro: tapete cor de musgo, máscaras tribais de madeira fazendo caretas nas paredes. Ela está deitada na cama, mão cobrindo o rosto, edredom levantando e caindo. Coloco a tigela na mesa de cabeceira.

— Mãe?
— Sim, querido.
— Como você está se sentindo hoje?

— Vou melhorar... — Ela gesticula com uma mão em direção à sopa.
— Isso é para mim?

— Não. Só senti uma vontade súbita de carregar isso até aqui. É para o cachorro.

Minha mãe nem tenta rir. Eu tinha imaginado que ela talvez perguntasse por que eu não estava na escola, mas acho que ela nem sabe que horas são.

— Isso é muito gentil da sua parte — diz. Ela não se sentou, e sei que quer que eu vá embora, mas preciso perguntar uma coisa primeiro.

— Mãe, o meu pai acreditava em fantasmas?

— Querido, por favor, fale em voz baixa.

— Desculpe... mas o programa do papai era... quero dizer, é sobre fantasmas. Ele é um especialista em fantasmas. Ele acredita mesmo neles?

— Seu pai é muito espiritualizado. Ele leu minha aura quando nos conhecemos.

— Ele já falou com você sobre fantasmas?

— Às vezes. Disse que eles eram como... luz, foi isso que ele falou. Energia. Aqueles que ficam na Terra, eles estão perdidos. Ele os ajudava.

Ou os mantinha cativos. Tenho uma forte suspeita de que ele não mencionava essa parte para a minha mãe.

— Você já viu algum na nossa casa? — pergunto. — Um skinhead? Um cara com o rosto manchado?

Observo o rosto dela quando menciono o Vassalo e o Juiz, mas não há nenhum sinal de reconhecimento, nenhuma surpresa. Ela só franze a testa.

— Não se trata realmente de vê-los — diz minha mãe. — É mais acreditar neles, estar aberto a experiências. Estar em sincronia com a energia do outro mundo. Nunca *vi* nada, exatamente, querido. Nunca precisei. Por que você está perguntando isso agora?

— Dei uma olhada no programa de TV dele. Aí me perguntei se você acreditava nisso ou não.

— Acho que é bom manter a mente aberta — diz minha mãe. — Seu pai está bem sintonizado com o universo. Ele enxerga mais longe do que algumas pessoas. Os cientistas acham que têm todas as respostas. Mas eles não têm.

Algumas horas atrás eu teria discordado fortemente, mas agora só faço que sim.

— Você deveria ligar para ele, se estiver interessado mesmo — diz ela.
— O quê?
— Ligue para ele. Sei que ele gostaria de falar com você.
— Talvez.
— Sei que você está... com raiva. Mas ele não é um homem tão ruim quanto você imagina.
— Tudo bem, pode deixar.
— Agora estou realmente muito cansada, querido — diz ela.
— Tente comer alguma coisa — digo, e saio do quarto.

Não sei o que pensar dessa conversa. Minha mãe acreditar em fantasmas não é nenhuma surpresa; ela acredita em qualquer coisa que possa encontrar em um livro de bolso sobre espiritualidade. Ela não parece ter visto nenhum, muito menos conversado com um. Então, pelo jeito, meu pai estava mantendo muita coisa escondida dela.

Decido levar Presunto para passear pelos campos atrás da nossa casa. As sebes estremecem com o vento. Presunto sai trotando, cheirando a terra molhada. Além das gaivotas brigando no alto de um campo recém-arado, não vemos ninguém, vivo ou morto.

Passo a tarde sozinho. Meus segredos estão se multiplicando. O mundo que eu conhecia ontem à noite não é mais relevante. Existe vida após a morte. Não preciso mais simplesmente ter fé nisso: eu sei. Mark manda uma mensagem me lembrando do treino. Eu ignoro. Vou começar a me esforçar ainda mais em fingir ser normal, mas não sei como fazer isso neste exato instante. Assisto à TV, brinco com Presunto. Minha mãe continua na cama. O Juiz e o Vassalo não retornam, e faço meu próprio jantar.

De noite estou fazendo meu dever de casa e ouço alguém gritar.

Enquanto empurro a porta do quarto para abri-la, espeto de carne na mão, me ocorre que isso deve ter algo a ver com os fantasmas e que provavelmente não há nada que eu possa acertar com uma arma, de qualquer modo.

Os gritos estão mais altos agora. Eles são masculinos, sem dúvida. Então não estão vindo da minha mãe. Quem quer que esteja gritando arfa, berra algumas palavras ininteligíveis e grita mais um pouco. De pé no corredor do lado de fora do meu quarto, observando o patamar, vejo alguma coisa estranha. Há uma fonte de luz bem forte no início das escadas. Tons profundos de amarelo e laranja sobem pelo corredor, criando enormes sombras cintilantes em torno do patamar obscurecido.

— Olá?

A única resposta que recebo são mais guinchos. Estou preparado para descer a escada correndo, dois degraus de cada vez, mas então paro.

Há um esqueleto humano enegrecido, coberto em chamas, de pé no meu corredor. Pedaços de carne e cabelo ainda estão presos aos ossos. Pingos de gordura viscosa escorrem pelas costelas e pernas do esqueleto, se acumulando no chão. O esqueleto se vira e olha para mim, levantando os braços no ar. A mandíbula queimada se escancara e o fogo flui em torno da cabeça da criatura.

— *Pater noster, qui es in caelis, sanctificetur nomen tuum!*

— Quem é você?

— *Adveniat regnum tuum!* — grita a criatura.

A mandíbula abre e fecha dramaticamente quando grita, como o boneco de um ventríloquo. A criatura é grotesca, mas não é exatamente aterrorizante. Sua postura tem algo de desalento e consternação, como se estivesse tão confusa quanto eu.

— Você está sempre pegando fogo? — pergunto.

O esqueleto urra de dor, e o som reverbera pela casa. Presunto começa a latir na cozinha.

— *Fiat voluntas tua, sicut in caelo et in terra! Panem nostrum quotidianum da nobis hodie, et dimitte nobis debita nostra sicut et nos dimittimus debitoribus nostris!* — vocifera o fantasma, mandíbula se agitando loucamente.

— Estou a dois metros de você. Posso ouvi-lo perfeitamente, não precisa gritar.

— *Et ne nos inducas in tentationem, sed libera nos a malo!*

— O que você quer?

— *Pater noster, qui es in caelis! Sanctificetur nomen tuum! Adveniat regnum tuum!*

Presunto ainda está latindo, se debatendo contra a porta da cozinha. Tenho duas aulas seguidas de química amanhã de manhã. Esse não é o tipo de problema que quero resolver agora. O fantasma começa a subir as escadas na minha direção, andando trôpego com tocos chamuscados.

— Às vezes é necessário um fantasma clássico no seu séquito — diz uma voz vinda do patamar atrás de mim. — Para lembrar os velhos tempos. É tradicional. É preciso um esqueleto gritante na sua coleção, se quiser manter a cabeça erguida na companhia de necromantes experientes.

— Obrigado por me avisar sobre isso — digo, acenando em direção ao esqueleto.

O Vassalo levanta uma sobrancelha fina, dá uma puxada na gravata.

— O Herege é... cansativo, devo admitir. É o mais antigo de toda a Legião. Ele esqueceu tudo, até o motivo pelo qual o queimaram.

— Então tudo que ele faz é gritar?

— Ele consegue recitar diversas preces em latim. Isso parece ser tudo que conseguiu reter.

— Ótimo.

— Seu animus está terrivelmente corroído. Ele foi preso por diversos necromantes antes de seu pai. Existe poder em espíritos antigos, mas um vínculo duradouro dissolve a racionalidade deles.

Consigo enxergar os pedaços de pele derretida de perto agora, gordura queimada borbulhando nos ossos da criatura. Tento entender de onde exatamente está vindo o fogo, mas ele parece fluir para fora dos ossos do Herege. O fantasma não exala calor, mas ainda posso sentir o cheiro de carne queimada. O fantasma dá outro passo hesitante na minha direção.

— *Fiat voluntas tua, sicut in caelo et in terra! Panem nostrum quotidianum da nobis hodie, et dimitte nobis debita nostra, sicut et nos dimittimus debitoribus nostris!*

— O que ele está falando?

— O Pai Nosso — diz o Vassalo. — Primeira parte. Ele conseguia recitá-lo inteiro quando seu pai o adquiriu, mas agora até isso parece estar além da capacidade dele. É um estado lamentável.

O Herege está bem na minha frente, órbitas oculares vazias borbulhando. Ele dá outro passo, e de repente seu rosto descarnado está bem na frente do meu. Então ele me atravessa, seu espírito cambaleando através do meu corpo e saindo pelo outro lado. Eu me sinto frio e gorduroso. O fantasma continua a tropeçar para a frente, atravessando o patamar e uma parede externa. Ainda consigo ouvi-lo gritar.

— Você não pode fazer ele calar a boca? — pergunto. — Tenho dever de casa para terminar.

— Não tenho muita influência sobre o Herege — diz o Vassalo. — Ninguém tem. Não sobrou animus suficiente para alguém se comunicar com ele.

— Então eu simplesmente *espero* até ele calar a boca?

— Se puder, senhor, fazer uma rápida contribuição... Espero que não sinta que eu esteja ultrapassando minhas prerrogativas ao dizer que você parece muito desleixado em relação à Legião.

— Vocês estão todos mortos. Ainda estou tentando me acostumar com toda essa coisa de "fantasmas existem". Como devo agir, exatamente?

— Seu pai, senhor, ele entendia as necessidades da Legião. Precisamos de disciplina, estrutura. Deve haver regras e limites. Costumava existir controle, senhor. O senhor não demonstrou qualquer controle sobre a Legião. Não costumamos receber dias de folga.

— Digo a vocês todos o que fazer, não digo? Isso não é suficiente?

— Para mim é, senhor. Sou um servo leal. Acredito que, se preciso estar vinculado, então aguentarei isso com a dignidade apropriada de um cavalheiro. O senhor nunca precisará me disciplinar. Contudo... meus colegas não são todos servos dispostos, senhor. Alguns se veem como escravos. Alguns, como o Herege, não têm qualquer concepção de sua posição no mundo.

— O que você está querendo dizer com isso? — pergunto.

— A Legião exige disciplina adequada. O senhor precisa aprender os protocolos, os rituais. Deve emitir uma convocação geral para todos os membros e definir os limites claramente.

— Achei que vocês estavam presos a mim. Achei que todos tinham que me obedecer.

— Estamos, senhor. Somos sua Legião, sua propriedade. Contudo, palavras de comando não significam nada para nós se não tiverem o apoio de poder espiritual. O senhor é um necromante agora, por herança, se não por escolha. Deve cumprir seu papel.

— Bem, meu pai me deixou o livro dele.

— Pode ser sábio — diz o Vassalo — ler tudo o que ele deixou para o senhor. Normalmente eu nunca aconselharia alguém a mergulhar no *Livro dos Oito*. Sou um homem temente a Deus, mas temo as obras do Diabo ainda mais. Contudo... alguns da Legião... Alguns deles são perigosos, senhor. Eu não falarei mal...

— ... dos mortos. Eu sei.

— De fato, senhor. Contudo, a coleção do seu pai fazia inveja a muitos que participavam de seus círculos. Não somos uma trupe de mercado de pulgas com agitadores de correntes de segunda categoria. Precisamos ser administrados, assim como alguém gerenciaria qualquer coisa que soubesse ser poderosa e perigosa.

— Bom saber.

— Disponha, senhor. Eu o aconselharia a ler a correspondência de seu pai e o próprio livro. Ele os deixou para o senhor por um bom motivo.

— Farei isso.

O Vassalo assente e desvanece na escuridão. Ele tem razão. Não sei nada sobre a Legião, a não ser pelo que o Vassalo e o Juiz me contaram. Se vou ser chefe, preciso saber o que estou fazendo, especialmente se os fantasmas são perigosos.

O Herege continua bradando o Pai-Nosso no volume de uma buzina de nevoeiro durante boa parte da noite. Ele perambula em um círculo em torno da casa antes de marchar para dentro da cozinha, fazendo Presunto voltar a latir. Minha mãe, por incrível que pareça, dorme profundamente. Fico muito tentado a tomar algumas das pílulas dela. Estou sentado à minha mesa, dever de casa esquecido, tentando entender os documentos que o sr. Berkley me deu. Seria de imaginar que, se soubesse que passaria a Legião para mim, se tudo isso tivesse sido planejado, meu pai poderia ter simplesmente me deixado uma simples folha de papel organizada em tópicos, digitada em computador.

Em vez disso, enfrento um caleidoscópio de tralhas. Os papéis do meu pai estão uma confusão. Eles não estão em nenhuma ordem particular e não parecem ter sido pensados para facilitar a leitura de qualquer outra pessoa. Alguns foram escritos em uma máquina de escrever, outros à mão. Alguns dos papéis estão amarelados e amassados; alguns estão sujos com alguma substância espessa e escura que eu só posso torcer para ser leite achocolatado derramado. A maioria das páginas manuscritas foi escrita com um bico de pena antigo e tinta, as palavras prensadas em pequenas fileiras densas, centenas em cada folha, frente e verso. Estão completamente cobertas de minúsculas colunas de números, como um dever de casa de matemática infernal. Alguns dos números, percebo ao apertar os olhos mais de perto, parecem estar escritos ao contrário. Estão ilegíveis. O texto é incompreensível. Folheio a pilha até me deparar com algo que consiga ler.

Quinta-feira:
    Gelo na pia de novo. Talvez alguma manifestação de culpa/perda?
    Estrelas à vista noite passada. Equinócio se aproximando — sinto em meus ossos. Eles estão começando a testar suas algemas novamente, como sempre fazem.
    Temo que Pa e J estejam certos. Preciso me livrar de Ahlgren, estou exposto. É o único jeito. Ele pode se voltar contra mim a qualquer momento. Mas saber que preciso traí-lo não facilita nem um pouco as coisas.

Parece uma anotação de diário, mas sem contexto ou data não há muito que eu consiga extrair dele. Meu pai parece deprimido. Quem é Ahlgren? Por que traí-lo? Será que meu pai tinha inimigos que eu não conheço? Como ele morreu, exatamente? Procuro outros pedaços de prosa mais clara como essa, algo que eu possa acompanhar, mas não encontro nada.

Deixo os papéis de lado e pego o livro verde do meu pai. O *Livro dos Oito*. Eu o seguro em uma das mãos, girando-o contra a luz do meu abajur, a estrela dourada na capa refletindo a luz. O Vassalo o chamou de tomo infernal, eu lembro, mas é a chave para a necromancia. Passo um dedo pela lombada do livro. O couro é flexível e suave ao toque. Lembro que, nas duas últimas vezes que tentei abri-lo, os fechos estavam presos, mas tenho a sensação de que, se tentar agora que já falei com os fantasmas, algo diferente vai acontecer.

    Puxo os fechos, esperando que se abram com um estalo, mas estão presos com tanta força quanto antes. Eu deveria arrancá-los. Quem se importa com danificar este livro? Eu preciso saber o que tem dentro. Pego uma tesoura e me preparo para cortar a capa. A tesoura está prestes a encostar no couro verde quando começo a me sentir muito estranho.

4

CÉUS CINZENTOS

Acordo na minha mesa com dor de cabeça. De alguma forma consegui cair no sono na minha cadeira, na mesa. Lembro-me de ler algumas das anotações do meu pai, tentar abrir o *Livro dos Oito*, e então... Isso não parece certo. O Livro está na minha frente, parecendo tão inocente quanto possível. Há uma tesoura ao lado dele. Alguma coisa aconteceu, tenho certeza disso. Só não entendo o quê. Tento abrir os fechos do Livro, mas estão bem presos. Não sinto o frio dos fantasmas em nenhum lugar da casa e decido que vou tentar fingir ser normal hoje.

Pego meu ônibus habitual.

A estrada até os portões da escola está escura com a chuva da noite de ontem. As calhas são pequenos riachos, borbulhando declive abaixo até grelhas sedentas de esgoto. Eu roço em uma parede coberta de hera e as folhas tocam meu ombro como dedos frios. Minha cabeça parece pesada, como se a qualquer momento fosse se desprender do meu pescoço e rolar morro abaixo. Há outros garotos caminhando pela mesma rota que eu, alunos mais novos da Dunbarrow High. Juro que nunca fui tão baixo ou esganiçado. Eles andam desordenadamente, uma massa de gel de cabelo e mochilas esportivas, empurrando uns aos outros e gritando.

Consigo ver os portões da escola agora, pilastras desgastadas de concreto em contraste com os abetos escuros. As crianças estão se amontoando para passar por elas, fazendo questão de evitar Elza Moss, que está apoiada em uma parede, fumando. Ela está com o queixo erguido, me encarando por cima das cabeças da multidão. Eu a encaro de volta.

Não sei qual é o problema dessa garota. Conheço-a de vista desde que tínhamos doze anos, e ela nunca demonstrou qualquer sinal de interesse em mim antes dessa terça-feira. Fico tentado a manter minha hipótese de ela-se-apaixonou-por-mim, mas isso não soa verdadeiro. Tipo, o quê? Vou passar um tempo com ela e começar a ver sua beleza interior e, então, dançarei uma música lenta com Elza na formatura e todos começarão a bater palmas, chorar e perceber como suas vidas julgando os outros eram vazias? Eu não a conheço nem quero conhecer, mas já estou passando pela semana mais estranha da minha vida e não sou burro. O que quer que esteja acontecendo comigo, uma esquisita como a Elza subitamente demonstrar interesse na minha vida não pode ser uma coincidência.

— Bom dia — digo, sorrindo o melhor que posso diante do corte de cabelo estúpido dela.

Elza sopra uma parede de fumaça na frente do rosto.

— Oi — diz ela.

— Então — digo —, oi. Olá.

— Posso ajudar você com alguma coisa? — pergunta ela.

— Só estava curioso para saber por que fica me encarando. Sabe, como uma esquisitona?

— Eu nem sonharia em agir como uma esquisitona. Nem sonharia em encarar alguém. Muito menos você, Luke.

— Bem, se não estava me encarando, o que estava fazendo?

— Observando.

— Observando quem? Porque parecia muito que estava me encarando.

— Estava observando coisas interessantes.

Ela bate no cigarro com uma unha comprida. A cinza flutua até o chão, deixando uma brasa vermelha como uma maçã.

— Tipo o quê? — pergunto.

Esta conversa está me irritando mais até do que eu tinha imaginado. Elza dá outra tragada no cigarro. Brinca com o cabelo, um bracelete tinindo no punho.

— Olhe para trás, descendo a estrada.

Tem um grupo de garotas subindo a colina. Elas usam rímel e batom como especialistas, e suas pernas são tão bronzeadas e elegantes que parecem ter sido corrigidas digitalmente. Uma delas, percebo, é Holiday Simmon. As garotas caminham a passos largos e tranquilos, rindo com alguma coisa.

Do lado delas trota um monstro, cambaleando com longas pernas marrons, cabelo fino como fungo branco, braços magricelas sacolejando. A criatura está nua, exceto por uma cueca samba-canção imunda. Seu torso e seus braços estão cobertos de longas cicatrizes que se cruzam. Ele caminha de uma garota até a outra, passando por seus corpos como névoa. Uma tesoura reluz em suas mãos.

— Do que você está falando? — pergunto, ouvindo o tom rouco da minha voz.

— É — diz ela, sorrindo de canto de boca. — Você não tem ideia do que estou falando. Foi por isso que você ficou branco... pálido como um *fantasma*.

— Fiquei acordado até tarde — digo, ainda olhando para a criatura terrível.

— Você sabe exatamente do que estou falando. Eu sei que pode vê-lo. Um homem com aquela aparência, segurando uma tesoura? No meio da rua? Deveria haver pânico. Mas em vez disso...

Eu olho para as garotas novamente, para o fantasma.

— Então você consegue vê-lo mesmo?

— Estou tão surpresa quanto você. Estava acostumada a ser a única. Não é divertido, né?

— Não tem como isso estar acontecendo.

— Está acontecendo — diz ela.

— Você sempre viu essas coisas?

— Olha, a vidência não é algo tão chocante. Ela pode ser bem útil.

— Sua vida inteira?

— Vamos colocar desse jeito — diz Elza. — Você preferiria ser cego? Preferiria estar em uma cadeira de rodas? Claro, somos diferentes, mas muitas pessoas estão pior do que nós. Alguns acham que é um dom, na verdade.

Holiday segue caminhando, sorrindo, distraída. Esse novo fantasma é o mais horrível de todos, de longe. No que diabos meu pai estava metido? No que ele *me* meteu? A pele do fantasma é escura, enrugada e esticada por cima dos ossos. De perto, vejo que praticamente todas as partes da pele dele estão marcadas por cicatrizes, algumas cortando seu corpo inteiro, outras na forma de pequenos traços de apenas alguns centímetros. O rosto dele parece algo que esqueceram em uma banheira em um dia quente de verão. Os olhos são leitosos, como se tivesse catarata. A boca é larga e molhada, lábios mal conseguindo cobrir os pequenos dentes brancos. Holiday sorri para seus amigos, e o rosto ressequido observa maliciosamente por sobre o ombro.

Eu me dou conta de que Holiday está prestes a notar a mim e a Elza, e tento ajustar meu rosto para uma expressão normal em vez de uma máscara vazia de terror voraz.

— Nunca vi ele antes por aqui — diz Elza. — Ele é um dos seus, imagino.

— Ah, não, cara.

Holiday com certeza me viu e está vindo em nossa direção. Nunca pensei que haveria uma situação em que eu preferiria não ver o rosto perfeito dela, mas esse momento chegou. Atrás dela vêm Alice... e o fantasma.

— Luke!

— Holiday, Alice. Vocês conhecem...

— Já nos conhecemos — diz Elza.

— Elza — diz Holiday —, que ótimo vê-la!

— O prazer é todo meu — retruca Elza, exalando outra parede de fumaça.

Fico alternando meu olhar entre o fantasma e Holiday. Ela está sorrindo com o ar de quem espera alguma coisa.

— Como você está? — pergunto.

— Ótima — diz Holiday. — Outro dia interessante na escola, certo?

— Muito divertido — digo.

— Onde você estava ontem? — pergunta ela, enquanto torço mentalmente com todas as minhas forças para ela ir embora.

— Esses sapatos são, tipo, vintage? — Alice pergunta para Elza.

— Eu acho que sim — responde Elza.

— Ah, você sabe, eu tinha algumas coisas para fazer — digo.

O fantasma está de pé atrás de Holiday, abrindo e fechando a tesoura. Ele irradia frio, como a porta aberta de um congelador.

— Eles são, tipo, estranhos, mas de uma forma legal — comenta Alice.

— Bem, obrigada — agradece Elza. — Seu bronzeamento artificial parece bom. Bem espesso.

— Você é tão misterioso, Luke! Então, escuta: vai na minha festa amanhã? Já falei dela, certo? Quero dizer, sei que falta tipo uma semana para o Dia das Bruxas, mas essa sexta-feira era, tipo, o único dia em que meus pais me deixariam dar a festa, considerando as provas e tudo, ah, e sim, decidi que vão ser fantasias completas. — Holiday finalmente respira. — Você... deveria ir também, Elza.

— Pode contar comigo — digo. Me sinto enjoado.

— Não perderia por nada neste mundo — diz Elza.

— Como você conhece o Luke? — pergunta Holiday a Elza.

— Na verdade, não conheço — responde Elza. — Ele estava pedindo um cigarro.

— Eu não sabia que você fumava — diz Holiday para mim com um olhar de reprovação.

— Ahn... Eu não costumo fumar — digo. — Só em ocasiões especiais.

— Qual é a ocasião? — pergunta Holiday.

— É quinta-feira?

Ninguém fala nada em resposta a isso. Alice está olhando para mim e para Elza com uma expressão que, normalmente, uma pessoa só faria se visse alguém comendo uma lesma na rua.

— Bem... a gente vai se atrasar — diz Holiday, com uma informalidade um pouco forçada. Ela está certa: O fluxo de alunos em torno de nós secou, restando apenas alguns retardatários. — Vou deixar meu número com você, ok? Eu te informo sobre a festa amanhã?

— Eu... é, sim, faça isso. Eu adoraria. Obrigado — digo.

Então troco números com a garota dos meus sonhos enquanto Elza e Alice se encaram como panteras prestes a dar o bote, e o fantasma desfigurado abre e fecha a boca com uma respiração molhada. Eu noto que ele não tem língua. Holiday e Alice se despedem e saem andando. O fantasma fica comigo e Elza, cutucando os dentes com a tesoura.

— Quem é você? — pergunto quando elas estão fora do alcance.

Ele não diz nada. Engole em seco. Olha para mim com olhos leitosos.

— Onde está o Vassalo?

O fantasma sorri e então se dissipa, tornando-se cada vez mais translúcido, até restar apenas a tesoura, como um sorriso igual ao do gato de *Alice no País das Maravilhas*, mas enferrujado.

— Nossa — diz Elza. — Seus fantasmas são sempre tão charmosos?

— Eu nunca tinha visto esse antes. Não sei como você consegue fazer piadas...

— Eu me acostumei a isso cedo. Sempre foi assim; não mudei como você. Escuta, você precisa aprender a fingir melhor, e rápido. Você passou o tempo todo com a cara de alguém que tinha acabado de mijar nas calças.

— É que isso tudo dá um certo choque, sabe?

— Ah, eu também fiquei chocada. Você tem uns espíritos bem feiosos, Luke. Essa não era uma visão que eu gostaria de ter às oito e cinquenta e cinco de uma manhã de quinta-feira.

— Sinto muito, de verdade.

— Eu também sinto muito — diz ela. — Imagino que seu pai tenha acabado de morrer, certo?

— Como é que você... É, foi isso. Não se preocupe. Nós dois não éramos próximos.

Elza dá um peteleco no cigarro em direção à calha. A água leva a guimba embora. Eu a observo acelerar rua abaixo e desaparecer em um bueiro.

— Acho que temos muito para conversar — diz ela.

— Concordo.

— Agora parece um bom momento — propõe Elza. Ela levanta a cabeça para ver o céu nublado. — Não deve chover por pelo menos uma hora. Vamos faltar a aula e dar uma volta.

Para minha surpresa, Elza me conduz pelos portões da escola, mas, em vez de subir a colina até o pátio dianteiro, ela vira à direita, seguindo colada à parede, e abre caminho por um bosque denso de pinheiros, agachando-se para passar por baixo de uma cerca de arame semidestruída. Nenhum de nós fala nada. Isso parece uma versão condensada de tudo o que tem acontecido comigo esta semana. Eu pensei que minha vida seguiria pelo caminho mais óbvio, até um lugar conhecido, e em vez disso sou puxado para um lugar com vegetação rasteira e escura. Sigo Elza até uma espécie de jardim que não parece muito diferente do terreno da escola que acabamos de deixar para trás: grama até a coxa, abetos enormes. Elza se move para além das árvores, e eu a sigo até um espaço aberto, um gramado baixo coberto de blocos de pedra desmoronando. Um anjo de pedra nos observa de cima para baixo com uma expressão de desapontamento, a cabeça meio encoberta por líquen amarelo.

— Achei que isso seria apropriado — diz Elza. — Gostou?

— Estou passando tempo com uma gótica em um cemitério.

Se Kirk e Mark descobrirem...

— Fica na ponta mais distante do Saint Jude — explica ela. — A maioria das pessoas não conhece essa rota para sair da escola. Venho aqui no almoço faz anos. E eu não sou uma gótica. Sou uma livre-pensadora.

— Se a carapuça servir...

— Não tenho obrigação de te ajudar — diz ela, suavemente.

— Como você me ajudaria, exatamente? Quer dizer, o que você é? É uma necromante também ou algo assim?

— Uma necromante? Não, nada parecido. Acho que pode ter sangue de bruxa em algum ponto da minha família, mas isso não é incomum. Nasci com a clarividência. É isso, na verdade. Então, quando foi que você assinou para receber a Legião Manchett?

Ela se senta no pé da estátua de anjo e começa a enrolar outro cigarro. Alguns pombos voam da árvore acima de nós, batendo as asas pelos galhos e desaparecendo no céu. Eu nunca consegui falar com minha mãe sobre o que tem acontecido, ou com meus amigos, ou com Holiday... E a ideia de conversar com um professor sobre meu pai e os fantasmas é tão ridícula que nem tinha passado pela minha cabeça até agora. E aqui estou, revelando meus segredos mais profundos para uma garota com a qual mal tinha trocado três palavras até hoje.

— Segunda-feira à tarde. O advogado dele... Ele disse que eu tinha herdado tudo. Tinha dinheiro também, ele me disse. Era isso que eu queria. Ele não mencionou a parte sobre a Legião. Como você sabe sobre isso?

— Devia estar óbvio — diz ela, acendendo o cigarro — que eu não sou idiota. Estou de olho em você faz um tempo porque, fala sério, Manchett não é um nome muito comum, né? Então eu ouvi falar que seu pai tinha morrido; aí, quando te vi no pátio da escola, senti essa onda forte de poder emanando de você. Além disso, foi então que os fantasmas da cidade começaram a se esconder...

— Fantasmas da cidade?

— As pessoas morrem o tempo todo, Luke. Tente acompanhar. Existem fantasmas em tudo que é canto. Dunbarrow é uma cidade antiga. Ela estava aqui antes de os romanos chegarem. Temos suicidas, vítimas de assassinato, vítimas de pragas, mortes no berço, fantasmas de velhinhas fofas, cavaleiros sem cabeça... São todos parte de Dunbarrow. Eles estarão sempre aqui. Geralmente são inofensivos. O pior que fazem é bater nas suas janelas à noite. Coisas de *poltergeist*. Fazer uma cadeira flutuar sozinha.

— Tudo perfeitamente normal e inofensivo.

— Bem. É tudo uma questão de perspectiva. Mas fantasmas presos, espíritos como os que compõem sua Legião, são diferentes. Seu pai nunca explicou nada disso?

Ela está olhando para mim do mesmo jeito que encara as pessoas que pronunciam palavras de um modo errado na aula de inglês.

— Não o vejo faz dez anos. Nos últimos três, não recebi nem um cartão de aniversário. Então, não, ele nunca explicou nada disso.

— Tá. Desculpe. Mas a Legião, esses espíritos estão vinculados a você. Esse vínculo dá a você, o necromante, poder, mas além disso, o que é muito importante, dá poder a eles. Funciona em ambas as direções, e metade do trabalho de um necromante é manter rédeas firmes o suficiente sobre seus fantasmas para que esse poder não seja útil para eles.

— O fato de serem escravizados os torna mais fortes?

— Não é uma ciência exata. Nada disso é nem de longe científico. Mas sim, normalmente. Para a Legião, sua força vital é uma espécie de âncora para o Lado Vivo. Eles podem influenciar o mundo dos vivos mais do que espíritos livres jamais conseguiriam.

— Lado Vivo?

— Aqui. — Elza acena com a mão, o cigarro deixando um rastro de fumaça. — Este é o Lado Vivo. Desculpe, eu converso muito nos fóruns de Suporte de Clarividência; então conheço a terminologia. É bom falar com outras pessoas que sabem as coisas pelas quais você passa todo santo dia. Lado Vivo e Lado Morto são jargões do fórum. Eu não sei como os necromantes de verdade chamam essas coisas. O Lado Morto... não é fácil de descrever, pelo que entendo. É uma névoa sem forma, um labirinto, um vazio, um caos. Não é surpreendente que tantos espíritos escolham ficar por aqui.

— Tá bom. Espíritos em uma Legião são mais poderosos do que fantasmas normais. O Juiz e o Vassalo disseram isso.

— Eles estavam certos. Mas você não deveria acreditar em nada do que eles dizem. Pessoas mortas são como os vivos: mentem muito e são egoístas. E em outros aspectos importantes são completamente diferentes de nós.

Eu penso no Herege, cambaleando pelo meu corredor enquanto fogo eterno fervia de seus ossos. Penso no Juiz e no Vassalo e em quem quer que fosse aquele cara desfigurado e mutilado com a tesoura. Estremeço.

— Sim. Faz sentido.

— Não sei como dizer isso, Luke, mas você está em apuros.

— Eu sei.

— Não, estou falando *sério*. Você está correndo perigo de verdade. Você, eu, a cidade inteira. Você já tem essas criaturas há três dias e está simplesmente deixando elas fazerem o que bem entendem, não é verdade? Não faça uma careta para mim. Foi isso que fez.

— Tudo bem, sim — digo. — Mas...

— Não está tudo bem. É muito perigoso. Elas não estão do seu lado. Assim que perceberem que você não está no controle, que não têm nada a temer, elas se voltarão contra você. Você precisa ser um comandante. Você foi um herdeiro do trono sua vida toda e não sabia, e eu sei que nunca pediu por isso, mas precisa comandar os fantasmas.

— Como?

— Isso eu já não sei.

Elza sopra fumaça por ambas as narinas.

— Não sabe?

— Não sei! — repete ela, fazendo uma careta como se as palavras tivessem um gosto amargo. — Não sou uma especialista em Legiões. Sei que elas são perigosas. Sei que seu pai tinha um conjunto completo de oito, o que é bem poderoso e ruim. Clarividência não é muito comum, e alguns de nós são um pouco fora da curva, mas não somos... Quero dizer, seu pai estava envolvido profundamente em algo que a maioria das pessoas não gosta. Necromancia, Luke, digo, trazer espíritos dos mortos, prendendo-os à sua própria alma, é a mais negra das magias negras. Estou falando de pactos com o diabo aqui.

— Ahn...

— Desculpe ser tão direta. Você sabe o que são demônios?

— Caramba... O cara com a tesoura era um desses?

— Eles são espíritos que nunca estiveram vivos. Eles vêm das partes mais profundas do Lado Morto. Infelizmente, acho que o cara com a tesoura já foi gente. Vai saber o que ele fez em vida para ficar daquele jeito em espírito. Mas demônios não se parecem nem *tão* humanos quanto aquilo, pelo que me disseram.

— Meu pai tinha demônios?

— Existem boatos de que tinha, sim. Eu nunca quis ver um. Mas, se tivermos azar, nós dois teremos essa oportunidade.

— Então o que eu faço? — pergunto.

— Bem. Ouvi falar que tem um livro. É antigo... Supostamente as primeiras cópias foram escritas na Babilônia há milhares de anos. Ele fala sobre as artes negras, como levantar os mortos...

— Sim, o *Livro dos Oito*. Eu tenho ele na minha mesa, em casa.

É um prazer e tanto contar a Elza algo que ela não sabe. Ela parece estar prestes a engasgar.

— Você tem o *Livro dos Oito* e não pensou em mencionar isso?

— Eu não consigo lê-lo — digo.

— Está em outro idioma; então, ou...?

— Não, quero dizer que literalmente não consigo abrir o livro para ler. Ele tem fechos prendendo por fora. Tentei algumas vezes e simplesmente não tem como. Está trancado.

— Tudo bem — diz Elza. — Tem mais alguma coisa que não mencionou?

— Meu pai me deixou uma pilha de papéis enorme. A maioria desses eu também não consigo ler. Eles estão em código.

— Ele não facilitou as coisas para você, não é mesmo? Tudo bem, isso é um começo. Um começo bem melhor do que eu esperava, na verdade. O *Livro dos Oito* de verdade...

— Então, por que está me ajudando? O que você ganha com isso?

— Bem. Odeio dar ainda mais más notícias, Luke, mas essa é meio que a pior época do ano para herdar essas coisas. Legiões são sempre poderosas, mas espíritos presos se tornam muito mais perigosos durante certos dias do ano. E o Dia das Bruxas é um dos principais. Se eles estiverem planejando escapar do seu controle, e eu tenho certeza de que estão, é nesse dia que farão isso. Hoje é quinta-feira, e na próxima sexta-feira é o Dia das Bruxas. Se eles se libertarem, não dá para prever o que farão com Dunbarrow. Algumas das coisas que eu li... Esses espíritos podem desenvolver *apetites*. Quero fazer tudo que puder para impedir que se soltem.

— Certo. Ótimo.

O Vassalo nunca mencionou esse detalhe específico para mim.

— Por sorte nós só temos meio dia de escola amanhã. Então, você vai levar tudo, o Livro, tudo, para a minha casa assim que possível. E aí nós vamos trabalhar nisso até acharmos uma forma de banir sua Legião, domá-la, qualquer coisa que descobrirmos. Nós temos uma semana. E temos tempo.

— Por que na sua casa?

— Tenho encantamentos de aveleira na minha rua, especialmente em torno da minha casa. Eles mantêm longe os mortos que não foram convidados. Quer dizer, podemos ir para a sua casa se você quiser que eles ouçam cada palavra do que dissermos.

— É um bom argumento.

— Na verdade, esquece escola hoje. Vai pegar suas coisas agora mesmo e, depois, vai para a minha casa. Número 19, Towen Crescent. Isso é mais importante que escola.

— Tudo bem — concordo. — Mas tem uma coisa.

— O quê?

— Acho que nós dois devemos tomar cuidado para não sermos vistos juntos em Dunbarrow. Você sabe se a Legião é perigosa. Você poderia estar em risco.

— Eu já estou. Seu espírito faminto nos viu conversando. Não se preocupe com isso. Tenho alguns truques na manga.

Elza gesticula para a pequena pedra pendurada em seu colar, mas não dá mais explicações.

— Ainda assim. Devemos ter cuidado.

— Espere — diz Elza. — Isso é para o caso de a Holiday Simmon ou o Mark Ellsmith nos verem juntos?

— Não, eu só acho...

— Ah, tanto faz, desembucha. Eu sei que ninguém gosta de mim. Eu também não gosto de vocês.

— Não é isso — digo, embora seja um pouco. Eu trabalhei duro para chegar onde estou.

— Eu tenho uma reputação para proteger também, sabe. O que as pessoas vão dizer se me virem com um rapaz do time de rúgbi? Vão suspender meu cartão platina da biblioteca. Olha, temos pouco mais de uma semana para achar uma forma de salvar você de um destino que talvez seja pior que a morte. Eu não gostaria de estar no seu lugar quando a Legião romper suas amarras e se virar contra você. Então vamos nos preocupar com isso, certo? Depois que sobrevivermos ao Dia das Bruxas com segurança, você e eu nunca mais precisamos conversar, e você pode voltar a fingir que "quem é ou não popular" importa de verdade.

Não consigo pensar no que responder. Então simplesmente faço que sim. Elza termina seu cigarro e pisa nele, apagando-o na grama longa. A garoa volta a cair do céu cada vez mais escuro, gotas chegando em gangues furtivas, molhando os ombros da jaqueta de Elza. Eu fecho com mais força meu próprio casaco. Elza parece estar prestes a dizer mais alguma coisa, mas então para. Olho ao nosso redor, para as árvores grandes e paradas, os túmulos antigos.

Quando chego em casa, descubro que todas as luzes estão acesas, um fulgor diante da manhã fosca. As janelas de cada lado da porta da frente são como olhos alaranjados. Quando encosto na maçaneta, sinto o calafrio dos mortos. Entro na casa. O primeiro andar está vazio: nenhum fantasma, só o Presunto, escondido em sua caixa na lavanderia. De pé na cozinha, com calafrios apesar do casaco, ouço um pedaço de conversa vindo do quarto acima de mim.

— Mãe? Mãe!

Subo correndo as escadas e atravesso o patamar, chegando ao quarto da minha mãe. Paro de repente, coração acelerado. Ela está dormindo, e há dois homens sentados de cada lado da cama. À sua esquerda, está o homem desfigurado que vi perto da escola, quase nu, vestindo cueca samba-canção. Ele revira os olhos brancos na minha direção. A tesoura está no chão, perto da cadeira. O segundo homem está inclinado sobre minha mãe, observando o rosto dela. No espelho na porta do guarda-roupa não aparece o reflexo de nenhum dos dois.

— O que vocês estão fazendo aqui? — pergunto, com mais coragem do que sinto de fato.

O segundo homem, o fantasma que não reconheço, se levanta.

Ele é mais alto que os outros e parece mais velho também, vestindo um terno de três peças. Seus sapatos reluzem como a casca de um besouro, e ele está usando uma camisa branca que foi fixada com um alfinete de prata estranho. Seu rosto parece feito de cera, com um nariz curvo e lábios podres. Seu cabelo e sua barba são cheios e espessos, cinza-granito com alguns fios brancos. Seu cabelo pende sobre os ombros em uma juba grossa. Ele usa óculos redondos com lentes escuras e um chapéu preto. Parece uma vítima de ácido vestida de coveiro.

— Quem é você?

— Eu fui amarrado, como o Pastor. — O fantasma inclina a cabeça de cabelos cinza na mesura mais imperceptível que já vi. — Este é meu colega, o Prisioneiro. — Ele indica o fantasma mutilado com um aceno. — Presumo que você seja Luke Archibald Manchett e nos encontramos a seu serviço.

— Falei que vocês podiam ficar aqui?

— Estávamos meramente mantendo vigília sobre sua mãe. — A boca do Pastor se contorce em um pequeno sorriso amargo. — Ela parece estar doente. Estou curioso quanto à natureza de seu mal-estar.

— Se afaste dela. Agora.

— Como desejar.

Os fantasmas se levantam e se aproximam de mim. Eu os encaro e tento não demonstrar repulsa. O Prisioneiro abre e fecha a boca com um ruído de goma de mascar.

— *Onde está* a língua dele? — pergunto.

— Ela foi cortada — diz o Pastor — pelo pai dele, acredito.

— Lamento ouvir isso.

— Pelo que sei, ele se acostumou.

O Prisioneiro dá de ombros e dissipa até desaparecer. O Pastor permanece no quarto, mãos atrás das costas, como se estivesse esperando alguma coisa acontecer. A chuva bate na janela. Minha mãe está sentada, olhando para mim, percebo, com um susto repentino. Ela está acordada. Será que me ouviu falar com os fantasmas?

— Luke?

— Eu só estava... — Luto para encontrar uma desculpa coerente.

— Estou realmente muito cansada, querido — diz ela. — Esta minha cabeça. Ela não para.

— Desculpe, eu só estava... me perguntando se você queria...

— Isso é gentil de sua parte — diz minha mãe, em um tom que sugere que ela gostaria que eu deixasse ela em paz agora.

Ela está se deitando de novo. O Pastor a observa com uma expressão que é difícil de ler. Estou pensando no que a Elza falou. *A mais negra das magias negras... Vai saber o que ele fez em vida para ficar daquele jeito em espírito...* Quem quer que esses novos fantasmas sejam, quem quer que fossem antes, eles são perigosos. Até vê-los aqui desse jeito, com a minha mãe dormindo, já é uma ameaça. Eu preciso estar no controle, preciso comandar. Eles sabem que tenho o *Livro dos Oito*. Eles não sabem que não consigo lê-lo e que não tenho qualquer ideia sobre o que ele diz. Não posso deixar que descubram isso.

— Eu vou descer — digo para minha mãe, mas olho para o Pastor, para que ele saiba que estou falando com ele também.

Falo com voz grossa e alta, como se estivesse me dirigindo a um subalterno, algum calouro zé-ninguém tentando entrar para o time de rúgbi. O Pastor me encara por um momento — pelo menos parece que está olhando nos meus olhos; é difícil dizer com aqueles óculos escuros — e então inclina a cabeça e a barba, e assente.

Presunto está na cozinha, bebendo água de sua tigela, mas, quando me vê entrando com o fantasma, foge para a lavanderia, orelhas baixas. O Pastor observa Presunto partir e não diz nada. Eu ignoro os dois, atravesso a cozinha e ponho um macarrão para cozinhar. Minhas mãos tremem enquanto corto legumes. A chuva está caindo lá fora, forte e implacável, uma lavagem constante e monótona que me diz que as nuvens de tempestade vieram para ficar. O Pastor está sentado à mesa da cozinha, mãos descansando na madeira. São mãos grandes, com dedos longos e um tufo de cabelo branco parecendo teia de aranha surgindo de cada articulação. Ele espera enquanto preparo minha comida. Tem o ar de alguém que sabe como esperar.

— Então, você tem dezesseis anos — diz o fantasma quando me sento com meu almoço.

— Sim — confirmo.

— Estranho como o tempo passa. Parece que foi ontem que você era uma pequena criatura insignificante, mantida em um berço. Sim — diz ele, respondendo a minha surpresa óbvia —, eu o conheci quando era pequeno. Nos encontramos em diversas ocasiões, embora você não soubesse disso na época.

— Você esteve com meu pai por bastante tempo, então — digo.

— Sou seu servo mais antigo. Seu braço direito.

— Por que você é chamado de Pastor?

— É costumeiro para uma Legião ser liderada por um Pastor. Um título antigo. Parece estranho que não saiba disso.

— Só jogando conversa fora — digo.

Pego um pouco de comida com o garfo, engolindo sem realmente saborear.

— Vi que está em posse da cópia do Livro de seu pai — diz o Pastor.

— Está lá em cima — digo. — Por quê?

— Horatio naturalmente confiava em mim para passar certas informações e mantinha outros aspectos de sua vida e de seu trabalho separados. A educação e o treinamento de seu herdeiro eram alguns desses aspectos sobre os quais eu tinha pouca influência. De qualquer modo, eu presumo que tenha sido treinado quanto aos rudimentos da arte da necromancia, não? O *Livro dos Oito* não é, afinal, algo a ser usado de modo leviano.

— Sim, é claro. Estou entupido de necromancia até o pescoço. Vivo e respiro isso. Conheço o Livro de uma ponta a outra. Com certeza não ousaria dar um passo em falso se fosse um fantasma preso a Luke Manchett. Eu reagiria com força em um caso desses.

— Você sabe, é claro, que o *Livro dos Oito* é considerado infinito em sua extensão. Não seria possível para alguém conhecê-lo "de uma ponta a outra". Até os necromantes mais experientes encontrarão páginas que nunca viram.

— É apenas um jeito de falar — digo, acenando com a mão.

— Se você diz.

— Eu sou um necromante. Sou legítimo. Está querendo dizer que eu não pareço um necromante?

— É claro que não, Luke. Você se porta com toda a dignidade apropriada para um homem com tais conhecimentos antigos e disciplina arcana. Eu e meus colegas meramente notamos que você tem sido um tanto frouxo em termos das amarras e restrições colocadas sobre nós.

— É uma nova era, sabe? Eu não vejo por que necromancia precisa ser só, tipo, robes negros e sacrifícios de sangue. Esqueça o que acha que sabe. Estou torcendo para que todos nós possamos ser amigos.

O que diabos estou dizendo? Estou tão amedrontado por esse fantasma que minha boca está se movendo sozinha e as palavras estão escapando. O Pastor bufa e se endireita na cadeira.

— Não somos seus amigos. Estamos presos a você. É uma proposta bem diferente.

— Tudo bem, se você insiste. Eu só queria que nós nos déssemos bem.

— Interessante que tal coisa interesse de alguma forma a você.

— Eu não sou o meu pai.

— Emita uma invocação geral para a sua Legião — o Pastor diz.

— Por quê?

— Quero ver você fazê-lo.

— Não estou a fim. E, para ser sincero, não gosto que me digam o que fazer.

— Faça uma invocação geral. Você nem sabe em que posição suas mãos deveriam estar, sabe? Horatio... Aquele velhaco. Ele não ensinou nada a você, não é mesmo?

O Pastor está com seu sorriso dissimulado de novo.

— Ele me ensinou o suficiente.

— Luke. — Ele exibe as palmas das mãos para mim, como se estivesse implorando. Há estranhas estrelas pontudas tatuadas nelas. Acho que ele quer que eu as veja, como se devessem significar algo para mim. — Em vida, eu fui um grande necromante. Minha Legião era o terror do mundo. Esqueci mais páginas do Livro do que a maioria dos homens já viu. Se você esperava blefar para mim, não poderia ter escolhido uma abordagem pior. Você não tem qualquer domínio das artes negras.

— Não — digo, tropeçando em busca de algo. — Eu...

— Não existe vergonha nisso. Você é novo, com alguma perspicácia e ambição, e aprecio a tentativa de astúcia que demonstrou em nossa interação hoje. Mas você não é um necromante. Você é incapaz de comandar uma Legião. Você nem quer comandar uma Legião.

— Então o que está sugerindo?

— Liberte-nos. Deixe-nos ir. Não viva a sua vida carregando o peso dos pecados de seu pai.

Eu não sei o ele quer dizer. Isso deve ser um truque. Elza disse que eles tentariam se libertar. Eu sei que esse fantasma é perigoso, posso sentir isso nas minhas entranhas, como se ele fosse radioativo. Talvez ele ainda esteja com medo de mim, só um pouco? Ele está certo, eu não quero ter uma Legião. Tudo que eu queria era quatro milhões de libras, propriedades, vendas de DVD... eu não queria isso, nem um pouco. Quero que eles vão embora. Qual é o mal nisso, se eu simplesmente deixá-los ir? Talvez todo mundo ficasse contente.

— É simples assim?

— Ah, certamente, Luke. É muito fácil. Tão fácil quanto foi assinar a nossa transferência. Poderíamos fazer isso neste instante. Você não quer uma Legião, Luke. Você quer uma vida normal e feliz. Você não quer seguir os passos de seu pai, acredite em mim. Deixe-nos ir, e isso pode terminar aqui.

Não pode ser tão fácil. Preciso ser cuidadoso.

— Bem...

— Tudo que é necessário — continua o Pastor, exibindo uma fileira cinza de dentes — é uma marca adequada de renúncia no *Livro dos Oito*. Felizmente, sua cópia está bem aqui.

Suas mãos tatuadas se movem sobre a superfície da mesa, e sinto uma tremulação, como se alguém tivesse mudado o rolo no filme a que estou assistindo. O livro verde está na mesa, bem em frente ao Pastor. A estrela de oito pontas da capa reluz sob o brilho da luminária no teto.

— Uma simples gota de sangue — diz ele — e deixamos sua vida, sua casa, para sempre.

Ele acaricia o Livro, e os fechos saltam da capa sem serem tocados. As páginas amareladas se movem como se impulsionadas por uma ventania, e o Livro abre bem no meio. Ele o empurra na minha direção. Eu coloco minha mão nele, giro para dar uma olhada.

Não há palavras nestas páginas. A página dupla está coberta com um padrão psicodélico de espirais e círculos concêntricos, todos aparentemente desenhados à mão, e eles parecem estar se movendo. Sinto como se cada vez que eu me concentrar em uma parte do desenho outra parte da página mudará. Estou ficando com dor de cabeça.

— Isso libertará vocês? — digo.

— Sim, Luke. Uma declaração geral de liberdade dos vínculos para todos os oito espíritos.

— Mesmo? Uau.

Os círculos parecem ter... profundidade, de alguma forma, como se houvesse mais nesta página do que apenas a página. Se eu continuar a olhar para ela, poderei enxergar o que é. Há páginas além da página. Há centenas delas. Milhões de círculos.

— É impressionante, não? — pergunta o Pastor.

— É incrível.

Meus ouvidos estão tinindo, rugindo. Posso sentir meu sangue fluir.

Tudo que realmente consigo ver agora são os círculos.

Minha mão está se movendo em direção a algo. Percebo que é meu garfo.

— Uma única gota é tudo de que precisamos — diz o Pastor.

Ele parece estar falando comigo a partir do outro lado de um longo túnel. Sua voz ecoa.

Eu empurro o garfo contra a ponta do meu dedão. Um vermelho bonito surge. Não machuca nem um pouco. Quando levanto a cabeça para o Pastor, ainda posso ver os círculos e as espirais entrelaçados sobre seu terno e rosto.

Eles estão por toda parte.

Minha mão está se movendo em direção ao livro.

— Você está fazendo a coisa certa — diz o fantasma.

Meu dedão está apoiado no centro do desenho.

Eu estou prestes a pressionar para baixo.

Há uma explosão de ruído e sou jogado para o lado, caindo com força no chão. A pulsação nos meus ouvidos desaparece. Meu dedão está irradiando dor, sangue escorrendo na palma da minha mão. Presunto está em cima de mim, latindo sem parar. O Pastor faz vulto sobre nós.

— Prenda essa besta e sele a declaração de soltura — diz ele.

— Senhor.

— Fique fora disso! — grita o Pastor, virando sua cabeça para olhar para alguém.

O Vassalo está de pé no vão da porta da cozinha.

— Não recomendo que faça isso — diz ele por sobre os latidos de Presunto.

— Eu ia libertá-lo — digo para o Vassalo, embora não tenha mais tanta certeza de por que isso pareceu uma boa ideia.

— É a melhor coisa a se fazer — diz o Pastor.

— Para você, talvez — retruca o Vassalo. — Ele não te fez mal. Ele não é culpado de qualquer crime.

— Seu gado — cospe o Pastor. — Seu animal servil, patético!

— Uma Legião é incapaz de ferir seu mestre — diz o Vassalo para mim. — Isso está no centro do nosso laço. Ele não pode te matar, mas, se o libertar, você removerá esse tabu mais profundo, e ele parará seu coração com uma palavra.

— Por quê? — pergunto para o Pastor. — Você não deseja estar livre?

— Vingança — diz o Vassalo. — Ele é consumido por ela.

O Pastor se ajoelha ao meu lado e ao de Presunto. Seus óculos refletem o brilho da luz, duas luas prateadas. Presunto recua, mas não foge. Posso ver veias azuis por baixo da pele do fantasma. As rugas perto de sua boca remexem enquanto ele fala.

— Seu pai profanou meu túmulo. Em vida, eu fui o maior necromante que o mundo já viu. Ele me prendeu, prendeu-me, e me usou como seu *Pastor*. Eu não esqueço. Eu não perdoo. Jurei dilacerar seu corpo e atormentar sua alma e, ao ser negado esse pequeno prazer, sou forçado a me voltar ao seu herdeiro.

— Eu não fiz nada contra você.

— Escute — diz o Pastor. Ele tira os óculos. Seus olhos são negros e molhados, sem nenhum branco neles, pretos como os olhos de um bode ou corvo. — Escute o que estou dizendo, criança. Eu viajei para as terras sombrias dos mortos. Já vi coisas lá que nossas palavras não podem nem descrever. Ainda pode haver alguma pequena piedade para você, se me libertar hoje mesmo.

— Eu não tenho medo de você.

— Você é um péssimo mentiroso. Pior ainda do que seu pai.

Os olhos negros sem fundo estão a um dedo de distância dos meus.

— Isso não terminou — diz ele. — Isso é apenas o começo.

O Pastor desaparece.

— Poderia ter me avisado — digo para o Vassalo.

— Eu estava com medo.

— Dele?

— Ele era o homem mais terrível do mundo enquanto respirava, e se tornou pior cada dia que passou além do véu. Tenho bastante medo dele, senhor.

— Obrigado por me salvar — digo. — Você e o Presunto.

— Sei que não pediu para ter um fardo como nós. O pai não é o filho.

— Então ele não pode me matar?

— Não. Sem instruções explícitas, contudo, podemos permitir que algo aconteça a você, e muitos da Legião fariam isso.

— O que ele vai fazer no Dia das Bruxas?

— Eu não sei, senhor. O Pastor tem algum estratagema, tenho certeza. Ele sempre tem. Procure ajuda no *Livro dos Oito*.

— Eu não sei como! Não consigo nem abri-lo.

— E ainda assim você precisa fazê-lo, senhor. Ainda assim precisa fazê-lo.

Olho para o Livro, fechado agora, largado na nossa mesa de jantar como se fosse um livro antigo qualquer, nada importante. Meu estômago está se revirando. O Vassalo está com a cabeça virada para longe de mim, franzindo a testa, como se estivesse escutando alguma coisa acontecer em outra sala.

— Preciso ir — diz ele de repente. — Eles não me perdoarão por isso.

— Obrigado por ter me ajudado.

— Espero ter motivo para agradecer por isso também, senhor.

O Vassalo faz uma pequena mesura e desaparece.

Não vou para a casa de Elza. Não sei o que fazer. O *Livro dos Oito* fica lá na mesa, e eu temo chegar perto dele. Tenho medo até de tentar abri-lo. Fico me lembrando dos círculos fluindo para fora das páginas, do jeito como cobriram as paredes e o rosto do Pastor. O Livro é um monstro, e a Legião me quer morto. Não posso deixar minha mãe e Presunto aqui sem mim. A tarde escurece e vira noite. As árvores em torno da casa assumem a forma de gigantes sussurrantes. Presunto não fica quieto e perambula pela cozinha a noite inteira. Penso em acordar minha mãe, dizer--lhe que precisamos partir, mas não sei como conseguiria convencê-la a acreditar em mim e não sei aonde poderíamos ir sem que eles nos seguissem. Quando dá uma da manhã, não consigo mais me manter acordado. Subo na cama ainda com minhas roupas e fico imóvel, prestando atenção a qualquer sinal da Legião retornando. O vento sussurra nas frestas da janela. Lá fora, os campos estão frios e escuros. Animais estremecem de frio em suas tocas, sonhando sonhos desoladores de correr e morrer.

5

ECOS E RELÍQUIAS

Quando acordo na sexta-feira de manhã, ouço a voz de um homem vindo do quarto da minha mãe. Corro até ela e descubro que há uma estrela tosca em tinta preta acima da cabeceira: uma runa retalhada e pontiaguda que ocupa metade da parede — o mesmo símbolo que o Pastor tem tatuado nas palmas das mãos. Ela está deitada reta e imóvel, lençóis cobrindo seu corpo até o pescoço. Seu cabelo está preso atrás das orelhas. Ela parece estar em paz. Não consigo dizer se ela está respirando ou não. A voz que eu ouvi era do tocador de CD, uma voz masculina alegre recitando algum exercício de autoestima.

— *Apenas você tem o poder de criar uma mudança pessoal duradoura* — diz a voz do CD para si mesma.

— Mãe! — grito.

Atravesso o quarto no que parece ser um único passo.

— *Olhe no espelho. O que você vê?*

Sacudo ela pelos ombros. Ela não desperta. Não consigo sentir sua pulsação, mas seu braço parece quente. Seguro um espelho de mão perto do seu rosto, e a respiração dela cria uma camada bem fina de vapor nele. Ela está viva, então, seja lá o que fizeram com ela. Eu me sento no chão do lado da cama. Deveria ter dito alguma coisa para ela, mas não sei o quê. Ela acredita no mundo dos espíritos como um lugar abstrato cheio de energias e vibrações positivas, não como uma tempestade maliciosa de escuridão. Como teria explicado o Prisioneiro ou o Pastor para ela? Eu deveria chamar uma ambulância... mas aí o quê? Eles vão fazer uma ressonância? Dar soro e esperar ela acordar? Serei colocado para adoção. Não consigo pensar em pessoas menos receptivas às minhas histórias sobre espíritos malignos do que uma equipe de paramédicos e assistentes sociais. Estou sozinho nessa. O que quer que a Legião tenha feito com ela, preciso lidar com isso.

— *Você vê alguém que é confiante e poderoso? A maioria não.*

Desligo o tocador de CD com tanta força que o botão de liga/desliga quebra. Saio do quarto dela, fecho a porta e caminho até o patamar. Sinto que os fantasmas devem estar me observando, observando a minha mãe, esperando para ver o que eu farei.

— Apareçam! — grito. — Mostrem-se! O que fizeram com ela? Não se escondam de mim! Mostrem-se!

Nada. Não tenho ideia do que vou fazer se os fantasmas aparecerem mesmo.

— Não me façam esperar!

Ouço uma batida forte na porta da frente. Sinto um arrepio na espinha, como se minha coluna tivesse sido preenchida de gelo eletrificado. Sinto um aperto na garganta. Presunto começa a ganir na cozinha.

— Quem é?

Quem quer que esteja na porta da frente não responde. Espiando corredor abaixo até a entrada, vejo uma forma humana escura, uma silhueta no painel de vidro ondulado. Eu já conheci cinco dos oito fantasmas.

O que está esperando do outro lado da porta?

Será que meu pai realmente conjurou um demônio?

Ouço outra saraivada de batidas. Desço as escadas, um passo de cada vez. A forma lá fora se aproxima, mas não fica mais clara. A manhã está nublada, a luz fraca entrando no corredor quase parece um crepúsculo. Presunto gane atrás da porta da cozinha. Percebo que deixei meu espeto de carne lá no quarto, embora não saiba dizer que serventia ele teria agora.

Minha mão fecha em torno da maçaneta.

Respiro fundo.

Abro a porta da frente.

— Elza?

— Está tudo bem? — pergunta ela. — Você parece aterrorizado.

— O que você...

— Esperei você ontem o dia todo. Não era para você passar lá em casa? O que está acontecendo? Sua Legião está aqui?

Uma garoa leve cai. Ela está usando botas militares enlameadas e um casaco preto de lã que parece ter sido feito para alguém com o dobro do tamanho dela. Ela me olha de um jeito impaciente.

— Estou falando sozinha? Olha, meu cabelo está ficando molhado. Eu vou entrar.

Elza passa por mim, abrindo caminho até o corredor.

— Desculpe — digo. — Houve algumas, é, complicações... Eu não consegui sair. Eu não consegui o seu... como você sabe onde eu moro?

— Internet — responde ela, ríspida. — Sua casa parece mal-assombrada. Incrivelmente mal-assombrada. Não gosto nem de ficar aqui no corredor. O que aconteceu?

— Elza, eu não sei quão seguro é para você ficar aqui.

— Eu também não. Achei que isso me manteria segura, costuma manter — ela levanta a pedra que usa no pescoço —, mas, sentindo como são as coisas na sua casa, eu não tenho certeza.

— O que é isso?

— Wyrdstone. Tem um buraco feito naturalmente. É uma pedra muito rara. Druidas a usavam para se proteger de espíritos malignos. Esse som na cozinha é seu cachorro?

— Sim...

— Bem, você vai soltá-lo ou não?

Eu a levo por um corredor e abro a porta da cozinha. Presunto salta em cima de mim, arrastando suas patas pela frente da minha calça.

— Cachorrão — diz Elza, dando um passo para trás.

— Ele é um galgo escocês. Sossega, garoto. Acalme-se.

— Mmmm. Eu estava esperando um terrier ou algo parecido. Olá — diz Elza para Presunto.

Ela o segura pela cabeça e começa a coçar a pele atrás das suas orelhas. Ele resmunga de felicidade. Eu caminho até a cozinha sem muita certeza sobre o que fazer. O que a Elza quer? Será que ela pode realmente me ajudar? O que vou fazer quanto à minha mãe? Ela está deitada acima de nós agora mesmo, presa em seu sono.

— Então é isso aí — diz Elza atrás de mim.

Eu dou meia volta. Ela ainda está acariciando Presunto, mas está olhando para a mesa da cozinha, para o *Livro dos Oito*.

— O legado do meu pai — digo.

— Agora, seu cachorro é maior do que eu imaginava. Mas o famoso livro é menor. É praticamente tamanho de bolso.

Ela empurra Presunto para longe e pega o Livro. Seus dedos começam a trabalhar nos fechos.

— Elza, eu não tenho certeza se...

— O que tem de errado? — pergunta ela.

— É só que o livro é delicado e...

— Não, o que aconteceu? Você parece completamente abatido. Como se alguém tivesse morrido.

— É a minha mãe. A Legião tentou assumir o controle ontem à tarde. Esse fantasma, o Pastor, ele tentou me enganar e me matar. Então eles fizeram alguma coisa com ela... Ela não acorda.

— Ah, Luke... Ela está...?

— Não. Ela está viva. Vem, eu te mostro.

Levo Elza para o segundo andar com Presunto trotando atrás da gente. Abro a porta e todos entramos no quarto da minha mãe. Ele está exatamente como o deixei: as máscaras tribais ainda penduradas nas paredes, os livros sobre Linhas de Ley e comunicações com anjos ainda em sua estante. Tem um único chinelo no chão, na metade do caminho entre a cama e o batente da porta. Parece perdido.

Elza passa por mim e se aproxima da cama, observando a enorme estrela pontiaguda na outra parede. Ainda está de botas, e elas deixam pequenas manchas de lama no tapete. Ela levanta a cabeça para o teto, então se abaixa e levanta os lençóis na cama da minha mãe, estudando o espaço embaixo dela.

— O que você está fazendo? — pergunto.

— Tentando descobrir de onde o feitiço está vindo. Imagino que esteja sendo produzido pela marca óbvia na parede, mas nunca se sabe. Não tem nada aqui embaixo, de qualquer modo.

— A gente pode remover a marca?

— Acho que não. Quer dizer, a gente pode tentar, mas você não vai conseguir simplesmente lavá-la. Uma marca como aquela é mais do que tinta. Talvez se a gente destruísse a parede com um pé de cabra. Mas mesmo assim... Eu ficaria preocupada com a sua mãe se a gente fizesse isso. Talvez piorasse as coisas.

— Você sabe como romper o feitiço?

Acho que dá para medir como a minha vida mudou pelo fato de que isso não soa mais como uma pergunta idiota.

— Não — diz Elza —, realmente não sei. Quando se trata de mágica, sou como alguém capaz de ligar uma televisão, mas que não sabe construir uma. Tenho uma wyrdstone e posso fazer amuletos de aveleira, mas não sei por que funcionam. Só sei que funcionam.

— Então você não pode...

— Não consigo despertar sua mãe, Luke. Desculpe. Não saberia nem por onde começar.

Presunto está do lado da minha mãe, cheirando ansiosamente. Ele encosta a cabeça nos travesseiros dela e começa a choramingar. Eu desvio o olhar. Sinto meus olhos quentes e inchados.

Elza me encara, franzindo a testa. Eu não quero que ela veja nada disso.

— Você está bem?

— Estou ótimo.

— Não está. Você está quase chorando.

Para minha surpresa, Elza dá um passo à frente e me abraça forte. Ela cheira a cigarro. Descanso meu queixo na lã áspera e molhada de seu casaco. Há dois dias, eu mal a conhecia, e agora cá estamos nós, abraçados. Mesmo com meus olhos cheios de lágrimas, começo a sorrir. Não sei o que Holiday acharia disso. Depois de alguns momentos, Elza bate com força nas minhas costas e me larga.

— Acho que é assim que vocês, garotos do rúgbi, lidam com emoções, certo? Muitas batidas nas costas? Alguém vira uma cerveja? Eu não trouxe umas latas comigo, infelizmente.

— É mais ou menos assim — digo, secando os olhos.

— Não quero passar mais tempo aqui do que precisamos — diz ela. — Esta casa não é segura, e eu não acredito que possa torná-la segura para trabalharmos aqui. Ainda acho que deveria ir na minha casa, em Towen Crescent. Traga sua fera também.

— Espera, o quê? Eu não posso ir embora.

— Luke, entendo que você esteja muito preocupado com a sua mãe. Eu também estou. Mas, sendo realista, sua melhor chance de ajudá-la não é chamando um médico nem ficando sentado do lado dela todas as noites até o Dia das Bruxas. A melhor coisa que podemos fazer é tentar abrir o *Livro dos Oito* e descobrir o que tem dentro dele. Achar algo que nos ajude.

— Eu nem sei se quero abrir aquele livro. Quando o Pastor o abriu, as coisas que eu vi lá dentro eram...

— Bem, eu não acho que a gente tenha outra escolha. E não vou ficar aqui. Eles provavelmente estão escutando tudo que digo. Minha casa é protegida com amuletos de aveleira para impedir que espíritos não convidados entrem. A melhor coisa que você pode fazer é pegar tudo que seu pai deixou e levar para a minha casa agora mesmo.

— Eu não posso simplesmente deixar a minha mãe aqui.

— Então ela vai morrer — diz Elza. Seus olhos têm um tom verde enlameado, suas íris estão largas e escuras. Seu olhar nunca abandona o meu. — Ela vai morrer. Você vai morrer assim que eles encontrarem um jeito de romper suas amarras. Talvez todos nós acabemos mortos. Mas hoje ela está viva, o que me sugere que, se fossem matá-la, eles já teriam feito isso. Ela é sangue do seu sangue, sua mãe, e isso pode ser importante para alguns tipos de mágica. Acho que seus fantasmas têm algum plano para ela e, quanto antes acharmos uma forma de pará-los, mais segura ela estará. "Posso manter seu livro na minha casa sem levantar suspeitas, mas, mesmo se a gente colocar sua mãe em um carrinho de mão ou algo parecido e levá-la até lá, a primeira coisa que meus pais vão perguntar é 'por que tem uma mulher em coma deitada no nosso quarto de hóspedes?', e eu não vou ter uma resposta para eles. Quando piscar, ela vai ser levada para o hospital, e hospitais não são bons lugares. Muitas pessoas morrem lá, eles estão cheios de espíritos. As paredes que ficam entre o nosso mundo e o Lado Morto são mais finas. É um lugar ruim para se estar quando o Dia das Bruxas chegar. A melhor coisa que você pode fazer por ela é deixá-la aqui. Venha comigo. Agora."

Olho para a minha mãe, seu cabelo cor de bronze, sua testa com linhas e a expressão de preocupação, os lençóis levantando e baixando bem devagar, conforme ela respira em seu sono. Presunto cabeceia os travesseiros dela. Os fantasmas poderiam voltar e matá-la agora mesmo, e eu não conseguiria impedi-los. Preciso aprender a usar o Livro. Só porque estou indo embora não quer dizer que não vá voltar.

Eu me forço a desviar os olhos da minha mãe e olhar para Elza. Seus lábios estão apertados, braços cruzados, uma mecha molhada de cabelo escorrendo pelo seu rosto.

— Então? — pergunta ela.

— Tudo bem. Vamos tentar isso do seu jeito.

— Bom — diz ela. — Porque, honestamente, preciso sair desta casa neste exato instante. Sinto como se eu estivesse com o nariz sangrando em um tanque de tubarões.

Vou para o meu quarto, pego todos os papéis do meu pai e enfio tudo de volta na pasta de documentos que o sr. Berkley me deu. Elza está no corredor com a porta aberta, segurando o *Livro dos Oito* em uma mão e a coleira do Presunto na outra. Não sei quanto tempo isso vai levar e não posso deixá-lo aqui sem ninguém para alimentá-lo.

Noto o casaco impermeável que vesti para ir ao escritório de Berkley pendurado no corredor, e ele cutuca minha memória. Tantas coisas aconteceram desde segunda à tarde que eu tinha me esquecido de alguns detalhes. Enfio a mão no bolso de dentro e tiro a caixa de metal contendo os anéis do meu pai.

— O que você acha disso? — pergunto a Elza.

— Temos companhia — diz ela, me ignorando. Ela gesticula para fora em direção à porta aberta.

Eu coloco os anéis na mochila, junto com minhas chaves. Olho pela porta para onde ela está apontando. Meu estômago se revira. Uma mulher, vestida toda de branco, está de pé no final da nossa entrada de carros, de costas para nós. Ela está imóvel como pedra, apesar da chuva, e noto que seu vestido não se move quando o vento sopra.

— Você conhece aquele fantasma? — pergunta Elza.

— Essa é nova para mim — respondo.

Na melhor das hipóteses, ela veio se desculpar pelo comportamento de seus colegas. Admito que isso parece bem improvável.

— Não precisamos passar por ela — diz Elza. — O caminho mais rápido até minha casa é saindo pelos fundos, atravessando os campos.

— Quero saber o que ela tem a dizer. Ela não pode me ferir. Ela pode ferir você?

— Não se a wyrdstone funcionar.

Tranco a porta da frente e descemos a entrada de carros. O cascalho faz um ruído embaixo dos meus pés, e a chuva sibila no capuz do meu casaco. As árvores nuas perto do nosso portão balançam com o vento. Seus galhos são como teias escuras contra o céu. Presunto contrai as orelhas conforme nos aproximamos do fantasma. Ouvindo nossos passos, ela se vira.

São dois espíritos, percebo: uma mulher e um bebê. A mulher está usando o que parece ser um vestido de noiva, branco e decorado, com um véu completo que oculta completamente seu rosto. Seus pés estão nus, mas seus braços estão envoltos em luvas de seda extravagantes. O segundo fantasma, o bebê, está enrolado em um lençol azul desbotado. Nenhum centímetro do seu corpo está visível, mas vejo o lençol mexendo junto com alguma coisa lá dentro. Fico impressionado, como sempre, com o quanto os fantasmas têm uma aparência real: cada pompom e nó de tecido no lençol velho do bebê está claro e nítido aos meus olhos.

— O que você quer? — pergunto para a mulher.

— Eu sou o Oráculo — diz ela. Sua voz é suave e baixa, relaxante. — Trago o Inocente.

Olho de relance para Elza. Seus olhos estão fixos nos fantasmas, absorvendo cada detalhe.

— O que vocês fizeram com a minha mãe? — pergunto.

— Eu trago augúrios, mestre — retruca o Oráculo. — Provei do vento. Observei presságios no voo das aves.

— Eu não quero ter nada a ver com você — digo.

— Você apertará a mão de um homem eterno. Não haverá linhas na palma da mão dele.

— Como a gente faz para abrir o *Livro dos Oito*? — pergunta Elza.

— Você caminhará pelas margens de um oceano de lágrimas.

— Tenho as anotações do meu pai e o Livro, e o Pastor vai se arrepender de ter olhado para a minha mãe — digo. — Fale isso para a Legião.

O Oráculo não responde. O bebê, o Inocente, solta um pequeno som de suspiro de dentro do lençol. De repente, sinto que não quero estar perto dos fantasmas.

— É melhor a gente ir — digo.

Elza assente.

O Oráculo dá um passo para o lado. Passamos pelo portão da frente. Presunto se aproxima de mim, recuando o máximo possível dos fantasmas. O rosto da mulher, coberto por um véu, me acompanha enquanto partimos.

— Esses augúrios que recebi prenunciam adversidades — diz o Oráculo.

— É, bem — respondo —, isso eu já sabia.

Towen Crescent, onde Elza mora, é uma parte de Dunbarrow que nunca tive motivo para visitar antes. As construções no bairro são relativamente recentes, cravadas bem na borda noroeste da cidade, e Elza me mostra um atalho passando por alguns dos campos de ovelhas atrás da minha casa. As casas foram construídas entre as plantas industriais fumacentas e a estrada. Então, Crescent não tem muito do apelo turístico do centro de Dunbarrow. É uma fronteira, um lugar aonde quem não se encaixa no resto da nossa cidade vai. Faz sentido descobrir que Elza mora aqui.

— O que você achou daquilo? — pergunto enquanto caminhamos.

— Do Oráculo? Nunca vi nada parecido. Fantasmas não costumam ter tanta vontade de conversar com os vivos. Sua Legião não é tímida.

— Você acha que aquele era o bebê dela?

— Espero que não.

— E quanto à profecia dela? Acreditou em alguma coisa daquilo? — pergunto.

— O quê? Que ela pode ver o futuro? Duvido.

— Então você acredita em fantasmas, mas não em visões do futuro?

— Eu não "acredito" em fantasmas, Luke, e nem você. Posso vê-los. Quando vir a profecia de alguém se realizar, então eu também aceitarei isso como fato. Até lá, terei minhas dúvidas.

As ruas estão desertas, a calçada escura com água da chuva. As casas têm paredes de cascalho com tetos alaranjados íngremes, os jardins repletos de plantas perenes e os caules anêmicos de postes de telefone. A casa de Elza, número 19, fica no final de um beco sem saída, bem na ponta de Crescent. A frente da casa ostenta um pequeno jardim desgrenhado, uma bacia de pedra, alguns arbustos.

A entrada da casa é apertada e escura; a maior parte do piso está ocupada por diversas caixas de plástico, pilhas de azulejos de banheiro e tábuas de madeira. O papel de parede é marrom-escuro, o carpete é de um vermelho terroso desgastado.

— Desculpe a bagunça — diz Elza sem nem um pingo de vergonha. — Ainda estamos no processo de mudança.

— Faz quanto tempo que vocês moram aqui? — pergunto, soltando a coleira de Presunto, que segue Elza até a cozinha.

— Há uns doze anos. Minha mãe e meu pai jogam a culpa um no outro pelo estado das coisas aqui. Acho que, se um deles começasse a desempacotar coisas agora, isso significaria admitir derrota. Talvez você os conheça mais tarde, não sei. Minha mãe está trabalhando, meu pai está passando duas semanas fora, observando aves.

— Sério?

— Ah, sim. Ele foi demitido mês passado. Então agora passa tempo nos lagos sempre que pode. Ele adora; está no paraíso. Todo dia é um final de semana para ele. Praticamente pula da cama de manhã. É bem ridículo.

Elza balança a cabeça, fingindo repulsa. Ela colocou a água na cafeteira para ferver.

— Nossa.

— Desculpe, estou entediando você?

— Não, nem um pouco — digo. — É só que... você sabe. Observar pássaros.

— Acontece que meu pai é muito apaixonado por observar pássaros ingleses. Espero que você não esteja tentando falar mal dessa paixão dele, comentar sobre como essa atividade é patética ou inútil, porque eu ficaria ofendida em nome dele.

— Isso é obviamente uma mentira para encobrir a verdadeira profissão do seu pai. Ele é traficante de crack. Deve ir para Londres para pegar novos suprimentos.

— Eu acharia isso divertido. Qualquer coisa menos a verdade. Ele costumava me levar com ele quando eu era menor. Horas sentada em um esconderijo, quase imóvel. Sem música. Sem doces, porque, se você fizer barulho demais, os pássaros não pousam. Sem contar que tem sempre algum legionário romano que morreu lá perto, e você precisa assisti-lo perambulando a esmo com um machado cravado na cabeça. Era uma tormenta.

— Ahn. Minha mãe se interessou bastante por pássaros recentemente. Acho que ela se daria bem com o seu pai. Seus pais têm clarividência?

— Não — responde Elza, enchendo sua xícara de água —, eles não têm. Ficaram bem preocupados comigo, achando que eu não tinha conseguido deixar meus amigos imaginários para trás quando cresci. Tomei remédio por alguns anos, mas as pessoas mortas não foram embora, e eu percebi que não tinha nada de errado comigo. Eram todos os outros que não conseguiam ver as coisas direito.

— É difícil.

Eu me sento.

— É a vida — diz ela. — Não os culpo por isso. O que você teria feito no lugar deles? Não é como se a clarividência fosse uma condição médica reconhecida.

— O que eu ainda não entendo é como você nasceu com isso, e eu acabei de adquirir. Isso não faz sentido para mim.

— Qual parte? — pergunta ela. — Sua história faz mais sentido que a minha. Domínio sobre uma Legião de espíritos prende sua alma à deles. Você está mais próximo do Lado Morto do que as outras pessoas; eles estão puxando você para lá, como se você estivesse amarrado a balões de hélio enormes. Assim que assinou aquele contrato, você começou a ser puxado para cima, ou para o outro lado, como preferir. Eu ficaria mais surpresa se você *não* pudesse ver fantasmas. Eu, por outro lado, nunca entendi o porquê. O melhor que consigo imaginar é que talvez tenha tido uma bruxa ou um necromante na minha família, séculos atrás. Meus pais são totalmente normais.

— Talvez seja genético, como uma característica recessiva. Existe alguma pesquisa sobre esse assunto?

— O que você acha? — pergunta ela.

— Por que não? Você poderia ganhar um prêmio Nobel com isso fácil, fácil.

— Quero dizer, como alguém conseguiria provar a premissa de que a clarividência existe? A existência de fantasmas é mais difícil de provar do que você pensa. E necromantes são tipicamente pessoas bem reservadas. Seu pai foi meio que uma anomalia nesse sentido.

— Estive pensando nisso também. O programa de TV e tudo o mais. Por que fazer isso?

— Uma pergunta para outro dia, quem sabe. Vamos dar uma olhada no seu livro.

— Está bem aqui — digo, cutucando minha mochila. — A Legião definitivamente não pode entrar aqui, pode?

— Tenho amuletos de aveleira nas portas da frente e de trás e em torno das paredes do meu quarto. Espíritos não podem entrar nessa casa, a não ser talvez no Dia das Bruxas. Todo tipo de regra vai pelo ralo no Dia das Bruxas, como já mencionei.

— É, eu sei. Então precisamos... ei! Sai já daí! Cachorro mau!

Presunto aproveitou nossa distração para subir na pia de Elza, e está ocupado pegando uma colher de pau cheia de molho bolonhesa endurecido na pia. Ele solta a colher com um susto e recua para o chão, cabeça baixa.

— Ainda não consigo aceitar como ele é grande. Qual é o nome dele mesmo? — pergunta ela.

— Presunto.

— Isso é uma referência a alguma coisa? Às atividades do seu pai, talvez?

— Ahn, não, fui eu mesmo que dei o nome quando ganhei ele. Eu era bem novo. Ele ganhou o nome do meu recheio favorito de sanduíche.

— É claro. Até humor negro é humor demais para você.

— Eu estou aqui para uma caçada a fantasmas, não para você criticar o nome do meu cachorro.

— Sim, sim. Tudo bem, traga seu chá aqui para cima, para a gente começar. Você se importa de trancar o Funesto lá no jardim? Eu não sei se posso confiar que ele vai se comportar dentro de casa, infelizmente.

— O nome dele não é... Certo. Está bem. Vamos lá, filho.

Pego a coleira de Presunto e o conduzo pela porta de vidro até o jardim dos fundos. Ele arrasta as patas nos azulejos, arranhando em protesto.

Puxo um pouco mais forte, e ele marcha para fora apressado. O jardim é longo e fino, com um galpão meio abandonado e uma macieira magricela. As sebes sobem acima da altura da cabeça. Então, ele não deve conseguir escapar. Eu me viro para trás e volto para a cozinha apertada de Elza. Ela está me observando de pé na porta que dá para a entrada.

— O que foi? — pergunto.

— Nada. É que eu nunca tinha imaginado que você seria alguém que gostasse de cachorros.

Ela me dá um dos seus sorrisos de canto de boca que dão raiva. E aí anda até o corredor e sobe as escadas. Eu a sigo por um patamar atulhado de caixas de papelão e mobília semimontada, chegando até o quarto dela.

O quarto de Elza é exatamente como eu esperava. Minúsculo, com objetos cobrindo cada superfície disponível. Tem canecas antigas e pratos sujos em uma pilha gordurosa perto da cama. Pôsteres do The Smiths e The Cure, David Bowie e Nick Cave. A parede em cima da cama bagunçada está coberta de fotos em preto e branco de folhas mortas, espelhos quebrados, prédios abandonados. A outra parede é ocupada por uma estante, que está quase cedendo ao peso de livros de bolso de segunda mão e livros de arte lustrosos. Não vejo nenhum livro de poesia, mas imagino que ela deve escondê-los.

Elza desaba na cama e apalpa o espaço do lado dela. Os lençóis cheiram a cigarro. Ela abre o zíper da mochila e tira o *Livro dos Oito* e o maço de papéis do meu pai, esparramando-os no edredom roxo. Franze a testa diante das escritas ininteligíveis.

— Algum tipo de código, então.

— Como eu disse.

— E não conseguimos abrir aquilo — ela gesticula para o Livro — porque os fechos não saem. Mas você já viu um membro da sua Legião abri-lo; então, sabemos que é possível.

Elza observa o *Livro dos Oito* por alguns outros momentos, depois sai do quarto e volta com um martelo e um cinzel.

— Você tem certeza? — pergunto.

— Quero dizer, abri-lo é uma questão urgente. Se você não se importar de danificá-lo um pouco, acho que essa é a melhor solução. Esses fechos parecem bem antigos. Se você não se importar... — repete ela, me olhando de um jeito que sugere que vai abrir o Livro à força, quer eu me importe ou não.

Dou de ombros. Elza coloca o Livro no chão, ajoelha do lado dele e posiciona o cinzel para que fique apontado diretamente para a dobradiça de um dos fechos. Levanta o martelo na mão direita e, então, para. Por um momento, acho que ela está só tentando encontrar o ângulo correto para acertar ou então refletindo se realmente vale a pena quebrar o Livro, mas Elza mantém essa posição — ajoelhada, martelo levantado à altura da cabeça — por muito mais tempo do que parece confortável. Seu braço está começando a estremecer de tensão.

— Elza?

Ela está franzindo a testa. Sua mandíbula está tensa. Quando começo a ficar de fato preocupado, ela suspira alto e coloca o martelo de volta no chão. Larga o cinzel e se senta novamente, olhando para o Livro com confusão e raiva.

— Essa porcaria é forte mesmo — diz ela.

— O quê?

— Mais forte do que parece. Devo ter acertado umas cinco vezes.

— Elza, do que você está falando? Você nem tentou abri-lo. Você só ficou sentada encarando o Livro com o martelo levantado.

— Tem certeza?

— Eu estava aqui. Estou falando sério.

— Estou com uma sensação esquisita na cabeça.

— Acho que você não deveria tentar abrir o Livro à força de novo. Acho que ele não fica muito contente quando as pessoas fazem isso.

Elza levanta o cinzel e examina a ponta para ver se foi danificada. Ao não encontrar qualquer sinal disso, faz uma careta e o larga de novo. Passa as mãos pela sua tempestade de cabelos negros.

— Bem, isso ficou ainda mais interessante — comenta.

Por mais irritante que eu ache o ar de Elza, de ser Alguém que Sabe as Coisas, ela demonstra ser bem mais esclarecida sobre a mecânica do código de meu pai do que eu. Depois de alguns momentos de concentração intensa nas páginas espalhadas em torno dela, Elza vai até a mesa, pega um espelhinho de maquiagem e o segura do lado de uma das páginas em código.

— Vamos lá — diz ela depois de um instante observando o espelho. — É como eu pensei. Parte disso é escrita espelhada. Não é o método de criptografia mais difícil do mundo de decifrar. Eu me pergunto por que ele se deu ao trabalho.

Eu me inclino e viro a cabeça em um ângulo esquisito para poder enxergar a página refletida. O que estava invertido agora está do jeito certo.

— Por que diabos ele escreveria parte disso ao contrário? Está em código de qualquer modo, não?

— Muito críptico — comenta Elza. — Então, o que são esses números? Eles são datas?

— Talvez... Não, não pode ser, eles não fazem sentido desse jeito. Olhe para o espaçamento.

Elza se reclina contra a parede. Enrola um fio de cabelo preto em torno dos dedos.

— Talvez seja um feitiço? Numerologia? Supostamente existe poder em certos números. Talvez você deva dizê-los em voz alta?

— O Pastor não disse nada quando usou o Livro.

— Ah, olha, só tenta, tá bom? Eu vou ler os números para você.

Deslizo até o chão, giro o *Livro dos Oito* para ele ficar de frente para mim. Tento os fechos, mas estão trancados com força. Ponho uma das mãos na capa.

— Sete — diz Elza. — Um, mas está invertido, quatro, três, mas o três também está invertido... Certo, sete, cinco...

Repito os números, sentindo-me como um robô defeituoso.

— Quatro, nove, três invertido, um, um — continua ela.

— Não acho que isso esteja funcionando — digo.

— Como você pode saber?

— Eu simplesmente não acho que os fechos do Livro tenham uma senha que leve mais do que alguns instantes para usar. Quero dizer, quantas folhas desse negócio tem aí?

Elza se senta reta novamente, coloca o espelhinho no edredom. Folheia algumas das páginas de anotações que meu pai deixou para mim.

— Algumas centenas, eu acho.

— Está vendo? E eu vou precisar simplesmente repetir todas elas? Não acho que funcione assim.

— Você tem um bom argumento. Então os números significam alguma coisa, mas não sabemos o quê. Parte disso está invertida, mas não sabemos o motivo. Temos um livro que não conseguimos abrir e que resiste a qualquer esforço de abri-lo à força. Então, o que mais temos... Ei, essa folha não tem só números. O que é isso?

Ela está segurando uma folha de papel amarelado com algumas palavras rabiscadas com a letra do meu pai. O texto é menos denso do que em algumas das outras páginas.

I — O Pastor. Liderança — visão — fala pelos mortos.

II — O Vassalo. Lealdade — honra — servidão ingrata.

III — O Herege. Dissidência — opositor — abandonado por Deus.

IV — O Juiz. Razão — mente fechada — pragmatismo.
V — O Oráculo. Intuição — mente aberta — profecia.
VI — O Prisioneiro. Desejo — esfomeado — um ladrão insidioso.
VII — O Inocente. Paz — pureza — a chama da existência.
VII — A Fúria. Poder — raiva — inimigo da vida.
IX — O Necromante. Maestria — portador do sigilo — aquele que abre o portão.

— Alguma coisa nessa lista significa algo para você? — pergunta ela.
— Bem, essa é a Legião, certo?
— Obviamente. Mas isso é sobre a sua Legião ou todas as Legiões? Tem sempre um Pastor e um Herege etc.? Tem tanta coisa que eu não sei...
— O Vassalo me contou um pouco, mas não muito. E quem sabe se o que ele disse era verdade? Ele parece útil, mas tem muitas coisas que ele nunca menciona.
— Esta parte aqui: "O Necromante — Maestria — portador do sigilo." O que isso significa? Está falando sobre você, certo? Você é o nono membro da Legião. O mestre deles. Então o que é esse sigilo?
— Essas palavras não fazem muito sentido pra mim.
— Hmmm. — Elza se levanta da cama, caminha até sua estante superlotada e, com movimentos cautelosos, puxa um dicionário grosso do fundo de uma pilha de livros de capa dura. De pé, apoia o dicionário na beirada da mesa e folheia as páginas, tão finas que chegam a ser translúcidas. — Ok. "Do latim *sigillum*, selo. A marca de um mago, pela qual seu poder é exercido." Isso é interessante. Essa anotação do seu pai diz que você deveria portar o sigilo. Onde está o seu sigilo?
Eu estico a mão para dentro da minha mochila e retiro a caixa de metal cheia de anéis. Desatarraxo a tampa e derramo todos os nove no piso: anéis de ouro, anéis de prata, um anel feito de uma pedra verde polida. Um anel que tem a cabeça de um leão, outro com um crânio prateado,

um anel decorado com pedras vermelhas, outro cravejado de safiras. Elza levanta uma sobrancelha.

— São do meu pai — digo. — Ele os deixou para mim, junto com o Livro. Eles se encaixam na descrição?

— É provável que sim — responde ela. — Um selo... Tradicionalmente anéis de selo tinham desenhos entalhados neles para que pudessem ser pressionados em cera quente. Sigilos de animais... Talvez esse leão?

Ela pega o anel de cabeça de leão, vira-o nas mãos. Segura-o perto de um dos olhos, estreitando o olhar como se estivesse tentando ver através dele, espiar o que está escondido lá dentro. Devolve-o ao chão.

— Não é aquele — diz ela.

— Como você sabe?

— Simplesmente sei. É óbvio demais, de qualquer modo.

— O que faz você ter tanta certeza de que apenas um desses é o sigilo? — pergunto. — Talvez eu tenha que usar todos eles. Tem nove, certo? Um para cada membro da Legião.

— Claro. E um para o necromante. A anotação fala do "sigilo", no singular. Acho que você não iria querer que as pessoas soubessem exatamente qual anel é seu sigilo. Se usasse apenas um, seria óbvio. Se você usar muitos, não fica tão claro. O melhor lugar para esconder uma folha... — Ela vai parando de falar. Fecha os olhos, passa as mãos sobre a pilha de anéis. Morde os lábios e levanta um deles, olhos ainda fechados. — ... é uma floresta — diz ela, abrindo-os. Está segurando um anel de prata fosco com uma pedra negra incrustada. — É este aqui — continua Elza. — Tenho certeza.

Elza passa o anel de prata para mim. Sinto o peso dele na palma da minha mão. Não é nem mais pesado nem mais leve do que seria de esperar, nem mais quente nem mais frio, mas noto que a pedra negra foi lapidada em um formato octogonal. Ela não parece refletir a luz do quarto de Elza; em vez disso, a pedra a engole, parecendo totalmente preta e opaca. Eu encaixo o anel no dedo anelar da minha mão direita. Embora me lembre de as mãos do meu pai serem bem mais gordas que as minhas, o anel encaixa perfeitamente.

— Então, está sentindo alguma coisa? — pergunta ela.

— Na verdade, não. Tem certeza absoluta de que é este?

Eu me levanto, faço uns falsos golpes de caratê, girando a mão com o anel em direção a Elza.

— Abracadabra! — grito.

Ela nem mesmo abre um sorriso. Público difícil.

— Tente o Livro de novo — diz ela.

Eu me sento novamente, o Livro na minha frente. Puxo os fechos e, para meu deleite e horror, eles abrem de repente, como o mecanismo de uma armadilha, com um clique rápido e agudo. A capa ainda está fechada. Elza se ajoelha no chão ao meu lado. Seus olhos estão arregalados, quase luminosos. Ela está enrolando e desenrolando uma mecha de cabelo com os dedos.

— Você se dá conta de quão poucas pessoas já viram o interior deste livro? — pergunta ela.

— Não muitas?

— Quase nenhuma. É um dos maiores segredos do mundo.

— Lá vamos nós.

Seguro a parte de baixo da capa e estou prestes a virá-la e ler a primeira página quando o Livro abre sozinho, páginas amareladas cortadas à mão, mais finas do que as de qualquer dicionário, mais finas do que pele nova. As páginas fluem, movendo-se sozinhas em um borrão, mais rápido do que meus olhos conseguem acompanhar, uma torrente de páginas que parece que não vai terminar nunca. Enxergo vislumbres de escrita, desenhos e diagramas, e então o *Livro dos Oito* para, aberto no que parecem ser as páginas bem na metade. Estão vazias.

Estico a minha mão com o anel, a mão do sigilo, e viro uma página para a direita. As folhas seguintes estão em branco também. Eu viro de novo e de novo, cada vez vendo as páginas brancas e sem linhas, sem informações, sem nada.

— O quê? — pergunta Elza para mim.

— Eu não sei!

Viro as páginas cada vez mais rápido, folheando dez de uma vez, segurando o Livro em desespero, virando páginas às centenas, e todas estão em branco, em branco, em branco.

A sexta-feira não melhora muito depois disso. O *Livro dos Oito* continua em branco, não importa como tentemos lê-lo. Implorar para o Livro, comandá-lo, ameaçá-lo, tudo resulta em páginas amareladas vazias. E, o que é pior, as páginas parecem intermináveis. Não importa quantas páginas em branco eu tente virar, estamos sempre exatamente na metade do livro. Se isso for uma alucinação ou algum tipo de defesa esquisita, não conseguimos chegar a uma conclusão.

Em vez disso, voltamos nossa atenção para as anotações em código do meu pai.

Elza tenta diversas técnicas para decifrar códigos que encontrou on-line, sem sucesso. Depois de algumas horas, estou subindo pelas paredes de frustração. Precisamos tentar alguma outra coisa.

— Eu não aguento mais — digo para Elza, largando a pilha de anotações.

— Você não está desistindo, está? — pergunta ela, me encarando séria por cima de seus óculos de leitura.

— Tem que haver outra maneira. Isso não está dando certo. Já faz três horas que estamos tentando. Eu não consigo sentar aqui e copiar números, enquanto minha mãe...

— Então o que você sugere? — indaga ela. — Temos o sigilo, o Livro, as anotações do seu pai. É isso aí. O que mais podemos usar?

— Deve existir alguma outra coisa... como... Berkley & Co! O advogado do meu pai. Podíamos falar com ele.

— Você acha que ele sabe alguma coisa sobre o Livro?

Penso nos olhos azuis elétricos de Berkley, seu sorriso de predador. *Velino... Temos um fornecedor em Cúmbria.* Ele sabia de alguma coisa, tenho certeza. Ele sabia o que eu estava assinando.

— Com certeza — digo. — Vamos lá perguntar a ele. E não acho que devíamos nos dar ao trabalho de ligar antes para agendar um horário.

Está chovendo quando chegamos a Brackford. O rosto de Elza está iluminado de cor-de-rosa pelo seu guarda-chuva vermelho. Suas botas desgastadas batem no chão, abrindo caminho pela horda de pessoas que caminham fazendo suas compras. Presunto está quase se enforcando na coleira, com a excitação de ver tantos novos amigos. Passamos por uma vitrine de loja com um mostruário de abóboras de plástico laranja, todas cortadas com sorrisos pretos e maliciosos. Sinto como se estivessem zombando de mim. O Dia das Bruxas é na sexta que vem. Só temos uma semana. A ideia de o advogado do meu pai oferecer algum tipo de orientação parece improvável, mas me sinto confiante de que ele sabe algo. Passo meu dedão pela pedra incrustada no anel do meu pai.

— Você vem muito aqui? — pergunto a Elza.

— Meu namorado morava em Brackford. Então eu passava a maioria dos fins de semana aqui.

— Você tem namorado?

— Tinha. Passado. E não soe tão surpreso!

Elza gesticula com a mão livre em direção ao meu rosto.

— Está bem, está bem! O que aconteceu?

— Ah, ele foi para a universidade em setembro. Londres. Depois de duas semanas, ele me disse que conheceu outra pessoa. Então, foda-se ele e foda-se Stephanie de Leeds também. E não, eu não fiquei stalkeando ela.

— Sinto muito, Elza.

— Tudo bem. Eu já caí para o nível Boca Cheia de Limão na escala de amargura em vez de Esfregar Sal nos Dois Olhos.

— Acho que deve ser difícil manter relacionamentos a distância.

— Houve sinais, digamos assim. Então, como estão as coisas com você e a princesa?

— Quem?

— A Holiday.

— O que ela fez de ruim para você?

— Bem! Nós éramos amigas, acredite se puder. Na época do ensino fundamental. E então nós chegamos no ensino médio e, de repente, ela resolveu que não me conhecia mais, passeando com a Alice, falando para todo mundo que eu era lésbica porque gostava de David Bowie. E teve a vez que ela pegou a xilogravura de Edgar Allan Poe que eu tinha feito na aula de arte e...

— Entendi...

— E tem também o jeito como ela joga o cabelo, como se uma equipe de filmagens de um comercial de xampu estivesse prestes a invadir a escola e começar a filmar, e o jeito como ela sempre abre um sorriso bem largo como se estivesse *reeeealmente* interessada no que você está dizendo. Ela parece ter sido lobotomizada...

— Ela não é má pessoa — digo, mas na verdade não conheço a Holiday tão bem e, pelo jeito, a Elza tem mais condições de julgá-la do que eu. Ela faz uma careta. — De qualquer modo — continuo —, chegamos. É aqui.

Elza empurra as portas duplas, que fazem um ruído suave no ar ao serem abertas, e nos vemos em uma recepção, cheia de mármore reluzente e vidro fosco. Nada mudou desde segunda-feira. Um par de árvores de plástico está de guarda perto dos elevadores. Um grupo de velhos contadores passa por nós, cabelos grisalhos aparados e ternos bem-arrumados, encarando Presunto por detrás de óculos sem aro.

— Você acha que permitem cachorros aqui? — pergunta Elza.

— Finja ser cega ou coisa parecida.

Um elevador chega. Presunto olha seu reflexo na parede espelhada com curiosidade e, então, volta a atenção para mordiscar a mão de Elza.

— Em que andar ficava? — pergunta ela.

— Não diz na lista da parede?

— Não tem nenhum Berkley & Co. listado ali.

— O quê?

— Olhe para as placas. Não está listado aqui. Tem Hodge & Ridgescombe, Moebius & Sons, Vostok Incorporated, Goodparley & Orfing, mas não tem Berkley & Co. em lugar nenhum.

— Tenho certeza de que esse é o lugar certo. Sétimo andar. O que diz aí para o sétimo andar? Era lá que eles ficavam.

— Não tem nada listado nesse andar — diz Elza. — É um espaço em branco.

O elevador acelera para o alto. Presunto resmunga, mas eu coloco uma das mãos de maneira reconfortante em sua pata e ele se tranquiliza. Depois de alguns instantes, as portas deslizam para abrir.

A recepção da Berkley & Co. desapareceu. A mesa da secretária, os bancos de couro, a pilha de revistas amassadas... tudo sumiu. O espaço virou um monte de concreto nu e tijolos. Alguém está arrancando os painéis de madeira das paredes. Tem umas folhas grandes de plástico transparente para pegar a poeira e ferramentas elétricas espalhadas pelo chão.

— Parece que eles foram embora — comenta Elza.

— Isso não pode estar acontecendo... — digo.

Entro na recepção e passo por uma das entradas sem porta em direção ao escritório de Berkley. O corredor também foi esvaziado, com uma pilha de azulejos guardada embaixo de um plástico em uma das pontas. As paredes do escritório foram demolidas, revelando a espuma de isolamento e o cabeamento por baixo. Dou uma última olhada para os tijolos nus e volto para a recepção. Elza está conversando com um homem de jaqueta amarela fluorescente e botas de trabalho.

— Você não pode ficar aqui — ele está dizendo. — Não tem equipamento de segurança nem nada. Trazendo seu cachorro para cá e tudo. Não sei o que você pensa que está fazendo, querida.

— O que aconteceu aqui? — pergunta Elza.

— Reforma — diz ele, esfregando a mão no rosto. — Este andar está fechado faz meses.

— Mas eu estive aqui esta semana! O que aconteceu com os antigos inquilinos? — pergunto. — Eles são meus advogados.

— Eu não sei, caramba! Sou um contratado, amigo. Se isso é tão importante para você, pergunte lá embaixo. Tchau, tchau.

— Tudo bem — diz Elza.

Recuamos para o elevador.

— Bem, isso não deu certo — comento.

— De fato. *Merde*.

— Eu não consigo acreditar nisso — digo. — Desapareceu em menos de uma semana.

— Você tem certeza de que ele era um advogado de verdade?

— Ele tinha um escritório grande e um terno caro. Não perguntei muito além disso. Esse cara disse que o andar está vazio há *meses*...

— Então, obviamente o pessoal da Berkley & Co. está envolvido de alguma forma com a Legião. Você viu se eles atenderam outro cliente? — pergunta Elza.

— Nenhum.

— Isso confirma que eles sabiam o que estava acontecendo. Você acha que o Pastor os convenceu disso?

— Parece o estilo dele.

— É estranho você precisar assinar um documento para tomar posse deles — comenta Elza. — Quem imaginaria que magia negra envolvesse tanta burocracia?

— Talvez seja como com os vampiros. É preciso convidá-los para entrar. Mas não entendo por que o Pastor iria querer que eu assinasse a transferência. Tudo que eles querem é ser libertados.

— Talvez alguém tenha que realmente ser o mestre deles antes que suas amarras possam ser rompidas — diz Elza. — De outro modo, eles terminariam presos para sempre, sem ninguém que pudessem nem mesmo matar. Isso daria a eles bastante motivação para armar algo assim para cima de você.

— Faz sentido. Então o sr. Berkley estava trabalhando para o Pastor.

— Acho que sim.

Vamos perambulando e conversando. Elza está tão irritada que caminha no dobro da velocidade, abrindo caminho a cotoveladas por entre clientes e gente de terno e gravata. São quase cinco da tarde, e as nuvens de tempestade estão adquirindo um tom de arroxeado no sol baixo. A rua está cinza, tudo em Brackford é cinza: as pessoas, seus casacos, as formas achatadas dos prédios, a cortina de chuva. Nos encaminhamos para o centro da cidade, uma praça pavimentada com um monumento alto homenageando algum herói de guerra se erguendo sobre as multidões. Em meio à confusão de cinza e preto, vislumbro o sinal de algo luminoso e sobrenatural.

— Elza.

— O quê?

— Eles estão aqui.

— Tem certeza?

— Sim! Bem na nossa frente. É ele.

O Pastor se levanta, mas parece estar se desdobrando como uma asa negra terrível. Noto os pequenos fechos dourados em suas botas quando ele ajusta as pernas da calça. Ele puxa a barba com uma mão branca como fungo e faz uma careta.

— Sr. Manchett, com cão a reboque. E esta certamente é a srta. Moss?

— O que você quer? — pergunto.

— Não quero nada. Já tenho tudo de que preciso.

O Pastor dá um sorriso forçado. Seus dentes são tão regulares e cinza quanto os prédios que se amontoam em torno da praça. Ele parece maior hoje, mais cheio, de alguma forma mais vivo até do que as pessoas de verdade ao nosso redor. As lentes de seus óculos, antes escuras, brilham com uma luz interna. Presunto rosna como uma serradeira e se enrosca nas pernas de Elza, orelhas contraídas.

— Falei para você, Luke, que essa criança-bruxa não pode salvá-lo.

— O que você sabe a meu respeito? — pergunta Elza para ele.

— Essa coisa fala — diz o Pastor. — A bruxinha fala. Bem, escute só: eu vivi por dez séculos, e minha vida em morte durou outros dois. Sua mágica amadora contém apenas meros farrapos de poder. É o reflexo mais pálido do poder. Fique do lado de Luke, e você também cairá.

— Se você é tão forte — diz Elza —, por que ainda estou aqui? Se tivesse vencido de verdade, nós dois estaríamos mortos, mas cá estamos. Estou viva, e Luke também, porque você não pode matar nenhum de nós. E, já que é tão bom de mágica, então sabe o que é isso aqui.

Ela levanta sua wyrdstone para ele ver.

— Uma bugiganga — diz o Pastor —, nada mais do que isso. No Dia das Bruxas, com a força dos mortos em seu ápice, acredito que iremos atrás de você primeiro, criança-bruxa. Veremos como seu talismã a ajudará então.

Elza e o Pastor estão um de frente para o outro, quase encostando os rostos. Ela move sua mão com a wyrdstone até quase encostá-la no rosto de cera do fantasma e encara as lentes reluzentes dos óculos dele. Presunto recua, assustado. As pessoas caminhando pela praça estão se movendo para nos evitar, embora não pareçam cientes de fazê-lo. O Pastor balança a cabeça.

— Um show e tanto — diz ele. — Mas eu sinto o medo dela. Agora, vim dizer algo a você, Luke. Meu colega, o Prisioneiro, embora não seja exatamente muito falastrão, tem jeitos de se comunicar quando precisa. Ele mencionou algo para mim sobre uma festa hoje à noite. Uma garota. Holiday?

Eu cerro os punhos dentro dos bolsos.

— Se você ousar... — começo a dizer.

— Estaremos lá — afirma o Pastor. — O que é uma comemoração de Dia das Bruxas sem seus fantasmas? Nos manifestaremos na casa da garota Simmon. Veremos quão corajoso...

Elza empurra a wyrdstone para o centro do rosto do Pastor. Ele explode sem som, desfazendo-se como uma nuvem de fumaça diante de um vento repentino, e desaparece. Elza respira profundamente.

— Eu já estava de saco cheio dele — diz ela.

— O que aconteceu? — pergunto. — Ele foi embora?

— Por enquanto. Wyrdstones nos protegem contra espíritos malignos, como falei. O Pastor e criaturas como ele não podem encostar em mim se eu estiver usando o amuleto. Mas, se a pedra encostar nos fantasmas, acontece uma reação, e eles descobrem que precisam estar em outro lugar.

— Onde?

— Eu não sei — diz Elza, dando de ombros. — Algum lugar que não é aqui. Isso sempre pareceu suficiente para mim. Então, como pode ver, estou segura. Agora, vamos para casa.

De volta à casa de Elza, temos nossa primeira discussão de verdade. Estamos sentados na cozinha, uma panela de água sibilando no fogão enquanto sussurramos um para o outro. O que está acontecendo é culpa minha.

Assinei o contrato para receber a Legião mesmo sabendo que isso era errado, que não soubesse o motivo. Holiday não tem ideia do que está acontecendo comigo, nem do tamanho da encrenca na qual a envolvi. Eu continuo a repetir a cena na minha mente: Holiday falando comigo, toda cheia de sorrisos, enquanto o Prisioneiro sem língua observa maliciosamente por sobre o ombro. Escutando cada palavra que dizemos.

— A gente nem sabe se eles vão *mesmo* até lá — diz Elza pela centésima vez.

— Ele foi bem específico quanto a isso.

— É tão óbvio que isso é uma armadilha. Eles querem você longe da sua casa e longe daqui.

— Eles vão matar todo mundo na festa se não fizermos alguma coisa.

— O Pastor nunca disse isso — retruca Elza, parecendo incapaz de convencer até a si mesma.

— O que vai impedir que ele faça isso? Deveríamos chamar a polícia? Eles são espíritos malignos. São perigosos, você mesma disse isso. Precisamos fazer alguma coisa.

— Eu sei — retruca Elza, ríspida. — Eu sei, mas *e aí*? O que podemos fazer? O Livro está em branco, esse advogado Berkley desapareceu misteriosamente. Nós temos o sigilo, que você não sabe usar direito, e uma wyrdstone que só tem força suficiente para me proteger. Isso é tudo que temos. Como podemos proteger uma festa cheia de garotos bêbados da Dunbarrow High?

— Nós vamos blefar para enganar a Legião — digo. — Aparecemos com o Livro e o sigilo, e blefamos.

— Achei que você tinha dito que o Pastor era um antigo necromante morto. Ele vai sentir o cheiro da sua mentira a quilômetros de distância, Luke, como já fez. Com magia negra não dá para simplesmente apontar e atirar. Leva anos, décadas de aprendizado...

— Então qual é o seu plano?

— Ficamos aqui, trabalhamos no código. Tenho certeza de que tem algo nas anotações do seu pai, nos números... Eu preciso de mais tempo com eles.

— *Trabalhar no código?* Esse é seu único plano, estudar as coisas do meu pai. Isso não nos levou a lugar algum. O que eu devo fazer: sentar e olhar para um *livro* enquanto meus amigos são assassinados?

— Conhecimento é tudo nesta situação...

— Sabe de uma coisa? Você nem se importa, não é mesmo? Você não gosta da Holiday! Você mesma disse isso. Não se importa se eles morrerem.

Elza me encara com um olhar que poderia derreter vidro.

— É claro que eu me importo se a Holiday Simmon morrer. *O motivo de eu estar ajudando você é impedir que pessoas morram!*

— Tudo bem. Então me ajude. Eu vou para a casa da Holiday. Você vindo junto ou não.

O relógio na parede da cozinha conta os segundos. Observo o ponteiro girando, lento, implacável, o tempo passando como a maré que sobe.

Elza enrola e desenrola seu cabelo nos dedos.

— Eu vou — diz ela, finalmente.

— Você vai?

— Mas vê se entende, é obviamente um truque. Você é maluco de cair nessa. Eu não apoio isso de forma alguma. Acho que é imprudente e vai terminar mal... Mas estou vendo que não vou conseguir convencê-lo disso. Vamos precisar fazer o melhor possível.

— Tudo bem. Obrigado.

Eu me levanto e respiro fundo. Não consigo nem imaginar o que vai acontecer na casa da Holiday. Aparecer com Elza Moss vai levantar mais do que algumas sobrancelhas, mas preciso da ajuda dela.

Nós dois comemos, mal nos falando, e então trancamos Presunto na cozinha de Elza e deixamos a casa. Estou usando o sigilo na mão direita, e Elza leva o *Livro dos Oito* na mochila. Já passou do pôr do sol.

Towen Crescent está iluminada pela luz dos postes. Posso sentir o cheiro de fumaça de madeira. As sombras dos galhos das árvores se espalham como teias sobre a rua. Um sapo está sentado na calha perto do portão de Elza, ombros gosmentos tingidos de laranja pelo brilho da lâmpada. Ele nos vê e foge, atravessando a estrada, movendo-se com pressa nervosa. Eu aperto minhas mãos dentro dos bolsos e começo a caminhar, o vento batendo no rosto.

5,5
O CHICOTE

Holiday mora no topo de Wight Hill, a parte mais rica de Dunbarrow, onde cada jardim é tão macio e verde quanto o veludo de uma mesa de sinuca. Sua casa imita o estilo Tudor, paredes brancas apoiadas em colunas de madeira escura. As janelas do primeiro andar têm decoração de ferro em formato de diamantes. Na frente da casa há uma garagem de dois carros e um jardim grande com arbustos comportados. Elza caminha ao meu lado, cabeça baixa, enrolada em seu casaco masculino enorme. Estou pensando em como ela vai parecer deslocada, como isso vai ser desconfortável. A rua se expande em uma rotunda perto da porta da frente de Holiday, que é pintada de um tom claro de cor-de-rosa. Eu preciso esmurrar a campainha para valer até conseguir chamar alguma atenção. Vejo alguém se movendo por trás do painel de vidro fosco da porta e, por um momento horrível, acho que o Pastor emergirá, rosto pálido contorcido em um sorriso.

Holiday abre a porta, parecendo um pouco perplexa.

— Olá.

— Estamos aqui para a festa.

— Bem, é claro — diz Holiday. — Você trouxe a Elza também?

— Ahn... A gente estava caminhando na mesma direção.

— Ah, sei. Onde você esteve hoje? Você se lembra de que era uma festa a fantasia, certo?

Holiday está, como sempre, deslumbrante, com um vestido preto justo, um par de orelhas de veludo apoiadas no cabelo liso. Ela pintou bigodes nas bochechas. Tento me concentrar na missão, na horda de espíritos malignos que pode chegar a qualquer momento.

— Bem — diz Elza —, obviamente esquecemos.

O sorriso da Holiday tem o mérito de só parecer um pouco falso.

— Por que vocês dois não entram? — diz ela, pegando minha mão e me puxando para dentro da casa.

Eu a sigo até a cozinha, que é impecável, com um revestimento de pedra cinza irregular. Há uma longa mesa coberta de potes de doces, pipoca, grandes garrafas plásticas de cidra barata e bebidas não alcoólicas. Vejo bandeirolas em formato de morcego penduradas nos trilhos da cortina, uma abóbora com um rosto sorridente esculpido nela. Tem uma mulher olhando fixamente para uma geladeira aberta.

— Mãe — diz Holiday —, o que você está fazendo aqui?

— Seu pai esqueceu as cerejas. Isso é um crime?

A mãe de Holiday sorri para mim e para Elza. Então sei que a piada foi para nós dois também. Forço um pequeno sorriso. Elza está de pé atrás de mim, o mais longe possível de Holiday e de sua mãe.

— Esse é o Luke — diz Holiday. — E você se lembra da Elza Moss?

— Oi — digo.

— Obrigada por nos receber, sra. Simmon — diz Elza.

A mãe de Holiday é bronzeada e magra e está vestindo um suéter creme e jeans desbotados. Seu cabelo é curto, e parece que ela pinta, mas, fora isso, você pensaria que ela tem no máximo dez anos a mais do que nós. Bons genes. Ela dá um sorriso para nós dois.

— Ah, é a Elza! Faz tempo que não vemos você! E Luke, tão bom finalmente conhecê-lo. A Holiday me disse que você gosta de rúgbi.

— Eu jogo pela escola, sra. Simmon.

Na verdade, perdi todos os treinos esta semana, outro sacrifício que fiz desde que a Legião chegou à cidade. Vou levar um pouco de esporro do Mark hoje à noite por causa disso. É estranho como isso tudo parece tão distante. Achei que não acreditava em fantasmas, mas estou começando a pensar que, na verdade, não acredito na minha vida real.

— Bem, seu pai é o homem certo para isso, não é? — diz a mãe de Holiday para a filha.

— Não faça ele conversar com o papai...

— É terrível, não? — comenta sua mãe para mim. — A ingratidão de algumas crianças. Não se preocupe, seu pai e eu estamos definitivamente exilados na casa de verão durante esse tempo. Eu odiaria fazer você passar, entre aspas, *vergonha*, na frente dos seus amigos, ha-ha-ha.

Ela não ri, exatamente, é mais como se pronunciasse os sons que uma risada produziria.

— *Mãe...*

— Tudo bem, tudo bem. Vem, Bach.

A mãe de Holiday pega um gato branco no colo e sai, tendo esquecido as cerejas. Holiday faz uma careta.

— Ela é *tão* chata.

Penso na minha mãe deitada no escuro, rosto encharcado de suor. Lembro-me de todos os dias em que saí para a escola, voltei para casa de noite e a encontrei sentada no mesmo lugar. Penso nela agora deitada imóvel, o corpo gelado.

— Ela parece legal.

— Não consigo acreditar que ela... Tipo, eu não *falo* sobre você! Eu *mencionei* você uma vez. Ela faz parecer que eu faço parte do seu fã-clube ou algo assim!

— E nada poderia estar mais longe da verdade, certo?

— *Cale a boca*. Olha, venha, estamos assistindo programas ruins de TV. Quer uma cerveja?

— Parece ótimo.

Não tenho qualquer intenção de beber uma gota de cerveja, mas não estou disposto a explicar isso para a Holiday. Elza já passou por nós dois e está encarando as janelas na outra ponta da cozinha, observando o que deve ser o quintal dos fundos. Eu fico tenso, pensando que ela viu alguma coisa lá fora, mas então ela vira e dá de ombros discretamente para mim. Não consigo sentir o frio gelado que acompanha a Legião. Presumo então que estamos seguros por enquanto.

Holiday coloca uma cerveja na minha mão.

— Quer que eu traga algo para você? — pergunta ela para Elza.

— Não estou bebendo hoje à noite — responde Elza.

— Ah — diz Holiday. — Está fazendo uma detox?

— Não. Eu só imaginei, sabe, e se alguma coisa terrível acontecesse hoje à noite e eu estivesse bêbada? Eu não conseguiria lidar com isso.

Elza me encara com um olhar vulcânico.

Holiday, que é uma atriz talentosa ou realmente a pessoa mais gentil do mundo, parece estar refletindo seriamente sobre isso.

— Claro — diz ela. — Eu fico ansiosa também, sabe?

Eu não estou bebendo de verdade, digo em voz baixa para Elza por trás das costas de Holiday. *Tenta se comportar de um jeito mais normal.*

— Acho que a única forma sã de viver é com ansiedade — diz Elza para Holiday.

De pé na cozinha da minha crush, esperando a chegada da horda de espíritos malignos do meu pai, ouvindo Elza e Holiday coproduzirem uma forte candidata ao prêmio de Conversa Mais Desconfortável do Ano, resolvo que vou beber alguma coisa, afinal de contas.

A sala de estar tem duas vezes o tamanho da cozinha, decorada em tons de branco e creme, com uma televisão de tela plana de sessenta polegadas instalada em uma cavidade em uma das pontas. Há uma fogueira de lenha de verdade, resmungando para si mesma atrás de uma tela preta antifogo. A festa até agora é inexistente. Só vejo algumas das garotas mais populares da minha turma vestidas de gatos, enfermeiras e princesas da Disney. Todas levantam a cabeça para olhar para mim, Holiday e Elza quando entramos. Sinto como se estivesse em um desfile, um pônei de show que ela está levando para o picadeiro. A reação à presença de Elza é mais como se ela tivesse sido enterrada até o pescoço em um formigueiro. Nenhuma das amigas de Holiday diz uma palavra, mas posso ver suas expressões, minúsculas comunicações ao trocarem olhares: desprezo, choque, divertimento. É como observar um grupo de computadores sádicos se comunicarem via Wi-Fi. Finjo não notar e me sento com Holiday no sofá maior, de frente para a televisão. Elza está de pé, encostada na parede mais distante e olhando fixamente para as próprias botas.

— Então, a gente está, tipo, assistindo a esse programa completamente ridículo — diz Holiday. — *Turno da Noite*. Eles estão fazendo uma maratona dele agora que o Dia das Bruxas está chegando. Você já assistiu?

Ai.

— Nunca — respondo.

— Ah, é muito legal — diz Holiday. — O cara que apresenta é tipo um esquisitão. Ele se chama dr. Manchett...

— Nenhum parentesco — digo, com um sorriso forçado.

— Ouvi dizer que ele, tipo, acabou de morrer ou algo assim? — comenta uma das suas amigas.

— É, apareceu nas notícias no outro dia? — fala outra.

— Mesmo? — digo.

A tela está escura. Posso ver estrelas, a sombra de árvores no preto. O som de passos.

— Você está bem? — sussurra Holiday.

— Estou ótimo — respondo.

— Você está todo tenso. Está, tipo, assustado? — Ela sorri de canto de boca.

— Como se isso pudesse ser assustador.

Rapidamente, percebo que estava enganado quando vejo o rosto que aparece na tela. O cabelo escorrido por sobre uma careca reluzente, pelos crescendo na bochecha e no queixo como em um gramado abandonado. Fico muito aliviado de ter herdado mais do material genético da minha mãe do que do meu pai. Ele está vestindo uma camisa verde-musgo e está iluminado de perto no escuro por uma poderosa lâmpada branca, o que faz ele parecer embalsamado.

— Em todos os meus anos como investigador do paranormal — diz ele — não consigo me lembrar de outro caso parecido com este. O que você está prestes a assistir é perturbador e poderá fazê-lo questionar tudo o que pensa que sabe sobre a vida... e a morte.

A sequência de créditos começa. É bem mais ou menos, e me pego pensando no tamanho do orçamento que meu pai recebeu. A abertura rola por cima do que presumo sejam imagens de arquivo de florestas e castelos, misturadas com filmagens noturnas de porões e calabouços. A música é baixa e soa ameaçadora, às vezes aumentando de volume quando a câmera focalize uma lua cheia ou uma porta vazia de aparência sinistra. Finalmente, a tela congela em uma tomada de visão noturna de um esqueleto caído no chão, e as palavras *Turno da Noite* aparecem em letras góticas, acompanhadas de um efeito de grito.

A cena muda. Está de dia, um céu cinza-chumbo. A câmera está em um veículo em movimento que atravessa uma floresta. As plantas são monótonas e outonais. A câmera desliza por uma curva na estrada, e vemos um prédio de pedra achatado no meio de um jardim desleixado. As árvores se inclinam sobre a casa, formando uma cobertura silenciosa.

— Esta é a Coldstane Rectory — diz o narrador —, construída no final do século dezoito. Esta construção tem mantido uma reputação assustadora por mais de duzentos anos. O atual ocupante, Michael Aulder, achou que a casa seria o recanto rural perfeito para sua família. Michael diz que nunca acreditou em fantasmas, mas, depois de adquirir a casa de campo, a família Aulder mudou de ideia. Notem que toda filmagem neste programa é real. Nada foi armado e nenhum efeito especial foi usado. Não usamos atores em nossos reality shows.

O sr. Aulder tem um rosto duro, com uma cabeça cheia de cabelos grisalhos, seu corpo forte mal contido por uma camisa de botões branca. Ele está de pé na luz forte, sob um amplo céu azul. É obviamente verão, um contraste notável com as cenas anteriores.

— Bem, é claro que as pessoas nos contaram coisas — diz o sr. Aulder —, avisando que era mal-assombrada, fazendo todo o discurso. Mas eu nunca prestei muita atenção nelas, não é mesmo? Nunca acreditei naquilo tudo, fantasmas e coisas assim. — Ele ri, expondo dentes cinzentos. — Eu tenho um ponto de vista diferente agora.

— A família Aulder morou na propriedade por pouco mais de um mês, até que os eventos paranormais começaram — diz o narrador —, ocorrendo principalmente em torno das três da manhã, a hora tradicional das assombrações.

Na próxima cena aparece a sra. Aulder, loura e de rosto redondo, usando um vestido amarelo. Ela está de pé na cozinha diante de uma cafeteira metálica e um fogão verde. Está nervosa, desviando o olhar da câmera.

— No início, eu achei que fossem crianças criando confusão — diz ela. — Isso já seria ruim o suficiente. Havia barulhos, sabe, no teto e lá fora, no quintal. Nossa filha, ela tem só seis anos, estava assustada. Disse que queria voltar para a casa antiga. Meu marido achava que eram ratos.

Corte para o sr. Aulder.

— Em geral, eu estava dormindo quando os primeiros eventos aconteceram, para ser sincero. Tenho uma carga pesada de trabalho, e um sono pesado também. Achei que ela estava inventando coisas.

Sra. Aulder:

— Foi só quando as coisas começaram a ser movidas de um lado para o outro que o Michael levou a sério.

— Que tipo de coisas? — pergunta uma voz de alguém atrás da câmera.

— Tudo. — Ela engole em seco.

Corte para uma vista externa da casa. É outono novamente. Duas vans brancas chegam na entrada de cascalho e se aproximam da casa, esmagando pedrinhas.

— A família Aulder não tem tido uma noite de paz desde o verão — diz o narrador. — Eles relataram ruídos estranhos à noite, atividade de *poltergeist*, ectoplasma vazando das paredes, sensações de frio extremo, comida na casa estragando horas depois de comprada, correio indesejado aos montes, silhuetas sombrias espreitando à noite, orbes de energia espiritual atrapalhando o jantar de Natal e, em um evento memorável, a televisão derramou *sangue*.

— Acho que essa foi a manifestação mais perturbadora — diz o sr. Aulder em seu jardim iluminado pelo sol. — Eu estava assistindo ao noticiário e a tela começou a ficar escura. Me aproximei para ajustar a imagem e descobri que tinha um líquido espesso escorrendo por ela. Quando coloquei minha mão nele, percebi que era sangue de verdade.

— E foi então que você decidiu chamar a equipe do *Turno da Noite* em busca de ajuda?

— Sim. Foi, sim. Eu não posso viver assim.

Corte para uma porta de van abrindo. Um par de sapatos alaranjados pisando no cascalho.

— O dr. Horatio Manchett é o especialista paranormal mais respeitado da Grã-Bretanha — anuncia o narrador — com mais de uma centena de assombrações exorcizadas com sucesso.

— O dr. Manchett é dono da coleção mais brega de sapatos de toda a Grã-Bretanha — digo — e tem planos de adquirir muitos outros sapatos extravagantes no futuro próximo.

— Quieto — sussurra Holiday, dando uma risadinha.

Meu pai está na tela, vestindo um terno vermelho-escuro.

— ... e isso assustou você?

— Bastante — responde a sra. Aulder.

— Bem, parece que esta família está passando por uma experiência paranormal de certa magnitude — diz meu pai, virando-se para a câmera. — O que nós vamos fazer é dar uma olhada pela casa, fazer uma análise preliminar, digamos, e ver o que acontece. Estamos particularmente interessados na cozinha e na sala de estar, porque esses são os aposentos em que a família diz ter observado atividades mais intensas.

Meu pai gesticula para o câmera, que o segue enquanto ele passa pela porta baixa e quadrada e percorre a cozinha.

— Bem, este é um exemplo excelente de arquitetura de época — comenta ele —, e a família a manteve em condições realmente lindas. A pergunta é: Vamos sentir algum tipo de presença aqui?

Os Aulder se levantam, observando nervosos enquanto meu pai atravessa confiante a cozinha com seu terno espalhafatoso, abrindo armários e murmurando palavras que presumo em latim. Enquanto vasculha embaixo da pia, perguntando a eles sobre auras que podem ter sentido na casa, vejo alguém de pé no canto do aposento. É uma mulher, rosto cinza, com um vestido bem antigo. Ela olha para meu pai com uma expressão vazia. Os Aulder, assim como Holiday e seus amigos, não percebem nenhum sinal de que ela esteja ali. Isso me confunde muito. Você lê todo tipo de coisa sobre fantasmas aparecendo em fotografias, mas esta é a primeira vez que penso nisso. Eles estão emitindo algum tipo de energia que está além do espectro visível normal? Como as câmeras estão capturando isso? Eu me lembro do que o Vassalo me disse da primeira vez em que perguntei sobre a vida após a morte: *Mentes melhores que a sua ou minha já perseguiram suas próprias sombras por vidas inteiras procurando respostas para tais perguntas.* Algumas dessas coisas eu nunca vou entender.

— Acho que deveríamos tentar falar diretamente com os espíritos — diz meu pai para a câmera — para ver se eu consigo ter uma ideia de quantos são e o que querem destas pessoas.

— Como vamos fazer isso? — pergunta a sra. Aulder, nervosa.

— Eles frequentemente respondem a uma voz confiante — diz meu pai. — Existe algum espírito nesta casa? — pergunta em voz alta.

Nada.

— Eu disse — grita ele —, tem algum espírito nesta casa? Se existe uma presença nesta casa, exijo que você se revele!

Meu pai levanta as mãos e faz algum tipo de gesto. Noto o sigilo em seu dedo direito e escondo depressa minha mão direita no bolso. Não quero que ninguém perceba que temos o mesmo sobrenome e usamos o mesmo anel. Provavelmente surgiriam algumas perguntas sobre isso.

— Revele-se! — grita meu pai.

O Juiz e o Prisioneiro entram, atravessando uma das paredes da cozinha. O Prisioneiro agarra a fantasma pelo cabelo e a arrasta para fora da sala pela parede oposta. Antes de eu ter tempo de pensar no que está acontecendo, eles sumiram. O Juiz chuta o fogão com sua bota, usando toda a força possível. Holiday pula e segura na minha perna como uma prensa industrial.

— Você ouviu isso? — pergunta ela.

— É só um estrondo. Eles editam para colocar esses ruídos.

— Isso *com certeza* foi um fantasma. Não seja um estraga-prazeres!

As outras garotas estão rindo e dando gritinhos.

— Me diga o que quer — proclama meu pai na cozinha — e deixaremos você partir em paz.

O Juiz caminha confiante até a bancada da cozinha e, com algum deleite, levanta uma panela suja no ar. O câmera nota e sua inspiração de choque é audível, mudando o foco do meu pai para a panela flutuando no ar.

— Ahm, dr. M — diz o câmera, claramente fora do roteiro —, perto da pia.

— Podemos fazer isso do jeito fácil ou do jeito difícil — diz meu pai, voltando-se para o Juiz. — Fale comigo ou o expulsarei deste lugar.

O Juiz revira os olhos e arremessa a panela contra a parede.

Holiday e suas amigas gritam.

— Eu não tenho certeza sobre isso — diz o câmera. — Tipo, a gente tem seguro contra isso?

— Está tudo bem — diz meu pai. — Não entrem em pânico.

O Juiz pega uma faca e começa a movê-la lentamente de um lado para o outro. A sra. Aulder começa a hiperventilar.

— Acho que talvez devêssemos ir todos lá para fora — diz meu pai, colocando-se entre a faca flutuante e o casal. — Vamos sair e nos acalmar. Acho que sabemos com que tipo de assombração estamos lidando agora: sem dúvida existe uma presença hostil aqui.

A equipe de câmera não precisa ouvir isso duas vezes e bate em retirada, assustada, correndo porta afora até a luz do dia. Essa parte claramente não foi ensaiada, e diversos membros da equipe, inclusive o cara do som, são flagrados fugindo pela câmera. Os Aulder se juntam à equipe, correndo pelo seu gramado. Meu pai vem por último, e o Juiz desliza para fora atrás dele, acendendo outro cigarro. Imagino que meu pai decidiu não contar para sua equipe de câmera que os fantasmas são de verdade. Não há atores vivos no programa, mas há muitos mortos.

No fundo, vejo o Prisioneiro se movendo em direção ao bosque atrás da casa, arrastando pelo cabelo uma fantasma que deve ser quem estava assombrando os Aulder para começo de conversa. Enquanto meu pai tenta acalmar a sra. Aulder, observo a luta ao fundo. Quando chegam à margem das árvores, vejo alguma outra coisa, só por um instante, algo que parece uma sombra em movimento, escuridão que flui de trás de uma árvore e engole a fantasma original da casa de campo. Os pelos dos meus braços estão todos arrepiados, mas a câmera corta para outra cena antes de eu ter uma boa visão do que aconteceu. Procuro Elza para confirmar que ela viu isso também, mas ela não está mais na sala.

Na próxima cena, meu pai e a sra. Aulder conduzem algum tipo de sessão espírita na sala, tentando contatar os espíritos e identificar quantos são para que possam ser exorcizados. O Juiz dá umas batidas contidas na mesa e nas paredes, e então o Prisioneiro atravessa a parede e começa a passar suas mãos desfiguradas na sra. Aulder, engasgando suavemente. Eu fico paralisado.

— Ah, estou sentindo — diz ela, arfando —, posso sentir alguma coisa. Ah, não. Ah, eu só... está com tanta raiva. Eles sentem tanta fúria, são tão cheios de ódio.

O grande clímax do programa é um exorcismo à meia-noite na Reitoria Coldstane com câmeras de visão noturna, sensores de calor e algo chamado Leitor Espectral que parece estranhamente um contador Geiger com algumas partes extras afixadas. Meu pai, vestindo um manto roxo, entoa cânticos e queima diversas ervas, gesticulando com as mãos à sua volta enquanto a equipe de filmagem o segue de cômodo em cômodo. O Juiz bate algumas coisas em outras e empurra mobília de um lado para o outro; às vezes, para meu divertimento, errando o momento certo de fazê-lo. O Vassalo e o Herege fazem participações especiais para os sensores de calor, caminhando pelas paredes e gemendo. No clímax do exorcismo, alguém corta as luzes na casa, e o próprio Pastor aparece, emitindo uma aura de fogo verde que certamente não precisa de clarividência para ser enxergada. Holiday e suas amigas gritam.

— Luke, você viu? — pergunta Holiday.

— É efeito digital — digo.

Rolam os créditos, iluminados em contraste com a noite sem lua. Um texto nos informa que os Aulder permaneceram na casa depois do programa e não relataram quaisquer outros eventos paranormais. O exorcismo foi bem-sucedido.

Fico bastante confuso. Meu pai levantou espíritos aterrorizantes dos mortos para que pudesse exorcizar os fantasmas residentes de outras casas? Não seria mais fácil só fingir? Afinal de contas, o que aconteceu com a fantasma de verdade que assombrava a Reitoria Coldstane? Onde ela foi parar? O que era aquela sombra em movimento que veio da linha das árvores?

Aquele era o demônio do meu pai?

— Então vocês acreditam em fantasmas? — pergunta uma das amigas de Holiday.

— Depois daquilo — diz Holiday — não tenho tanta certeza. Esse foi, tipo, o mais assustador até agora.

— Quando a faca estava flutuando...

— Ah, por favor — digo —, está falando sério? Esses foram os efeitos mais sem graça que já vi. A faca estava claramente sendo levantada por fios.

— Você é tão cínico — diz Holiday, me dando um soco no braço.

Eu meio que sorrio e dou de ombros. Então assistimos a algum reality show sobre pessoas com bronzeamento artificial gritando umas com as outras. Todas elas moram em uma casa perto da praia, e o clima é sempre ensolarado. Ainda nenhum sinal de Elza. Não tenho certeza do que ela está fazendo, se está dando uma olhada no resto da casa ou algo assim. Eu gostaria de saber o que ela achou do programa do meu pai, se ela achou que tinha alguma coisa útil ali. Não deveríamos nos separar, de qualquer modo. A Legião pode aparecer a qualquer momento, e então eu vou precisar do Livro. A perna de Holiday está descansando contra a minha, e eu queria muito poder simplesmente relaxar e curtir a noite. Na televisão, as pessoas bronzeadas estão discutindo na sua cozinha bem-iluminada. Parece que as pessoas no programa nunca pensam que um dia estarão mortas também.

Lá pelas dez e meia, a casa de Holiday está entupida de gente. Todas as pessoas relevantes do nosso ano estão dançando na sala ou misturando bebidas na cozinha. Mark e Kirk estão aqui com o time de rúgbi a reboque. Eles me cercaram no jardim de Holiday e estão todos entoando cânticos de forma tribal. Estou segurando a garrafa de vodca que eles me deram. Perdi qualquer esperança de encontrar Elza no instante em que eles chegaram e, até onde sei, a Legião pode já estar aqui e eu não consigo explicar nada disso para eles. Acabo consumindo a menor quantidade possível do negócio que eu posso tomar sem ninguém perceber e passando-o para o próximo cara. A bebida queima meu nariz e minha garganta. Estou tossindo. Kirk, que está vestido de Super-Homem, me agarra e me puxa para fora do círculo.

— Manchett, por onde você andou esta semana? — pergunta ele.

— Ugh. Bleh. Minha mãe está mal, cara. Estive em casa.

— Dores de cabeça de novo? — indaga Mark.

Ele deve ter deixado o círculo também. Mark é o Capitão América. Seu escudo é uma tampa de lata de lixo pintada.

— É. Ela só precisa que eu fique por perto.

Atrás de nós, o círculo de bebedeira está rugindo tão alto que mal consigo ouvir o que os outros estão dizendo. Continuo a examinar os rostos bêbados ao meu redor, esperando ver um dos fantasmas, esperando sentir o calafrio. A vodca não está ajudando o meu humor.

Estou me sentindo enjoado.

— Você devia arrumar ajuda — diz Kirk. — Contratar enfermeiros. Não devia estar cuidando dela sozinho.

— Eu estou bem, gente, sério. Obrigado.

— Só que perdeu todos os treinos esta semana — diz Mark.

— Ah, desculpe, cara, sabe? De verdade. Realmente não estava no clima.

Eu tento sorrir. Nenhum dos dois parece estar muito convencido.

— Você precisa voltar — diz Mark. — O treinador está prestes a te dar um esporro.

— Você está bem mesmo? — pergunta Kirk. — Você parece mal, parceiro. Onde está sua fantasia?

— Ah, eu esqueci.

— A Alice disse que você veio para cá com a Elza Moss — comenta Mark.

— A gente só estava andando na mesma direção — digo. — Eu mal conheço ela.

— A Alice disse que você estava conversando com ela ontem, fora da escola — diz ele com um sorriso de canto de boca. — Ela comentou que você estava agindo de forma bem misteriosa a respeito disso.

Eu gostaria de encontrar Alice Waltham e estrangulá-la. Forço um riso.

— A Elza só me pediu um cigarro — digo.

— Você é sorrateiro — comenta Kirk, rindo. — Sei o que você está planejando, Luke. Está tentando chegar na Elza, não é mesmo?

— Não precisa ter vergonha, cara — diz Mark. — Não tem tu, vai tu mesmo, não é verdade?

— Ela já escreveu um poema para você? — pergunta Kirk.

— Preciso dar uma mijada, rapazes — digo com um sorriso forçado, então me viro para voltar para a casa de Holiday.

Atrás de mim, obviamente de forma planejada, os caras do rúgbi começam um coro de "Com quem será, com quem será que o Manchett vai casar?". Nós nos sacaneamos assim o tempo todo, mas não estou no clima para isso esta noite. Eles não têm ideia do que está acontecendo aqui. A Elza está se arriscando por mim de um jeito que nenhum deles jamais se arriscou.

Abro caminho até a casa, passando por grupos de pessoas no quarto dos fundos e na cozinha, a metade formada por garotos de uma turma mais nova que nem se deram ao trabalho de vestir fantasias, só colocaram agasalhos esportivos e tênis com cadarço de neon. Vídeos de hip-hop estão tocando alto na TV na sala agora, em vez de *Turno da Noite*. Encontro Elza sentada na escada. Ela está olhando fixamente para o nada, mais desanimada do que nunca.

— Você está bem? — pergunto.

— Absolutamente horrível, obrigada.

— Nenhum sinal da Legião?

Ela dá de ombros. Eu me sento do lado dela.

— Você acha que eles vão vir mesmo? — pergunto.

— Estou começando a torcer para que sim. Estou sentada sozinha aqui há duas horas, ouvindo as pessoas terem as conversas mais sem graça do mundo, sendo que na metade do tempo elas são abafadas pela pior música do mundo. Isso para não falar que está todo mundo olhando para mim, como se eu tivesse mergulhado em uma fossa séptica em vez de tomar banho hoje de manhã.

— É. Desculpe.

— Como você consegue ser amigo dessas pessoas? Um cara me disse para tirar minha fantasia de Dia das Bruxas. Estamos *em uma festa a fantasia de Dia das Bruxas*. Tipo, os outros trezentos e tantos dias do ano não são suficientes para você usar esse insulto?

— Estamos aqui por causa da Legião...

— Isso não o impediu de ir tomar umas com seus amiguinhos do rúgbi.

— Estou tentando agir normalmente? Me enturmar? Não posso explicar o que está acontecendo para alguém.

— É. Desculpe. É só que eu mal posso esperar o dia em que o ensino médio vai terminar e vou poder ir para uma universidade em Brackford ou coisa parecida. Eu seriamente.... *AIIIII*!

Elza grita como se tivesse sido escaldada e se levanta de repente. Um líquido vermelho está escorrendo pelo rosto dela e eu a seguro, pensando que está sangrando, que os fantasmas estão aqui, o Pastor... e então ouço risos humanos bêbados vindos do andar de cima. Alice Waltham e outra garota que não reconheço estão de pé no patamar, olhando para baixo. Alice está segurando uma taça vazia de vinho.

— Desculpe, Elza — diz Alice. — Minha mão escorregou.

Elza encara as duas garotas sorridentes, vinho ensopando sua nuvem escura de cabelo, escorrendo dos seus ombros até o tapete cor de creme. Gotículas cor-de-rosa vão caindo ao redor dela. Percebo que ainda estou com minha mão na cintura de Elza. Ela está vibrando de raiva como uma motosserra sendo acionada.

— Vá se limpar, sua vaca — diz a outra garota.

Elza abre a boca, e por um momento acho que vai gritar com elas, mas em vez disso ela só sussurra, tão baixo que só eu ouço:

— Eu estava aqui para salvar você.

Ela se desvencilha de mim e corre para a cozinha, indo em direção à porta. Eu a sigo, me esforçando para atravessar os grupos de garotos, passando pela mesa com a lanterna de abóbora sorridente, porta afora, as botas dela fazendo barulho no cascalho.

— Elza!

— Estou indo para casa — diz ela.

— Vamos lá, por favor... Preciso da sua ajuda...

— Com o quê? Nós não temos nenhum plano. E eu estou coberta de vinho. Não vou ficar à toa no palácio da Holiday por mais uma hora enquanto derramam bebidas em mim, esperando fantasmas virem me matar. Estou indo para casa.

Ela pega o *Livro dos Oito* da mochila e o enfia nas minhas mãos, depois se vira sem dizer mais uma palavra e sai andando no escuro. Eu observo suas costas enquanto ela desaparece. As batidas do calcanhar de sua bota começam a se dissipar até desaparecerem. A noite está fria e límpida, com estrelas pontilhadas como tinta branca em uma tela preta lisa. Espero Elza voltar, mas ela não volta, e depois de alguns minutos me viro para subir a entrada até a casa de Holiday.

A própria Holiday está de pé na porta da frente, seu corpo com um halo de luz branca forte, orelhas de gato ainda penduradas na cabeça. Música e vozes altas vazam em torno dela para a rua quieta. Eu paro a alguns passos da porta.

— Ei — diz ela.

— Olá.

— Alguém disse que talvez você tivesse ido embora.

— Eu voltei.

— Está tudo bem com você? — pergunta ela.

— Na verdade, não.

— Quer falar sobre isso?

— Eu não saberia por onde começar.

Holiday abre uma porta branca com um *H* dourado pregado. Seu quarto está escuro, iluminado por uma fileira de lâmpadas azuis e cor-de-rosa enrolada nas colunas da cama com dossel. A luz fria que escorre da estrutura da cama se entrelaça no cabelo de Holiday. Lá embaixo, a música pulsa forte, como uma dor de cabeça prestes a surgir.

— Não consigo *acreditar* que alguém derramou vinho tinto no tapete do corredor — diz Holiday. — Tipo, em cima dele todo! Eu mal consegui convencer meu pai a me deixar receber pessoas aqui.

— Foi a Alice.

— Ah, você está de *brincadeira*? Aquela garota... ela acabou de pintar meu banheiro de vômito também, tive que colocá-la na cama do quarto do meu irmão. Ainda bem que ele não está aqui.

— Ela derramou vinho em cima da Elza. É por isso que tem as manchas.

— Ah. — Holiday se senta na ponta da cama. — Isso não foi gentil da parte dela. É por isso que você estava lá fora?

— Ahn, claro. A Elza estava furiosa, obviamente. Ela foi para casa.

— Você veio mesmo com ela, então?

— Ela é minha amiga.

— Só amiga? — pergunta Holiday.

Ela me encara com uma intensidade deliciosa.

— Eu... Holiday, não posso fazer isso agora.

— Não pode fazer o quê? — pergunta ela, sorrindo.

— Olha, eu não posso explicar. É um problema muito maior do que eu. Eu sou perigoso.

— O que, você é um destruidor de corações? — brinca ela.

— Não, olha, é... meu pai — digo, não conseguindo acreditar que estamos tendo essa conversa de repente. — Ele morreu na semana passada. Mas nós não éramos próximos.

— Eu gostaria... — diz Holiday — Eu gostaria que eu e você fôssemos próximos, Luke.

Ela está deitando na cama, claramente com a cabeça em outro lugar. Eu me pergunto se ela ao menos se lembrará desta conversa amanhã.

— Eu também — digo. — Mas parece que você quer dormir agora.

— Você não precisa ir... — diz ela, quase um sussurro.

— Você está muito bêbada, então acho que deveria ir, sim — retruco.

Ela não responde. Sua respiração está lenta e profunda. Ela me lembra subitamente da minha mãe, e preciso desviar o olhar. A música parou lá embaixo. Devem estar mudando a faixa ou algo assim. Espero que seja isso.

Abro a porta de Holiday e dou de cara com o Juiz.

— O que você está fazendo aqui? — pergunto, embora eu já saiba.

— Desculpe, chefe — diz ele, esfregando sua cabeça nodosa. — Não tinha outro jeito.

Antes de saber o que estou fazendo, seguro-o com minha mão direita. O sigilo é frio, tão frio quanto uma queimadura de congelador, como uma estrela congelada no meu dedo. Seguro o Juiz por seu pescoço grosso e o levanto no ar. Ele se debate e se contorce contra minha pegada, sua silhueta começando a borrar como fumaça, mas eu não largo.

— Chefe, por favor...

— Cale a boca. Eu estou falando. Eu sou seu necromante. Eu tenho o Livro — digo, segurando-o embaixo do nariz do Juiz com minha mão esquerda. — Eu sei como usá-lo. Onde estão os outros?

— Chefe...

Aperto o pescoço dele com mais força ainda, transformando o que ia ser um protesto em uma grasnada. O sigilo arde ainda mais frio; minha mão direita parece uma forma esculpida de gelo. Faíscas estão dançando nos meus dentes.

— *Onde eles estão?* Onde está o Pastor?

— Estou aqui, Luke.

Ouço sua voz seca e áspera bem atrás de mim.

Ainda segurando o Juiz, me viro para encarar o quarto. O Pastor está de pé a um metro de mim, me estudando por detrás dos discos negros dos seus óculos. Suas mãos estão entrelaçadas na altura da cintura. Ele parece calmo, como alguém esperando o ônibus.

— Estou com o sigilo aqui — digo. — Se você se mover um centímetro, eu...

— Você não fará nada — diz o Pastor — ou a garota morre.

Com um choque de desgosto, percebo que as sombras acumuladas em torno do corpo adormecido de Holiday assumiram a forma de um homem. O Prisioneiro está agachado sobre ela, estudando seu rosto adormecido com um deleite atento. Com sua mão esquerda, ele segura o que parece um fio de luz branca conectado à testa de Holiday, entre os olhos dela. Ele está puxando o fio para fora dela, o que quer que seja, e na outra mão... vejo a tesoura pronta para cortá-lo. O Prisioneiro me dá um sorriso dentuço sem língua.

— Se encostar nela... — digo.

— Ameaças vazias — retruca o Pastor. — Você tem o sigilo e o Livro, mas não é um necromante ainda, Luke. Abra mão deles. Ou meu colega cortará o fio e esse será o fim dela.

Estou congelado no mesmo lugar, o Juiz ainda lutando enquanto o seguro.

A tesoura começa a se fechar em torno da linha branca, um milímetro de cada vez. O Prisioneiro não desvia seu olhar vazio do meu nem por um segundo.

Não posso deixar Holiday morrer por minha causa.

Solto o Juiz, que gorgoleja e cai no chão. Solto o *Livro dos Oito* no piso e o chuto na direção do Pastor.

O Prisioneiro não se afasta de Holiday.

— O sigilo também — diz o Pastor com um ligeiro sorriso.

Puxo o anel dolorosamente frio do meu dedo e o atiro em seu rosto sorridente. Ele o pega no ar sem aparentar qualquer esforço.

— Está esperando o quê? — indaga o Pastor. Será que ele está falando comigo? Por que eu estaria esperando alguma coisa? — Afinal de contas, será que você continua leal ao necromante? — prossegue ele.

Viro-me para olhar o Juiz.

— Nada pessoal, chefe — murmura ele.

Ergue sua mão, e posso ver que segura uma garrafa vazia. Está usando um anel supremo no polegar. O objeto reflete a luz, um sol em miniatura. Tenho tempo de me perguntar se aquela é uma garrafa de verdade ou, de alguma forma, o fantasma de uma, e então ele a quebra na minha cabeça com um impacto que é definitivamente real.

Snap.

Acordo esticado na cama de Holiday. Parece que há uma fogueira acesa dentro do meu pescoço. Estou com uma dor de cabeça pulsante, e minha boca está seca. Quando movo a cabeça, posso sentir cabelo roçando nos meus ombros e nas minhas costas. Holiday está deitada perto de mim, olhos arregalados.

— Holiday?

Seguro a mão dela na minha. Ainda está quente, e posso sentir a batida sutil do coração escondida em sua pulsação. Eles não a mataram, nem a mim. Não é Dia das Bruxas. Então, se o que Elza disse é verdade, eles não podem ainda. Minha coluna parece mais uma coleção de galhos secos e fracos do que a estrutura de ossos da qual dependo normalmente. O quarto ainda está escuro, porém mais próximo de um azul profundo do que do preto. Não deve faltar muito para o amanhecer.

As sombras da cômoda de Holiday se aprofundam. Há o brilho dos óculos, o som sutil e macio dos lábios se movendo.

— Luke — diz o Pastor.

— O que você fez com ela?

— Eu, pessoalmente? Nada. Não posso falar pelo Prisioneiro, é claro. Ele prefere drenar as pessoas.

Sua voz soa com musicalidade. Quero me lançar sobre ele, estrangular sua garganta cerosa, mas não posso. Entreguei o sigilo. Eu gostaria de alimentar o Pastor com seu próprio coração. Em vez disso, fico de pé, punhos enfiados nos bolsos da calça.

— Ela não tem nada a ver com isso. Ninguém aqui tem.

— Concordo, por isso prefiro não entrar em nenhum desentendimento. Faça exatamente o que digo ou matarei todos eles.

— Muito bem.

— Abra a porta e desça, vá para o jardim dos fundos. Seguirei você. Se correr, se tentar qualquer coisa, esta garota aqui sofrerá e depois morrerá. E não pense que nos esquecemos daquela criança clarividente.

— Boa sorte tentando encontrar Elza. Ela sabe tudo sobre você.

— Realmente não entende com o que está lidando, não é mesmo, Luke? Já viajei pelo frio do além. Falei com o Bode Negro nos bosques mais profundos. Saqueei as ruínas da Babilônia e o túmulo de Salomão. Em vida, havia reis que se ajoelhavam diante de mim. Achou que a bruxinha poderia ajudá-lo contra mim? Contra nós?

— Elza sabe mais do que você pensa — digo. — Tudo o que você está demonstrando é que é velho. Não estou com medo. Sei que não pode me matar.

Ou assim espero.

— Desça a escada — ordena ele.

Arrasto meu corpo dolorido pela porta e pelo amplo patamar da Holiday. A casa está totalmente silenciosa, sem um murmúrio ou barulho de passos. O relógio mostra que são seis da manhã. Passo os olhos por uma pilha de roupas cuidadosamente dobradas, uma fotografia de Holiday aos oito ou nove anos, montando um pônei castanho, em uma moldura dourada. O que foi que eu trouxe para a casa deles?

Em uma cadeira branca no patamar da escada, há um pacote azul que começa a se mover e murmurar quando nos aproximamos.

Sou um bebê, diz o pacote.

Passo pelo fantasma, um arrepio percorrendo minha pele.

Pegue-me, ele diz. O Pastor também não dá atenção a ele.

— Está familiarizado com o Inocente? Tem uma história aí — comenta, enquanto chegamos ao final da escada.

— Não quero ouvi-la.

— Como preferir. Em outro momento, então. Mais próximo da sua morte.

Ninguém foi embora da festa, todo mundo continua presente. Cada convidado no seu lugar, mãos cruzadas atrás das costas. Não há qualquer som humano: nenhuma respiração ou tossida. Seus rostos têm a aparência triste e inexpressiva dos adormecidos. Há garrafas, latas e copos pelo chão, cercados por respingos e líquidos que foram derramados, mas já secaram há bastante tempo. O que quer que tenha acontecido com eles, aconteceu rápido. Imagino que isso seja a verdadeira magia negra. Não me dei conta, não sabia que os fantasmas tinham esse tipo de poder. Foi para isso que meu pai usou a Legião? Se ela é capaz de fazer algo assim com as pessoas, congelá-las como estátuas, então é possível escapar de praticamente qualquer coisa. Não é um pensamento legal. Lembro-me de aprender sobre Pompeia, olhando para todos os moldes de gesso dos romanos que não tiveram o bom senso de abandonar a cidade quando começou a sair fumaça da montanha. Seus olhos estão abertos, mas ninguém olha para nada específico. Nenhum deles responde ao meu olhar. Cada um deles, cada gata sexy, cada Frankenstein, cada Drácula, cada Super-Homem, vaqueira ou zumbi, todos estão olhando na mesma direção, olhando através da porta dos fundos.

O jardim está escuro, a grama coberta com o branco do gelo. Latas de cerveja brilham sob os arbustos que cercam o gramado. Há um círculo amplo de pessoas de pé na grama. Algumas estão vivas, outras mortas. Penso nos garotos bebendo em um círculo aqui na noite passada e dou um sorriso amargo. Vejo a mãe de Holiday e um homem de cabelos grisalhos e barrigudo, que suponho ser o pai dela, ambos de pé um ao lado do outro, de mãos dadas e com a mesma expressão de sonâmbulos. Pelo visto, voltaram mais cedo. Uma pena para eles. Kirk e Mark estão de costas para mim, ainda vestindo suas fantasias de super-heróis. Entre os sete corpos quentes, vejo a Legião preenchendo o círculo: o Juiz, o Prisioneiro, o Vassalo, o Oráculo, a forma flamejante do Herege, que pelo menos desta vez permanece em silêncio, e o bebê envolto em azul, que de alguma forma desceu do patamar, no chão junto aos pais de Holiday. E do lado oposto do círculo há outra pessoa, algo que não consigo distinguir, uma forma estranha e curvada como um monte de tecido respirando. Não, essa também não é uma boa descrição. Está mais para uma sombra sendo fervida.

A Fúria. Lembro-me das anotações do meu pai: *Poder, raiva, inimiga da vida.*

Justo quando você pensa que as coisas não poderiam piorar.

— A Legião inteira está aqui? — pergunta o Pastor em um tom de voz alto atrás de mim, perto da minha orelha. Quando ninguém responde, ele prossegue. — Fique aqui comigo, Luke. Deixamos espaço para você.

Sigo-o pela grama úmida e achatada, e meu estômago se revira enquanto entramos em posição. No centro do círculo está o gato branco de Holiday, Bach, com uma fenda vermelha na barriga. Ele está imóvel, como um brinquedo que alguém deixou cair.

— Bem aqui — diz o Pastor.

O Herege está à minha direita, o Pastor à minha esquerda. O círculo está completo, oito vivos, oito mortos. Paro no lugar onde ele indica, punhos cerrados, cabeça latejando, e o Pastor se estica para tocar o centro da minha testa com o sigilo. Um frio se espalha pelo meu corpo, vindo do anel negro, mais rápido e mais profundamente do que quando agarrei a garganta do Juiz. Descubro que não consigo me mover. Estou congelado no lugar, assim como os outros. Tudo que posso fazer é observar.

— Pronto — diz o Pastor depois de um instante, se divertindo com meu desconforto de ter sido paralisado de repente. — Nosso círculo está completo. Permitam que eu apresente uma serva infame de seu pai. A Fúria.

Nesse momento, a sombra fervente — de início, da altura da minha cintura — se desdobra como uma grande bandeira escura, e então percebo que estava olhando para uma criatura usando uma túnica preta, ajoelhada no chão de costas para mim. Ela se levanta e se *expande* para cima, até passar de dois metros de altura, seus ombros no mesmo nível das cabeças dos fantasmas mais altos. A Fúria vira o rosto para mim, e percebo que, cada vez que penso que já vi de tudo, há mais um nível de esquisitice perturbada.

A coisa possui braços finos e compridos, mãos que pendem abaixo dos joelhos, dedos que parecem raízes tateando ao redor. A pele do demônio é escura como tinta, e não sei dizer onde começa sua capa ou se ele realmente está vestindo alguma coisa. Parece uma sombra tridimensional, uma sombra com espessura e massa, como uma escultura feita de fumaça negra. Ela possui a cabeça magra e esguia de um cão ou chacal. Os olhos do demônio são como buracos de fechadura de uma fornalha, furos que ardem alaranjados, cravados na escuridão de seu rosto. Ele fareja o ar e abre a boca, que também brilha com um calor vermelho difuso. Diferente do Herege, coberto de chamas, essa criatura queima por dentro. Há um som horrível, fraco, como se alguém gritasse sem parar a duas ruas de distância.

— Ouça-me agora — diz o Pastor. — A Fúria e eu decidimos que Luke não tem a devida autoridade para comandar esta Legião.

O demônio não fala nada. Fixa seus olhos de fornalha nos meus.

— Luke continuamente se provou incompetente, indolente e inconsequente. Sua compreensão da necromancia é efetivamente nula. Acreditamos que seja um proprietário indigno da Legião Manchett, e estamos tirando-o do comando.

O Prisioneiro me dá um sorriso podre.

— Isto é um motim — diz o Vassalo, baixinho.

— Cale a boca! — sibila o Juiz.

— A primeira tarefa a cumprir — diz o Pastor com um gesto expansivo — será romper nossos laços. Como todos sabem, faltam sete dias para o Dia das Bruxas. Nosso poder estará em seu ápice, sua apoteose. Sinto-me confiante de que seremos capazes de matar nosso necromante, e então estaremos livres. Luke está fraco, e pode ser que nunca mais tenhamos uma chance como essa. Vocês querem acabar como o monge — ele aponta para o Herege —, perdido para sempre, mente reduzida a um nada por seus séculos de servidão? Precisamos nos libertar! — Ninguém discorda. — Só para o caso de alguém ter alguma lealdade equivocada... Considerem isso um aviso, todos vocês.

Assim que ele diz isso, a Fúria salta sobre o Vassalo e o asfixia em seu manto. A forma preta vibra e pulsa como um coração, e então a luta termina. O Vassalo está se ajoelhando no meio do círculo, olhando para o gato morto. Suas mãos e seus pés estão atados com o que parece um cipó preto. A Fúria está de pé sobre ele, olhos flamejantes sem qualquer expressão. Ninguém mais parece satisfeito ou cheio de si, nem mesmo o Juiz. Imagino que, seja lá o que estiver para acontecer, o Pastor não o informou sobre esta parte do plano.

O Pastor fala para a Legião:

— O Vassalo foi domesticado, um animal doméstico que só sabe choramingar. A cada chance de liberdade, esse traidor bloqueou o caminho.

— Luke! — grita o Vassalo, ajoelhado na grama. — Luke, me salve! Se tem qualquer bondade, qualquer compaixão, por favor, me salve! Acabe com isso agora!

Tento falar, mas minha boca não se move. Congelado no lugar, continuo totalmente em silêncio. Tudo que posso fazer é permanecer de pé e olhar.

— Por favor! Ah, meu Deus, por favor, não deixe ele me comer! Por favor!

O demônio enfia a mão preta dentro do próprio corpo e retira algo que brilha com uma luz faminta: um longo chicote de chamas, uma corda de um tom alaranjado fervente e irreal que se agita, chamuscando a grama molhada.

O Vassalo ergue a cabeça, olhos refletindo a chama laranja poderosa do chicote. Não tenho como dizer a ele como estou arrependido, como aprecio o que tentou fazer por mim, mas ele deve ser capaz de ler o meu olhar.

— Está perdoado, senhor — diz o Vassalo em voz baixa.

A Fúria agita o chicote para cima em um arco selvagem, e um rastro como o de fogos de artifício se espalha no ar em câmera lenta antes de descer sobre a forma curvada do Vassalo. O chicote atinge suas costas com um barulho fervoroso e faminto, e o Vassalo grita em agonia. Agora entendo para que meu pai usava o demônio: para controlar os outros fantasmas, porque imagino que eles fariam todo o possível para evitar o que aquela coisa está fazendo com o Vassalo. O flagelo consome completamente o corpo do fantasma, e agora o Vassalo está dividido pela metade na altura da cintura, e ambas as metades estão caídas no chão do pomar iluminado pela alvorada.

— O chicote do Tártaro — diz o Pastor em voz baixa, soando quase impressionado.

O demônio balança o chicote em um círculo curto, pegando as pernas do Vassalo, que não param de se agitar. As pernas são capturadas pelas espirais do chicote, e a Fúria o enrola, puxando os membros para dentro. O monstro levanta as pernas do Vassalo até seu focinho e inala. As partes do corpo espectral se dissolvem em um nevoeiro e são sugadas para dentro da garganta branca incandescente do demônio. O Vassalo grita novamente, cada vez mais alto, como uma sirene.

Ele não dura muito depois da primeira mordida. Ao que parece, o demônio estava faminto, e entra em um frenesi, açoitando o corpo contorcido do Vassalo com o chicote até ele parecer uma estátua que foi esmagada por um martelo. O demônio se dobra para baixo, na linha da cintura, e começa a sugar e grunhir, aspirando os fragmentos do fantasma. Um pouco depois, não sobra mais nada, e o monstro recolhe o chicote flamejante.

— Obrigado, meu irmão — diz o Pastor. — Espero que isso tenha sido instrutivo para todos. Sigam-nos, e a glória os espera. Seremos livres e, mais do que isso, renasceremos. Podemos possuir novos corpos, assumir novas vidas!

Por um momento, o silêncio impera. O vento aumenta e as árvores começam a murmurar e farfalhar umas para as outras. Estou tremendo, os músculos com câimbras, incapaz de me mover, virar a cabeça ou fechar os olhos. Então todos da Legião se ajoelham e encostam as mãos e os rostos no chão. Mesmo o Herege faz uma mesura vaga e hesitante.

— Estão dispensados — diz o Pastor, e a Legião desaparece como velas sendo apagadas com um sopro. Restam apenas o Pastor e a Fúria. — Seu pai alimentava regularmente a Fúria com almas — diz o Pastor. — Você consegue entender a necessidade, é claro. A fome de um demônio é infinita. — Não consigo nem mesmo virar a cabeça para olhar para ele. Só posso ouvir sua voz. — Somos incapazes de matá-lo, como sabe. Eu poderia pedir que cometesse suicídio. Fazer Holiday e sua mãe de reféns. Sua vida pela delas. Mas o suicídio é um pecado grandioso e deprimente, e existem certas... Partes interessadas cujo envolvimento neste nosso jogo complicaria os assuntos que temos para resolver. Não podemos atrair a atenção delas. Felizmente, a Fúria deu algumas sugestões excelentes. Realmente são muito engenhosos, os demônios. Capazes de conceber obras-primas da crueldade.

A Fúria me examina de perto, como se eu fosse uma formiga me arrastando por um prato que ela está pensando em usar, e então se dobra sobre o corpo sem vida do gato. Ela toca o rasgo na barriga de Bach e retira algo que, a princípio, presumo serem suas entranhas, mas que acaba sendo uma espécie de luz vermelha pulsante, de um vermelho muito mais intenso que o do chicote, um vermelho que é quase preto. A luz flui para fora do corpo do gato e penetra meu peito, logo acima do coração. Tenho a impressão de que agora estamos conectados, eu e Bach, pela corda escura pulsante. A conexão dá uma sensação de aconchego, na verdade, como um repouso tranquilo na cama após uma longa noite de caminhada e busca. O céu azul da alvorada está escurecendo outra vez, como um nascer do sol ao contrário, o céu dando lugar a uma escuridão que eu nunca soube que existia, o preto além do preto. A Fúria estica a mão e, com o toque cuidadoso de um cirurgião, rompe a corda vermelha.

Acho que estou dormindo, tendo esse sonho louco. Estou no quintal de Holiday, mas na verdade este não é um quintal, de jeito nenhum. É a sala de jantar, com paredes de pedra escura, que prossegue para sempre. Estou sentado à mesa; há alguém além de mim na outra ponta, e noto que é meu pai. Sua aparência é péssima, realmente doente, suando de calor. Está fazendo um calor sufocante de sauna aqui. Ele veste um terno branco e uma camisa violeta e usa um guardanapo enfiado no colarinho. Temos um bife mal passado na nossa frente, grandes placas sangrentas. Meu pai começa a falar, mas não consigo ouvi-lo direito, como um rádio fora de sintonia. Sua voz não está em sincronia com os movimentos de sua boca.

Sinto muito, diz ele, *sinto muito (não pensei), não temos muito tempo (sinto muito), Luke.*

— Sinto muito pelo quê?

Nunca foi minha intenção (isso, isso, me desculpe, me desculpe), o Livro dos Oito (o livro é um labirinto), não foi feito para isso.

— Eu não consigo... pai? Você não está fazendo sentido!

(a sequência mostra o caminho) Sinto muito, Luke (meus papéis, minha sequência) Sinto muito eu (me arrependo) que isso tenha (o livro é um labirinto) Sinto muito, Luke.

— O que eu tenho que fazer? — Estou gritando agora. — Que sequência? O que eu tenho que fazer?

Meu pai olha para mim, piscando. Há algo na sua boca. Ele está sufocando. Estou tentando me levantar, mas não consigo, estou preso na cadeira, me sinto tão pesado...

Meu pai ergue a mão até o rosto e abre a boca. Ele está sufocando e engasgando, e não consigo me levantar para ir até ele.

6

TERRA ESTÉRIL

Estou deitado de costas na grama molhada. Vestindo jeans, uma camiseta, tênis pretos, uma capa de chuva. Posso sentir que não estou com minha carteira nem com o celular, o que é um problema. Há uma garrafa de cerveja largada do meu lado na grama, a menos de um braço de distância do meu rosto. Eu me sento. Estou no meio do gramado de alguém. O céu está completamente cinza. Não estou com frio, com calor ou mesmo de ressaca. Algo aconteceu na noite passada. Não consigo imaginar nada muito bom que pudesse terminar comigo deitado em um gramado, mas simplesmente não me lembro do que aconteceu. Sei quem sou, mas não onde estou ou como vim parar aqui. O cinza do céu está começando a me incomodar. Parece menos o cinza de um dia nublado e mais o cinza dos olhos de uma pessoa cega, iluminado a partir de nenhum ponto em particular. Não tenho como saber que horas são. O sol provavelmente está em algum lugar lá em cima.

Levanto-me, olho para os fundos desta casa estranha e lembro que é a casa de Holiday. O que estava fazendo aqui na casa da Holiday? Lembro que teve uma festa... Continuo revirando a mente, tentando me lembrar de mais alguma coisa, algo relevante, mas não consigo chegar aos detalhes.

Sei que estou encrencado. Tenho problemas em casa, minha mãe não está bem, preciso voltar e ver como ela e Presunto estão. Passar a noite fora não foi uma boa coisa.

Entro na casa de Holiday pela porta dos fundos e a encontro vazia. As luzes estão apagadas, os aposentos iluminados apenas pela luz do sol obscurecida pelo filtro das nuvens. Decido não ficar de bobeira. Preciso voltar para a minha mãe. A cozinha está deserta e meio assustadora, garrafas e latas vazias cobrindo cada superfície. Depois de uma festa tão grande, seria de esperar que alguém já tivesse começado a limpar a bagunça. Onde estão os pais da Holiday?

Sem intenção de continuar na casa cinzenta e silenciosa, abro a porta da frente e saio para a rua. Da casa da Holiday, o caminho mais rápido de volta para a Wormwood Drive é através do parque, e, depois de vinte minutos de caminhada descendo a Wight Hill, com as nuvens cinzentas ainda perfeitas e sem tonalidade acima de mim, entro pelo portão leste do parque de Dunbarrow. Cruzo o campo principal e, quando alcanço o cume da colina baixa no meio do parque, reconheço algumas pessoas sentadas no coreto. Estão a uma distância razoável de mim, perto do rio, mas dá para ver quem são: Kirk, Mark, Alice e Holiday, além de outra pessoa sentada de costas para mim, um garoto que não sei quem é.

Aceno para meus amigos e desço a colina na direção deles. Quando estou a poucos metros do coreto, o garoto sentado com eles se vira e olha para mim.

No mesmo instante, paro onde estou.

Eu — ou alguém que parece exatamente comigo — estou sentado entre Holiday e Kirk. O cabelo do impostor é castanho e grosso, como se tivesse sido armado com gel. Está vestindo a mesma roupa que eu, o mesmo jeans, os mesmos tênis, a mesma capa com capuz, e sorri enquanto me olha, como se fosse completamente normal ele estar sentado com meus amigos. Parece estar cantarolando algum tipo de melodia. Ele está usando um anel preto na mão direita e, quando olho com mais atenção para o anel, vejo um brilho terrível, como um raio vermelho que acerta minha cabeça. Então me lembro do que aconteceu: a morte do meu pai, a Legião, o *Livro dos Oito*, o sigilo, Elza Moss, a festa, o ritual, o gato com uma fenda escura aberta na barriga, a estranha luz pulsante que saiu de dentro dela. A Fúria, o demônio de olhos flamejantes, os sons que fez enquanto comia o Vassalo inteiro. Lembro-me de tudo.

— Não entendo — diz Holiday, seus olhos úmidos e vermelhos. Considerando o estado em que se encontrava da última vez que a vi, inconsciente em sua cama com o Prisioneiro ameaçando acabar com a vida dela, é realmente um alívio vê-la sentada e chorando. — Nosso *gato*, quem faria...

— Doentes malditos — diz Mark.

— O que houve? — pergunto a eles.

— Isso não está certo — diz Kirk. — Nenhum de nós estava bêbado a esse ponto.

— Chamamos a polícia — diz Holiday. — Minha mãe e meu pai estão com eles agora. Eu não... como vou conseguir *dormir* naquela casa outra vez? Ainda bem que meu irmão não estava lá, mas... como vou me sentir segura de novo? É tão horrível...

— Eu sei — diz Mark. — Alguém *drogou* a gente, estou dizendo.

— Kirk — eu falo —, quem é aquele sentado perto de você?

— É só que é simplesmente repugnante — diz Alice. — Poderia ter acontecido qualquer coisa com a gente...

— Foram alienígenas — declara Kirk. — Vi um vídeo na internet falando de Roswell, bem no...

— Oi? — digo. — Estão me ouvindo? Será que fiquei mudo hoje?

— ... vem um disco voador e, tipo, desliga suas ondas cerebrais...

— ... e o policial pensou que pudesse ser um *vazamento de gás*, como se isso pudesse explicar o Bach lá...

— ... nunca me senti daquele jeito de manhã, não tendo bebido só vinho...

— ... esse garoto, eles pegaram amostras de tecido da bunda dele com uma agulha...

— ALGUÉM ESTÁ ME OUVINDO? ALÔ! GENTE!

Eles me ignoram. Os olhos de Holiday estão brilhando com novas lágrimas. O outro Luke não está dizendo nada, e continua olhando para mim com um sorriso manhoso.

Com a mesma sensação de alguém que acorda de um pesadelo, percebo que estou morto. É o mesmo tipo de sobressalto. Como subir uma escada no escuro e tentar apoiar o pé em um degrau que não está lá. Eles me tiraram da jogada. Agora sou eu o fantasma, e meu corpo está sendo controlado pela Fúria.

A Fúria, o outro eu, se levanta de repente. Todos olham para ele, como se estivessem esperando que ele vá fazer um discurso improvisado, mas tudo que meu corpo faz é apontar para mim e começar a rir. Não é um riso feliz. É o riso de alguém com uma máscara de couro e uma serra elétrica que vem lubrificando com cuidado há semanas. É muito alto, e todo mundo simplesmente para de falar enquanto meu corpo ri sem parar, antes de ficar de pé e começar a andar a passos largos na minha direção, na direção do meu espírito, seja lá o que eu for agora, ainda rindo. Ele abre seu caminho passando direto por mim e segue para a pequena colina no meio do parque.

— Que merda é essa? — pergunta Kirk.

— O Luke... está bem?

— Ele parecia ok de manhã — diz Mark. — Todos nós acordamos no seu jardim com seus pais lá, lembra? Estava tão bem quanto todo mundo.

— Sei não, cara — diz Kirk. — Ele chegou a dizer que estava bem?

— Acho que só murmurou... Ele parecia bem.

— Não ouvi ele falar nada o dia inteiro — diz Holiday.

— Essa foi a coisa mais esquisita que eu já vi — diz Alice. — Vou repetir para vocês, esse garoto é problema. Ele tem uma energia estranha. Nunca fui com a cara dele. Ele não trouxe aquela louca da Elza ontem à noite? E então ela não desapareceu um pouco antes de todo mundo desmaiar? Aposto que *eles* sabem de alguma coisa sobre isso.

Ergo meu dedo espectral do meio para Alice.

— Nhé, nada a ver — diz Kirk.

— Ele é gentil — diz Holiday. — Está passando por um momento difícil.

— Devíamos levá-lo a um hospital — diz Mark, na dúvida.

Ele e Kirk se levantam e seguem meu corpo. A título de experiência, respiro fundo e corro a um ritmo considerável na direção dos dois. Passo através de seus corpos como se fossem feitos de névoa. Definitivamente morto, então. Andar através das paredes, essas coisas.

Mas será mesmo que estou morto? A Legião não pode me matar, disso eu sei. Seja lá o que o ritual deles aprontou, meu corpo não parece saber que está morto. Ele está de pé no alto da colina, e Kirk e Mark estão se aproximando a um ritmo lento e cauteloso. Aproximo-me deles.

— Luke, e aí, cara, o que houve? Você está bem?

— Está precisando, não sei, descansar ou algo assim?

Meu corpo se vira, se move na direção de Mark e, com calma, coloca a mão no ombro dele. Sussurra algo que não consigo escutar. O rosto de Mark fica branco e, quando meu corpo se afasta dele, ele continua lá de pé, olhando para o nada.

Kirk está alternando entre olhar para meu corpo e para Mark sem saber o que fazer.

— Luke? Cara? Mark, me ajuda aqui?

Meu corpo está de costas para eles. Ele ergue os braços como se fosse conduzir uma orquestra.

— Luke, sério — diz Kirk. — Isso já perdeu a graça. Para com isso.

Mark está tremendo, respirando como se tivesse acabado de correr uma maratona.

— Por favor, vamos embora... — sussurra Mark. — Vamos.

Há uma explosão de sons e gritos, e um barulho forte enquanto cada corvo em cada árvore no parque levanta voo ao mesmo tempo, fluindo para fora dos galhos, espiralando acima de nós em um nó preto histérico. Mark e Kirk se encolhem. O bando de pássaros se fecha como um punho e depois se expande, dissolvendo-se em cada canto do céu. Um único corvo cai morto do ar e fica parado na grama perto do pé do meu corpo. Algumas penas escuras caem logo depois, lustrosas, como pétalas cobertas de gasolina.

— Luke... — chama Kirk.

Meu corpo responde com um sorriso largo e, em seguida, com um movimento relaxado. Se curva pela cintura e pega o pássaro morto. Depois, enfia o cadáver inteiro na boca — bico, penas e pés sarnentos —, engolindo de leve para conseguir devorar o corpo inteiro. Ele engole, engole, e o pássaro desaparece. Consumido. Lança um sorriso na minha direção, acena e começa a andar a passos largos, indo para o norte.

Meus amigos têm o bom senso de não fazer mais perguntas. Disparam para longe do meu corpo, seguindo para o coreto, gritando para Holiday e Alice correrem.

Então, sobre ser um fantasma, ou seja lá como você queira chamar isso. Não é fácil de descrever. Acho que sua mente está tão vidrada em experimentar as coisas de um jeito, que é preciso um bocado de esforço para convencê-la de que as coisas não são mais daquela maneira: como eu, por exemplo, não perceber que era um espírito o tempo todo que passei andando pela casa da Holiday e chegando ao parque. Você não fica com frio ou com fome, não consegue sentir nada com muita intensidade, mas não percebe que não pode sentir o chão sob seus pés ou o vento soprando. É preciso um esforço consciente para notar que não está andando na grama para valer, está só fazendo os movimentos com os pés. Posso imaginar que alguns fantasmas passem semanas, até mesmo anos, sem saber que estão mortos.

Você pode voar ou flutuar, se quiser. Essa coisa toda é tão difícil de explicar quanto tentar descrever o que se passa pela sua cabeça quando quer mexer a sua mão para coçar a barriga. Você decide que aquela ação irá acontecer, e ela acontece. Também dá para se mover mais rápido, muito mais rápido do que andar ou correr. Exatamente quão rápido eu não sei, mas tenho a impressão de que, cada vez que a Legião parecia desaparecer, ela provavelmente só tinha se movido para outro lugar mais rápido do que meus olhos conseguiam acompanhar.

Penso na hipótese de seguir meu corpo possuído, mas preciso encontrar minha mãe, e aí acabo indo para casa. Flutuo para a Wormwood Drive, mas começo a me sentir estranho fazendo isso depois de descer algumas ruas e passo a simplesmente correr. Não sei por quê. Imagino que seja porque, quando voo, lembro que não tenho mais um corpo, e isso me faz entrar em pânico, como se estivesse pendurado em um penhasco pela ponta dos dedos e continuasse olhando para ver o tamanho da queda. Tudo que seja normal e me ajude a esquecer, como caminhar, é uma boa escolha.

Vejo algumas pessoas mortas no meu caminho por Dunbarrow. Tem uma mulher com o pescoço nitidamente quebrado sentada em um dos bancos na praça principal, olhando para as flores, e uma dupla de homens usando ternos extravagantes e camisas pregueadas, que poderiam ter saído de alguma pintura antiga. Nenhum deles tenta falar comigo, o que acho bom. Mantenho um ritmo rápido, já que agora não preciso esperar nas faixas de pedestres, e chego à minha casa em cerca de meia hora.

As janelas estão todas fechadas, a porta está trancada, o carro amarelo da minha mãe continua estacionado no caminho de cascalho que dá na garagem. Ninguém passando por aqui teria qualquer noção de que há algo errado, a não ser talvez pelo fato de que há animais mortos pregados nas árvores de cada lado do portão da frente, mas eles não são totalmente visíveis da rua. Estão perto do solo, parcialmente escondidos pelos galhos. Eu me aproximo, franzindo a testa. Um é um furão ou um arminho, o outro é uma raposa pequena.

Dou outro passo na direção do portão e eles estremecem, ganhando vida. Suas cabeças se movem como bonecos de *stop-motion*, girando para me encarar com olhos fundos.

Não pode tocar, diz a raposa. Sua voz é fraca, estridente, como um assovio de vento no ouvido.

Vá embora, diz o arminho.

Desobediente.

Vá embora. Vá embora.

— Ou o quê?

Não pode tocar.

Olho atentamente para a calçada. Há uma linha de sangue escuro espalhada entre as duas árvores, bloqueando todo o caminho. Passo minha mão perto do sangue e ela começa a brilhar com uma luz medonha. Recolho a mão, e o brilho enfraquece.

— Pelo visto, não posso atravessar isso? — pergunto aos sentinelas.

Ficará perdido.

— Vocês deviam se perguntar por que estão trabalhando para esses caras que pregaram vocês nas árvores.

Saio da entrada da garagem e ando em um círculo impreciso ao redor da minha casa, forçando meu caminho vagarosamente através dos arbustos e da parede da oficina do vizinho. Cada árvore do nosso jardim tem algum animal — um corvo, um texugo, um coelho, uma coruja — pregado nela, todos entoando *vá embora, vá embora, vá embora*, em um coro de sussurros. Cada vez que tento cruzar os limites de nossa propriedade, vejo o mesmo brilho de sangue denunciador no chão, sinto uma resistência elétrica à minha mão ou ao meu pé quando me aproximo da barreira. Minha casa tem novos proprietários, e eles trocaram as fechaduras. Minha mãe está do outro lado. É tão frustrante saber que ela está lá e não ser capaz de vê-la. Da última vez que a vi, era sexta-feira de manhã; já faz mais de vinte e quatro horas. Espero que esteja bem. Espero que Elza esteja bem e que eles a estejam mantendo viva. Tudo que posso fazer neste momento é torcer.

Espero no jardim em frente ao meu portão por uma hora, talvez mais. Vejo o Herege vagando pela porta da frente, gritando, chamas alaranjadas queimando em torno de seus ombros. Ele chega ao portão e então some. O carteiro aparece em sua caminhonete vermelha e alegre e, por incrível que pareça, não nota o açougue instalado no meu jardim da frente. Ele passeia pela rua, enfia alguma propaganda em nossa caixa de correio e vai embora.

O visitante final aparece quando estou me preparando para ir embora. Meu corpo possuído vem andando pela rua, ainda murmurando a melodia para si, tênis e jeans cobertos de lama. Ele anda de um jeito folgado, despreocupado, mãos balançando. É aterrorizante e fascinante ver a si mesmo caminhar, ver seus próprios olhos brilharem com um prazer que você não compartilha.

Chegar perto da Elza é complicado. Minha casa está protegida por algum tipo de magia, a dela, por outra. Seus amuletos de aveleira, essas estrelas de madeira de oito pontas que ela esculpiu, estão pendurados em árvores e arbustos espalhados por Towen Crescent. Antes de virar espírito, eu nunca tinha percebido quantos amuletos ela fez. Individualmente, não têm muito poder, apenas emitem um zumbido esquisito quando me aproximo deles; mas, quando realmente tento chegar a qualquer lugar perto do número 19, o zumbido aumenta ao nível de um grito, como um avião supersônico decolando, e não sou capaz de dar nem mais um passo adiante. Estou preso a poucos passos do portão da frente dela, caminhando contra algo que parece uma parede furiosa de vento. Eu dou a volta em torno de sua casa, amuletos de aveleira choramingando em meus ouvidos, tentando encontrar algum jeito de entrar e falar com ela, mas o lugar está firmemente trancado. Quando termino de dar a volta completa, retorno à frente da casa e encontro Elza parada na porta, encarando a rua. Ergo minha mão em um aceno e ela fica pasma.

— Luke — diz ela. — Sinto muito por tudo.

Presunto enfia seu rosto fofo entre as pernas de Elza.

— Escuta — digo —, fugir irritada ontem à noite foi sacanagem. Mas tudo bem. Provavelmente foi melhor você não estar lá. Será que pode me deixar entrar na sua casa?

— Não sei bem como te dizer isso, mas... você está morto.

— Não, Elza, não. Não estou morto.

— Você é um fantasma, Luke. Sinto muito! Não pode chegar perto da minha casa por causa dos amuletos de aveleira. Senti algo tentando rompê-los. Achei que fosse alguém da sua Legião. Vim aqui fora tentar ver o que era. Você é um fantasma.

— Não, quer me escutar, está...

— Estado de negação não vai tornar isso mais fácil para nenhum de nós, Luke. Sei que é difícil, mas... você morreu.

— Não estou morto. Meu corpo continua andando por aí.

— Seu corpo *o quê*?

— Passei pelo parque e meu corpo estava lá. Tipo, sentado com os meus amigos. Depois ele subiu uma colina e... comeu um pássaro inteiro.

— Então você está possuído?

— Isso.

— Então a Legião não te matou? Quer dizer, imagino que eles não possam, mas o que eles fizeram com você?

— O suficiente. O Vassalo, ele se foi. O demônio do meu pai comeu ele. O Pastor assumiu o controle. Acho que eles me separaram do meu corpo de alguma forma, e agora o demônio está me conduzindo por aí. Eles também me trancaram do lado de fora da minha casa. Ergueram algum tipo de mágica... uma barreira, um muro.

Elza desce até o portão do jardim. Presunto pula atrás dela.

— Então você ainda está vivo — diz ela.

— Meio que. Acho que fui... despejado. Eles devem ter algum outro plano para me matar para valer e se libertarem.

— E para esse plano, eles talvez precisem usar o seu corpo. Entendi.

— Eles planejaram tudo.

Elza passa os dedos pelo cabelo.

— Escuta, será que posso entrar na sua casa? — pergunto.

— Ah, foi mal.

Ela sai pelo portão, Presunto trotando atrás dela. É insano pensar que Elza costumava ser essa pessoa anônima e indiferente na minha vida. Fico pasmo de notar como estou incrivelmente feliz por vê-la, muito embora ela tenha fugido correndo ontem à noite. Quando somente uma pessoa na cidade consegue ver e conversar com você, é muito mais fácil perdoá-la. Elza tira um dos amuletos de aveleira da cerca e fala com ele.

— Esse estranho é bem-vindo.

Ela ergue a estrela de madeira na altura da minha testa. Nenhum brilho de luz, explosão de frio intenso ou qualquer das coisas que me acostumei a esperar de magia acontece, mas o chiado ensurdecedor dos amuletos desaparece e descubro que posso flutuar para dentro do jardim da frente de Elza sem nenhum problema.

— Não tinha certeza de que isso funcionaria — comenta ela.

— Nunca tentou isso antes?

— Você é o primeiro e único fantasma com quem já me dei bem.

— Onde aprendeu a fazer essas coisas?

— Eu tinha treze anos e descobri alguns deles na casa da minha avó. Estavam em um sótão, muito velhos. Como eu disse, meus pais não tinham a clarividência, mas alguns dos meus ancestrais deviam ter tido. Havia algo sobre eles que... me interessava. Pesquisei a respeito e descobri que eram uma proteção tribal contra os mortos. Nada mais de fantasmas na nossa casa depois disso.

Presunto continua tentando pular em mim e me fazer festa, mas passa através das minhas pernas. Está cada vez mais perplexo, olhando para mim como se eu estivesse pregando uma peça nele.

— Enfim — diz ela. — Vamos entrar? Não posso ficar aqui fora falando sozinha.

Sigo Elza e Presunto e entro na cozinha. Nada mudou. A pia ainda está cheia de pratos sujos, como navios de guerra afundados vazando óleo. Uma mosca bate de cabeça na janela.

— Então, o que aconteceu com você? — pergunto.

— Luke, quero que você saiba que sinto muito. Eu devia ter continuado ao seu lado... É só que... eu sou orgulhosa. Muito orgulhosa. Tudo que eu conseguia pensar depois que aquela vadia me encharcou era: "Eu vim aqui para salvá-la, e ela não merece ser salva." E aquilo foi errado. Ela não merecia isso. Ser boa não se trata apenas de salvar as pessoas de quem gosta e deixar que o resto se ferre. Eu já tinha descido metade da Wight Hill quando voltei à razão. Sabia que não podia simplesmente abandonar você. Estava voltando para a festa e senti que eles estavam lá. Isso foi logo depois da meia-noite. Tentei abrir as portas e não consegui, e estava tão frio. Eu podia ver as silhuetas das pessoas pelas janelas, e ninguém estava se mexendo. Podia sentir a magia negra, como uma dor na minha cabeça, fluindo da casa. Tentei voltar para dentro, mas... não sei. Devo ter desmaiado. Acordei no jardim da frente às oito da manhã. Devo ter dormido a noite inteira lá. As pessoas estavam acordando dentro da casa, então eu dei o fora. Tentei ligar para você, mas...

— Tudo bem. Sério. Havia algum tipo de feitiço; todo mundo na festa simplesmente desmaiou. Você estava certa. Eu não tinha um plano.

Eu não tinha nada. Consegui colocar o Juiz sob meu controle de alguma forma, graças ao sigilo, mas eles fizeram as outras pessoas de reféns. Eles iam matar a Holiday. Entreguei o sigilo e o Livro, e eles... esse demônio, a Fúria... comeu o Vassalo e me expulsou do meu próprio corpo.

— Certo — diz Elza. — A Legião está com o sigilo e com o *Livro dos Oito*. Então as anotações do seu pai não servem de nada para a gente até recuperarmos essas coisas.

— Algum plano de como fazer isso?

— Nem ideia. E você?

— Quero meu corpo de volta antes de tentarmos qualquer outra coisa. E minha mãe.... Minha mãe está lá com eles. Eu não consigo entrar para vê-la. Não a vejo desde ontem de manhã. Preciso vê-la. Preciso saber como ela está. Acho que eles querem ela para alguma coisa, mas eu não sei o quê... Eu preciso vê-la.

— Juro que eu faria isso se pudesse abraçá-lo — diz Elza.

A sra. Moss volta de tarde do turno de sábado no hospital municipal. A mãe de Elza é baixinha e tem uma aparência suave, com um rosto largo e cabelos crespos avermelhados. Presumo que Elza herdou a altura e os traços severos do pai. Sua mãe usa uma manta de lã colorida por cima do uniforme azul-claro de enfermeira, e seus cabelos estão alisados pela chuva. Ela entra na cozinha e começa a bater as panelas de macarrão, gritando para o andar de cima para Elza vir e limpá-las, como devia ter feito ontem. Sinto uma emoção estranha de saber que somente Elza é capaz de me ver ou me ouvir. Se quisesse, eu poderia seguir a mãe dela por aí pelo resto da vida, conhecê-la melhor do que qualquer um no planeta. A mãe de Elza provavelmente não é a melhor candidata para isso, mas aposto que *existem* vidas que vale a pena acompanhar.

Elza desce correndo pela escada e começa a enxaguar as panelas do jeito mais dramático possível, xingando e derramando água de propósito na frente da pia, enquanto a mãe se senta com a cabeça pesada de Presunto no colo e pergunta a Elza se ela não pensa que talvez seja um pouco velha para dar chilique quando ela pede sua ajuda na limpeza.

— Eu estava *ocupada*.

— Claro. Quando o seu amigo vem pegar o cachorro?

— Eu já disse que a mãe do Luke está doente. Você não recebe um cronograma quando está ruim de saúde. Tudo que eu disse é que a gente ia tomar conta do Presunto por uns dias.

— Devia ter me perguntado antes de fazer promessas assim. E tenho certeza de que já passaram alguns dias.

— *Uma* noite, mãe.

— Por que não liga e pergunta quando ele vai poder pegar o cachorro?

— Não quero incomodá-lo.

— Entendi. Você não quer "exagerar na dose".

— *Somos. Só. Amigos.* Você começa a apitar como um satélite espião sempre que menciono o nome de um menino. Isso é patético.

— Seu pai e eu estamos casados há muito tempo — diz a mãe de Elza, com um sorrisinho que eu reconheço do rosto da própria Elza. — Preciso ter a experiência de uma vida amorosa indiretamente através da minha única filha.

Elza ri, e percebo que o que pensei ser tensão entre elas na verdade é um jogo antigo. A mãe de Elza coça as orelhas de Presunto e me sinto bastante confiante de que posso deixá-lo na casa dos Moss quanto tempo for necessário. Pelo menos esse pequeno problema está resolvido. Talvez eles o adotem, se o pior acontecer.

Eu nem deixei um testamento ou nada parecido.

Elza e a mãe começam a fazer algum tipo de torta. Conversam sobre o tempo sombrio, sobre o turno que a mãe pegou no hospital. Quando a torta vai para o forno, Elza olha para mim e assente na direção do corredor. Vou até ele atravessando a parede, que é algo que comecei a gostar de fazer.

— Olha — sussurra ela. — Isso é meio estranho, mas você se incomoda de sair um pouco?

— Oi?

— Minha casa, Luke. Nunca gostei muito de conversar com pessoas reais quando há fantasmas por perto. É como ter alguém ouvindo na linha quando você está no telefone. O fato de eu conhecê-lo pessoalmente torna tudo isso ainda mais estranho.

— Eu fiz algo errado?

— Não. Você tem sido educado e ficado bem quieto. Só não sei se consigo continuar falando com a minha mãe enquanto você escuta. Não é justo com ela. Espero que você não se sinta ofendido.

— Para ser sincero, não tinha pensado a esse respeito.

— Além disso, bem, não é como se você fosse pegar um resfriado por passar a noite do lado de fora. E estou ficando cada vez mais preocupada com o demônio comandando o seu corpo por aí. Sobre o que aconteceria se ele decidisse aparecer por aqui.

— Seus amuletos não vão mantê-lo afastado?

— Acho que sim. Mas, até onde sei, ele pode estar se escondendo no fim da rua. Só esperando a próxima vez que eu tiver que sair para comprar leite. Se puder descobrir onde ele está, eu vou me sentir muito mais segura.

Levanto-me como um sopro de vapor, o incrível homem insubstancial, desaparecendo pelo sótão coberto de poeira da casa de Elza e atravessando o telhado rumo ao céu noturno. Paro a cerca de quinze metros do chão. Dunbarrow se estende abaixo de mim, as casas parecendo modelos fantasticamente detalhados. Posso ver alguém correndo apressado pela rua, seu guarda-chuva revirado pelo vento. Não faço ideia de por onde começar a procurar.

Vou para o centro da cidade. Eu me dou conta de que é sábado à noite. Há uma semana, estava na casa do Kirk sem me preocupar com nada, sem nem saber que meu pai tinha morrido. Desço em direção à praça. Ela é cercada de pubs, e vejo a multidão de sempre perambulando, grupos de rapazes usando camisas polo e meninas vagando de salto alto. Há seguranças, também, arrumados como mordomos da máfia, cabeças de ovo cozido e casacos pretos compridos. Fico observando-os, pairando na altura do telhado, me perguntando se vou mesmo sobreviver ao Dia das Bruxas. Se minha mãe vai, se Elza vai. Pergunto-me se vou chegar aos dezoito anos, se algum dia vou dirigir um carro, se vou poder entrar em um desses pubs e comprar uma bebida. Ainda tem tanta coisa a ser feita, tanta coisa que a Legião está tentando arrancar de mim.

Estou quase indo embora quando ouço alguém gritar o meu nome na multidão.

— Luke!

Paro à meia altura no ar. Sem sombra de dúvida tem alguém acenando diretamente para mim, um garoto de pé na praça, alguém que não conheço. Ele está usando uma camisa polo cor-de-rosa. Enquanto observo, uma dupla de meninas passa através dele. O fantasma acena de novo e então passa pela parede atrás dele, entrando em um clube chamado Vibe.

Eu o sigo. Nunca estive aqui antes; os seguranças sempre fazem questão de verificar a identidade das pessoas. O lugar é bem parecido com o que eu imaginava: pista de dança grudenta, pessoas bêbadas, máquina de gelo seco. Uma mesa na sacada do andar de cima do clube parece estar cheia de fantasmas. Três deles são garotos da minha idade, um deles o garoto de camisa polo que me chamou. Estão todos com roupas esportivas, cabelos com gel arrumados para a frente formando espetos que parecem molhados. Os outros dois na mesa são o Juiz e o Oráculo. Paro ao ver o fantasma de cabeça raspada, mas ele está apenas olhando para seu caneco de cerveja.

— E aí, chefe — diz ele.

— Juiz. O que está fazendo aqui?

— Ah, esses caras vêm aqui todo fim de semana. Estávamos conversando do lado de fora, eles nos convidaram para que juntássemos a eles. Não esperava ver você por aqui.

— Eles me chamaram para entrar — digo, dando de ombros. Imagino que o Pastor tenha dado uma folga para ele.

— Luke, cara, prazer em conhecer você — diz um dos jovens.

— Eu te conheço?

— Sou o Andy. Esses são o Jack e o Ryan. A gente vivia por aqui. Em Dunbarrow.

— Ah. Vocês me parecem meio familiares — comento.

— Isso é embaraçoso — diz Jack.

— Poderia ter acontecido com qualquer um — diz o Juiz, de um jeito indulgente.

— É, mas faz a gente parecer um bando de idiotas.

— Vocês morreram todos de uma vez? — pergunto a eles.

— Acidente de carro — diz Ryan. — Ele estava dirigindo.

Ele aponta para Andy, que revira os olhos.

— Você nunca vai deixar isso para trás, vai?

— Ele estava bêbado — diz Ryan.

— Você também!

— Acho que me lembro disso — digo. — Três anos atrás? Noticiaram o acidente nos jornais.

— Eles disseram que partimos cedo demais — diz Jack.

— Sei como é — comenta o Juiz. — Também fui colhido quando ainda estava na flor da idade.

— Como você morreu? — pergunto a ele.

— Em uma briga, chefe. Levei uma tijolada na cabeça. Boa noite.

— Isso foi cruel — digo.

— Para falar a verdade, chefe, nem me lembro direito como foi.

— Falando em ter a cabeça rachada, Juiz...

— Ah, sabia que você começaria com isso... — diz ele.

— Você se aliou ao Pastor!

— Escuta aqui, chefe, eu estava apostando no cavalo vencedor. Sabe como funciona.

— Não, *não sei*. Eles vão me matar, Juiz. Você está ajudando eles.

— Uma chave que não se encaixa em nenhuma fechadura — diz o Oráculo.

— Você o quê? — pergunta Ryan a ela.

— Se vale de alguma coisa, chefe, sinto muito. O que aconteceu com o Vassalo...

— Aquilo foi horrível.

— Ele nunca disse que seria daquele jeito e nunca disse que eles *comeriam* ninguém!

— Então vocês já se conhecem? — me pergunta o garoto chamado Andy.

— Temos uma história — digo.

— O Livro é um labirinto — diz o Oráculo.

— Se estão arrependidos, então por que não me ajudam? — pergunto.

— Não posso — diz o Juiz.

— Um grandalhão como você? Achei que seria forte o suficiente para se defender — provoco.

— Eles vão me cortar também, chefe. Você não pode impedir aquele maldito cabeça de cachorro de me comer. Então não tenho utilidade para você. Mesmo se eu quisesse ter, e eu não quero.

— Certo — digo. — Deixa para lá. Também não queria que nada disso acontecesse.

Há uma pausa na música; então uma nova canção se apressa a preencher o silêncio.

— Vocês vêm sempre aqui? — pergunto a Jack.

— Principalmente nos sábados, sim. Ajuda a gente a se lembrar, sabe?

— Sentimos saudade de vir aqui — diz Ryan.

— Também assistimos aos jogos de rúgbi. É por isso que te conhecemos.

— Certo...

— Como você morreu? — pergunta-me Andy.

— Não morri para valer — digo. — É... estranho. Estou tentando voltar para o meu corpo. Alguns amigos dele — aponto para o Juiz — o tiraram de mim. Estou tentando encontrá-lo agora.

Há um silêncio geral. Os garotos se entreolham.

— Não posso ajudar — diz Jack, enfim. — Não vi seu corpo por aí.

— Boa sorte mesmo assim — completa Andy.

— Você vai conhecer um homem sem linhas nas mãos — diz o Oráculo.

— Tem que parar com isso, amor — diz o Juiz a ela. — O Pastor não vai gostar disso.

— Ela realmente faz profecias? — pergunto.

— Uma perturbada, chefe. Não fazem um pingo de sentido. Nunca entendi por que seu pai a mantinha por perto. Deve ter visto algo nela. Ela é meio que o oposto de mim, sabe? Sou todo verdade nua e crua, ela é toda vapores e visões. Talvez precise de nós dois em uma Legião para ter algum equilíbrio.

Uma garota muito bêbada usando um vestido preto se senta na mesma cadeira de Jack, e eles parecem ser uma fotografia horrível com dupla exposição. Então ela estremece e se levanta, cambaleando para longe da mesa dos fantasmas. Resolvo que, se terminar morto, não vou assombrar um pé-sujo em Dunbarrow.

— Quem sabe? — digo para o skinhead após um momento. — Aproveitem a noite, Juiz, Oráculo, rapazes.

Voo pelo teto, disparando pelo telhado do Vibe e rumo ao céu. Voo pela cidade, deixando a praça iluminada e as fileiras de lojas fechadas, passando pela faixa prateada do rio e pelo coreto do parque, seus lagos cheios de patos e fardos de folhas alaranjadas. Estou quase voltando para a casa de Elza, sem nenhuma ideia de onde meu corpo pode estar se escondendo, quando ouço alguém gritar meu nome e me viro no ar, olhando mais uma vez em direção ao centro da cidade.

Ryan voa na minha direção, manobrando baixo entre as árvores.

— Eu falei para o skinhead que ia assombrar os banheiros femininos — diz ele.

— É claro.

— Olha, eles não podem saber que falei com você. Não podem saber que ninguém disse nada. Mas acho que você devia dar uma espiada perto das Pegadas do Diabo. Conheço todas as cidades-fantasma, e tem rolado um burburinho sobre coisas acontecendo lá. Se alguém possuiu o seu corpo, provavelmente é lá que ele está.

— Pegadas do Diabo?

— O círculo de pedra, cara. Todos os fantasmas conhecem. É um lugar de passagem, entende?

— Onde fica? — pergunto.

— Perto da escola. Tem uma trilha atrás dos campos de rúgbi que dá nos bosques. Siga essa trilha. Vai saber onde é o lugar assim que o avistar.

— Obrigado — digo.

— Não se preocupe — diz Ryan. — Só fazendo o que está ao nosso alcance. Garotos de Dunbarrow cuidam uns dos outros.

Ele sorri e voa para longe, de volta para o Vibe. Sigo para a escola.

Dunbarrow High está, como esperado, deserta. O único carro no estacionamento é uma van branca. Flutuo mais para baixo, em direção ao nível do solo. Está escuro demais para ver qualquer coisa, agora que estou além do alcance da luz dos postes da rua. Voo pelo campo de rúgbi, ouvindo o farfalhar das árvores, tentando descobrir que trilha é essa que Ryan mencionou. Nunca ouvi nada a respeito desse lugar ameaçadoramente batizado de Pegadas do Diabo e acho difícil de acreditar que exista tanta atividade oculta tão perto da escola.

Quando estou a ponto de desistir, vejo alguém usando uma jaqueta preta de capuz. Disparo para os pinheiros e me penduro no ar logo acima dos galhos escuros pendentes. Sou eu, meu corpo. Ele se aproxima, fazendo ruído como se pisasse em gosma grudenta enquanto atravessa o campo molhado. Está carregando um coelho degolado na mão esquerda, o corpo marrom balançando. Enquanto passa pela árvore onde estou escondido, meu corpo para e olha em volta, como se pudesse sentir algo no vento. Meu rosto está branco por baixo do capuz da capa de chuva, minha boca contorcida em uma expressão de satisfação. Se ainda tivesse pulmões, eu estaria prendendo a respiração. Após um momento, meu corpo se vira e segue em frente, andando pela escuridão, e eu deslizo atrás dele.

Atravessamos o campo de rúgbi e então seguimos pelos bosques, subindo a colina por uma longa distância, depois descemos por um declive raso e, de repente, chegamos no que devem ser as Pegadas do Diabo. Elas ficam em uma depressão completamente encoberta por carvalhos enormes. O buraco é coberto por musgo macio e por tufos daqueles juncos finos como agulhas que crescem em terra molhada. Existem três pedras nele, uma mais alta que um homem, as outras duas mais arredondadas, lisas, e talvez da altura de uma mesa. Eu poderia ser dramático e compará-las a dentes, mas elas realmente não passam de massas íngremes de rocha, como se alguém tivesse começado a esculpir alguma coisa e, então, simplesmente perdido a paciência e as abandonado aqui. O cenário é apropriadamente sinistro.

Meu corpo caminha para o centro do círculo de pedra, se ajoelha e começa a arranhar o chão com as mãos. Escondido na linha das árvores, observo enquanto ele cava, ignorando o vento e a chuva.

* * *

Volto para a casa de Elza à meia-noite. Presunto está deitado aos pés dela, respirando suavemente. Ela colocou duas páginas das anotações do meu pai no sofá, na frente dela, e está rabiscando algo furiosamente com uma caneta marcadora.

— Toc, toc.

— E aí, se encontrou?

— Na verdade, sim. Eu, aquela coisa, estava atrás da escola. Em um lugar chamado Pegadas do Diabo.

— Ah. Terreno de sacrifício. Bem, isso é... desagradável. Ela deve estar preparando algo para o Dia das Bruxas.

— Ela cavou um buraco por horas, e só parou um pouco antes da meia-noite. Eu a segui de volta até minha casa.

— E não conseguiu entrar por causa da barreira mágica.

— Isso. Ela entrou, e foi isso. Ainda está lá.

— Então temos um monte de problemas. Nada do sigilo, nada do Livro, você não tem corpo. Eles trancaram sua mãe na casa. Só temos cinco dias até o Dia das Bruxas, e ainda não faço ideia do que as planilhas de números do seu pai querem dizer.

— Elza, preciso saber se a minha mãe está bem. Não a vejo desde sexta-feira. Pode ter acontecido um monte de coisas a ela. Você sabe como ela andava. Quero vê-la.

— Está bem. — Elza aperta o topo do seu nariz. — Ah, minha cabeça está latejando. Eu ia sugerir a mesma coisa. Se a Legião não quer você na casa, isso por si só já é um bom motivo para querer entrar.

— O quê? Você quer ir agora?

— Não, não agora. Precisamos nos planejar direito. Não podemos simplesmente correr para lá sem ideia do que fazer, como fizemos na casa da Holiday. Precisamos bolar um plano e ir amanhã. Resgatar a sua mãe parece um bom começo.

— Certo, mas como isso vai ajudar a gente com o resto do problema?

— Bem... não sei. Mas eles claramente a querem viva por algum motivo. Acho que, se tirarmos sua mãe de lá, eles virão atrás da gente. Seu corpo também. E aí... nós teremos que improvisar.

— Certo — concordo. — Quer dizer, não tenho um plano melhor.

— Sobre esse círculo mágico — diz Elza. — Acha que posso atravessá-lo? Ele só bloqueia espíritos?

— Não acho que o círculo mágico bloqueie pessoas vivas. Vi o carteiro entrar.

— Talvez eles estivessem permitindo a passagem dele.

— Sim — digo. — Talvez. Mas também vi pássaros passando.

— Hum. Tive uma ideia.

— Mesmo?

— Você já tentou possuir alguma coisa?

— Nunca me passou pela cabeça.

— Melhor assim, provavelmente. É um mau hábito a se adquirir. Bem, escuta só, eu não vou entrar lá sozinha. Sabemos que não podem matá-lo. Você já é um fantasma. Não tenho certeza do que eles seriam capazes de fazer com você. Mas eu sou vulnerável. Não acho que a wyrdstone me ajudará se seu corpo puser as mãos em mim.

— Então eu também tenho que ir. Mas não posso cruzar o...

— Sim. Mas, como eu disse, tive uma ideia. Você conhece a história do cerco a Troia, não é? Os gregos tinham um cavalo de madeira com soldados escondidos nele. Não temos um cavalo de madeira, mas algo que acho que será capaz de cruzar a barreira e entrar.

— E o que isso seria?

O fogo crepita, e um pedaço de carvão flamejante rola para fora da grelha e atinge a tela da lareira. Presunto desperta de seu sono, levanta-se de supetão e geme. Ele se vira para Elza e para mim e nos encara com olhos arregalados e ofendidos.

7

CORPO DE CACHORRO

Sou Presunto. Sou Luke. Passeio campos com garota. Campos cheiro bom. u corajoso. Sou bom. Sou o corajoso Presunto. Bom garoto. Amo garota. Estou na chuva. Nada bom. Árvores gritam na chuva. Lama embaixo. Patas molhadas. Sou corajoso. Garota passeia com Presunto. Encontrar mãe. Ir para casa. Casa má.

Andar andar. Cabeça molhada. Garota fala. Fala fala fala. Voz alta. Garota cabelo molhado. Garota cheira muito bem. Andar andar andar. Vejo casa. Casa má. Presunto com medo. Presunto corajoso. Casa grande e má. Casa era boa. Agora Presunto com medo. Casa cheia de não pessoas. Não pessoas más, sem cheiro. Presunto com medo. Presunto corajoso. Preciso encontrar mãe. Preciso ser corajoso. Casa cheia de não Luke também. Pior de todos. Tem cheiro de Luke. Não é Luke.

Esgueira esgueira. Presunto se esgueira. Casa cheiro errado. Sou corajoso. Não vou fugir. Luke corajoso. Cerca com sangue embaixo. Sangue fresco. Não animais pendurados nas árvores. Não animais falando. Dizem *vá embora vá embora vá embora*. Presunto não foge. Preciso atravessar sangue. Ir para casa má. Sou Presunto. Sou Luke.

Garota fala, empurra Presunto. Não quero ir. Presunto com medo. Não animais por toda parte. Não pessoas também. Muito ruim. Casa grande, escura e má.

Garota acerta Presunto na bunda. Acerta bunda muito forte. Nada feliz. Quero gritar. Sou Luke. Sou Luke. Rastejo. Garota segue. Sou corajoso. Não-animais pregados nas árvores. Não animais gritam.

Preciso encontrar mãe. Sou Luke. Sou Presunto. Sou corajoso. Sou o mais corajoso. Atravesso o sangue. Cheiro ruim. Sou o mais corajoso. Cruzo o gramado. Garota esconde no galpão.

Não sou Presunto. Sou Luke. Luke. Sou Luke, e finalmente...

... finalmente saio do corpo de Presunto assoviado pelo nariz dele, como vapor saindo de uma chaleira. Elza tinha razão. Funcionou, estamos dentro do círculo. As cabeças de olhos aquosos das sentinelas dos carniçais se viram para me observar enquanto deslizo sobre o gramado dos fundos, que sempre foi meu lugar favorito da nossa casa, amplo, verde e suavemente curvado para baixo, dando em um muro baixo de pedra, com campos de ovelhas com solo revirado logo além dele. Presunto vem choramingando atrás de mim. Espero que não se torne um problema. Usá-lo para atravessar a barreira criada em volta da minha casa foi um golpe de gênio, mas estou com medo de que ele acabe alertando os fantasmas. Tenho vigiado minha casa desde o início da manhã, pairando escondido atrás da chaminé do nosso vizinho. Meu corpo foi para os charcos esta manhã e não voltou, mas isso não significa que não vai aparecer, e tenho certeza de que o Pastor deixou outros membros da Legião guardando a casa.

— Vá e encontre Elza! — assovio.

Penso em possuí-lo de novo e direcioná-lo para a oficina no jardim, para esperar, mas prefiro não fazer isso. Manter-me dentro da mente do

Presunto foi a coisa mais confusa que já fiz na vida, pior do que qualquer sonho ou tontura de bebedeira. É como ficar preso em um labirinto de espelhos enquanto um idiota grita nos seus ouvidos. Cada punhado de terra nos campos, no caminho de Towen Crescent para cá, tinha um cheiro indescritível. Era como uma orquestra de som e luz tocando no meu focinho. Estava perdendo a noção de quem eu era. Sem Elza conduzindo Presunto, nem teria conseguido forçá-lo a atravessar a barreira.

Cruzo o jardim e atravesso a parede da cozinha. Posso ouvir o som da televisão na sala de estar. Sigo para o corredor e estico a cabeça pela soleira da porta. O Juiz está sentado no sofá, botas vermelhas largadas sobre a mesinha de centro. Está assistindo a uma partida de rúgbi, obviamente negligenciando seu serviço de vigia. Pergunto-me o que o restante da Legião está fazendo. Resolvo usar a abordagem mais direta possível. Então voo diretamente pelo teto e entro no quarto da minha mãe.

Minha cabeça atravessa o chão, depois meus ombros, abrindo caminho para dentro do quarto. Está escuro aqui. As janelas estão cobertas com alguns lençóis pretos grossos, não as cortinas habituais alaranjadas e verdes. Somente uma fina camada de luz do dia consegue passar pelas bordas.

Minha mãe está flutuando cerca de trinta centímetros acima da cama, suspensa por uma força invisível. A enorme runa em forma de estrela continua pintada acima da sua cama, só que agora com oito outras marcas menores a rodeando. Aproximo-me da cama. Seu rosto está sereno e calmo, não parece que ela está com dor. Seus braços estão dobrados sobre o peito, e vejo que ela está segurando um pequeno livro de capa verde. Então é aqui que eles estão mantendo o *Livro dos Oito*. Não sei como vamos tirar minha mãe daqui. Não esperava que ela estivesse levitando. Paro do lado dela, e ouço-a respirar, ciente de que, mesmo que acorde, ela não será capaz de me ver. Não sou capaz nem mesmo de tocá-la. Se pelo menos eu não tivesse assinado o contrato de Berkley...

Não posso ficar nesse quarto. Disparo pela parede e entro no meu quarto, que foi revistado, com roupas de vestir e de cama espalhadas por toda parte. Algo destroçou meu papel de parede como um animal. Depois de verificar cada aposento da casa e não encontrar outros espíritos, volto para a oficina do jardim, onde Elza e Presunto estão escondidos.

— O que está rolando? — pergunta Elza.

— O Juiz está na sala de estar, mas está assistindo à TV. Você consegue passar por ele. O resto deles não está aqui, até onde posso ver. Eles devem estar nas Pegadas, ou algo do tipo.

— Ou é isso que eles querem que a gente pense.

— Bem, o que podemos fazer? Certo, então você sabe onde fica o quarto da minha mãe. As coisas, ahn, estão meio estranhas por lá.

— Tem certeza disso? — pergunta ela.

— O *Livro dos Oito* também está lá. Precisamos do Livro.

Elza deixa seu esconderijo e corre pelo jardim dos fundos, coturnos fazendo barulho na grama molhada. Presunto permanece na oficina, escondido embaixo de uma estante de ferramentas. Decido que ele foi rebaixado a membro ômega da matilha devido à covardia persistente. Alcanço Elza quando ela chega à porta dos fundos. Cobrindo o punho com um pano pego no galpão, Elza esmaga um dos vidros e enfia o braço para abrir o trinco.

— A chave fica embaixo do vaso de flor! — sussurro.

— Foi mal. É que sempre quis fazer isso.

— Mas fez barulho! Tem um fantasma aí dentro, lembra?

Elza entra na cozinha. Fragmentos de vidro se quebram sob seus pés. Ela pega uma faca na chapa magnética atrás do forno.

— Não sei se isso vai te ajudar.

— Nunca se sabe. Ah, uau, isto aqui é uma Svensberg edição limitada?

— O quarto da minha mãe fica logo aqui em cima.

— Ela tem um bom gosto para facas.

— Elza...

— Foi mal. Começo a falar coisas irrelevantes quando estou assustada.

Ela segura o cabo da faca com tanta força que suas juntas ficam muito brancas. A televisão muda para um comercial, e indico freneticamente para ela se esconder. Ela se joga dentro da despensa, respiração pesada. O Juiz pega o controle remoto e pula para a próxima parte do jogo. Passo pela parede, entro na sala de estar e observo a parte de trás de sua cabeça cinza nodosa até ter certeza de que ele está completamente imerso. Volto para o armário.

— Se vir meu corpo, você vai me esfaquear? — sussurro.

— Tentarei evitar.

— Eu preferiria que você não me esfaqueasse. Preciso daquele corpo em boas condições.

Elza atravessa o corredor da frente, a área de maior risco, onde o Juiz poderia vê-la facilmente. Ela é silenciosa e leve na ponta dos dedos quando quer ser, parecendo um grande gato preto. Espreme-se contra o armário de casacos perto da porta, esperando meu sinal antes de subir a escada. O barulho da multidão na televisão soa como ondas quebrando na beira do mar. O Juiz inverte as botas, de modo que agora o pé esquerdo repousa sobre o direito. Estou esperando qualquer sinal de que ele possa estar prestes a se levantar. Depois de outro minuto, decido que é seguro. Elza sobe a escada e se desloca pelo patamar, na direção do quarto da minha mãe. Elza abre a porta com calma, faca posicionada para atacar, e então recua da soleira escura.

— Ela está...?

— Pois é. Flutuando.

O aposento parece ainda pior da segunda vez que o vejo, mais parecido com uma tumba do que com um quarto.

— Nunca vi nada parecido.

Elza soa assustada e fascinada ao mesmo tempo.

— Precisamos tirá-la daqui — digo.

Elza fecha a porta do quarto depois de entrar. O barulho do jogo de rúgbi do Juiz desaparece. Está ainda mais escuro agora. Só consigo ver o rosto de Elza. Quero minha mãe fora desta casa, longe dos fantasmas, em algum lugar seguro, e não consigo nem mesmo tocá-la. Preciso que Elza entenda isso.

— Não sei o que fazer — diz ela.

— Temos que tirá-la daqui! Ela é minha mãe! Deixei ela ficar assim por dias! Temos que fazer alguma coisa.

— Estamos fazendo alguma coisa — diz Elza. — Precisamos recuperar o Livro e o sigilo. Luke... sei como você está se sentindo. Se fosse a minha mãe, não sei o que faria. Mas precisamos nos concentrar. Precisamos pensar em como ler o Livro e banir a Legião para sempre. É isso que vai salvar sua mãe. Quer levá-la para o hospital? E o que eles vão fazer com ela? Ela não ficará mais segura lá.

— Não tem como saber! Elza, não fale assim!

— Luke sua mãe está *levitando*. Como é que eu vou tirá-la da casa? Amarrando uma corda no tornozelo dela? Quer que eu a puxe pela rua como uma pipa?

Não digo nada. Odeio isso. Sinto como se estivesse fracassando. Seja lá o que a Legião fez com ela, foi longe demais para o hospital municipal ter alguma utilidade. Não quero deixá-la aqui, mas não sei se temos escolha.

— Pegue o Livro então — digo.

Elza respira fundo.

— Estou com certo receio de encostar nela. E se ela acordar?

— E fizer o quê?

— E me estrangular, ou algo do tipo? Não quero esfaqueá-la.

— Não temos escolha, lembra?

Segurando firme a faca, Elza caminha suavemente pelo quarto escuro. Deslizo ao lado dela, mantendo um olho atento na minha mãe. Acho que ela parece mais pacífica do que má, mas tem algo de assustador na quietude absoluta do seu rosto. Nunca imaginei que poderia sentir medo dela. Ela não fica zangada nem se eu tiver problemas na escola, ou me esquecer de passear com o Presunto, ou coisas desse tipo. Ela apenas gesticula com uma das mãos e diz *"sinceramente"* como se isso fosse uma atitude típica minha, algo que ela já esperava. Acho que nunca a ouvi levantar a voz. Mas aqui, agora, enquanto as mãos de Elza se aproximam cada vez mais do corpo da minha mãe, cada vez mais do Livro, é possível amá-la e sentir medo dela. É possível me perguntar o que seus olhos fechados estão vendo. O que você veria neles se ela acordasse.

Elza segura o *Livro dos Oito* e começa a puxá-lo devagar dos braços da minha mãe.

Minha mãe dá um pequeno suspiro.

Elza congela.

— Ela não vai machucar você — digo.

— Fácil pra você dizer, Homem Sem Corpo.

— Eu tenho um corpo. Ele pode estar voltando neste instante. Temos que dar o fora daqui.

Elza trinca os dentes e puxa o *Livro dos Oito*. Minha mãe ajeita os braços em uma nova posição, o Livro não mais preso contra seu peito.

Elza solta o ar que estava prendendo e sai o mais rápido possível do quarto, fechando a porta atrás de si. Passo através da parede do quarto bem a tempo de ouvi-la gemer e abafar um grito.

O Herege está parado no patamar, envolto em fogo. Sua mandíbula está aberta, e fumaça oleosa brota de suas narinas e cavidades oculares. Ele estica uma mão sem carne na minha direção, agarrando o ar.

— *Pater noster, qui es in caelis, sanctificetur nomen tuum!*

— O que é isso? — murmura Elza.

— É o Herege. Ele é inofensivo. Não sabe nem quem ele é... Fique quieto! — digo para a coisa.

— Ele está tentando avisá-los? — pergunta Elza.

— Ele não tem cérebro o suficiente para avisar ninguém.

— *Adveniat regnum tuum!*

— *Cale a boca!*

— *Fiat voluntas tua, sicut in caelo et in terra!*

— Ele vai acabar alertando eles, querendo ou não! — sussurra Elza freneticamente.

— Fique quieto, por favor! Herege!

— *Panem nostrum quotidianum da nobis hodie, et dimitte nobis...*

— Elza, entre no banheiro. Agora.

— *... debita nostra, sicut et nos dimittimus debitoribus nostris!*

— O quê? — pergunta ela.

— *Et ne nos inducas in tentationem, sed libera nos a malo!*

— Banheiro. Abra a janela, saia para o telhado da garagem. Pode pular de lá para o jardim dos fundos. Eu dou um jeito no Juiz. Ele não pode me machucar. Vai.

— *Pater noster, qui es in caelis, sanctificetur nomen tuum!*

Elza assente e vai para o banheiro, fechando a porta ao entrar. O Juiz está sobre a escada, seu rosto de batata enrugado pelo aborrecimento.

— Está gritando por quê? Maldita confusão, nunca tenho um momen... Luke!

— Juiz.

Ele fica parado nos degraus. Uma mão gorda está no corrimão, a outra, cerrada em um punho.

— *Adveniat regnum tuum!*

— Falei para você parar de se intrometer. Não meta seu nariz nisso, eu disse.

— Sabe que não posso fazer isso — digo.

— Que diabos... Como você entrou aqui?

— O Pastor não sabe de tudo. Isso é tudo que posso dizer.

— *Fiat voluntas tua, sicut in caelo et in terra!*

— Você precisa ir embora — diz ele. — Tenho que avisar a eles que você passou aqui.

— Faça o que tiver que fazer, Juiz. Mas vou vencer essa disputa e vou me lembrar de que lado você estava.

— Inferno... — Ele puxa a gola da camisa. — Mas que inferno! A Fúria... você sabe que não posso, chefe. Até conseguir controlar aquela coisa, não posso fazer nada diferente do que eles me pedem.

— *Panem nostrum quotidianum da nobis hodie...*

O Herege começa a caminhar, sacudindo seus braços em chamas. Ele desaparece pela parede na direção de Elza e Presunto, embora o Juiz, ainda bem, não pareça interessado.

— Posso vencer isso. Acredite em mim. Vou mandar o Pastor e a Fúria de volta para o inferno.

— Você precisa ir embora — diz ele. — Te dou quinze minutos, mas preciso avisá-los, dizer a eles que entrou na casa. Preciso fazer isso.

Respiro fundo.

— Obrigado — agradeço.

Imagino Elza, forçando o corpo pela janela apertada, botas escorregando nos azulejos sujos de mofo. Imagino-a caindo no gramado, o *Livro dos Oito* guardado no bolso do casaco. Espero que já tenha escapado a esta altura, porque eu não me surpreenderia se o Juiz saísse para dar uma olhada.

— *... sicut et nos dimittimus debitoribus nostris!*

O cântico idiota do fantasma é abafado pelas paredes e janelas.

O Juiz assente discretamente. O significado não é claro. Por um momento, acho que ele vai sair da casa, mas então ele se vira e desce a escada.

— Sinto muito sobre o Vassalo — digo, e depois voo para fora da minha casa como uma flecha, através da cavidade de isolamento da parede, de volta ao ar pesado de outubro.

A chuva está caindo inclinada, nossas calhas chegam quase a explodir com a água, cada árvore sibilando no vento como um rádio sintonizado a uma frequência sem sinal. Elza já está em cima do muro do jardim, e Presunto está pulando e levantando nas patas traseiras em nosso bosque de macieiras, bem na frente da fronteira mágica de sangue. Sigo rapidamente na direção dele, meu segundo corpo...

... corpo corpo do garoto. Corpo de cachorro. Corpo de cachorro. Sou Presunto. Muito corajoso. Muito bem. Bom garoto, boa garota. Amo garota. Garota corajosa. Garota corre Presunto corre. Tchau tchau não animais. Tchau tchau casa má. Sou Presunto. Amo campo. Amo céu. Oi campos. Sou Luke. Sou Presunto.

Presunto corre. Corre Presunto corre. Corre corre corre.

Depois de atravessarmos alguns campos, me espremo outra vez para fora da mente de Presunto, confiante de que ele entendeu a direção que deve seguir. Elza olha por cima do ombro a cada minuto. As árvores de folhas amareladas que cercam meu jardim estão quase fora do nosso campo de visão, mas ela ainda está convencida de que algo terrível sairá disparado daquela direção a qualquer momento.

— Então, como vamos recuperar meu corpo? — pergunto.

— Ainda não sei.

— Quer dizer, acho que preciso dele. Quero ser um necromante de verdade. Não posso usar o sigilo sendo um espírito. Não dá para usar um anel em um dedo fantasmagórico. Não que a gente tenha o sigilo. Da última vez que o vi, meu corpo estava usando-o.

— Acho que foi esse o motivo de terem levado seu corpo — diz ela. — Para limitar suas opções. Deixá-los no controle. Eles podem matar você durante o ritual que estão planejando para o Dia das Bruxas, imagino.

— Bem, então nós...

— Luke!

— Quê?

Elza aponta para o horizonte. Estamos no meio de um cercado de ovelhas sem ovelhas, rodeados por muros de pedra. À nossa esquerda, ficam os arredores de Dunbarrow e, à direita, mais campos e, em algum momento, a autoestrada. Não há ninguém por perto. Logo à nossa frente há um pinheiral denso, e é para lá que Elza está apontando tão freneticamente.

— Não estou vendo nad... — digo, e então eu vejo.

Tem alguém saindo do meio dos pinheiros, a uma longa distância, apenas três manchas brancas se movendo contra o escuro das árvores. Não consigo ver perfeitamente de tão longe, mas a pessoa se parece comigo.

— Falando no diabo.

— Será que ele viu a gente? — sussurra Elza.

— Não sei. Onde estamos?

— Perto da Bareoak Drive — diz ela. — Não estamos longe da minha casa agora.

— Será que eu... que aquela coisa... consegue entrar na sua casa?

— Talvez. Talvez não. Não sei direito o que os amuletos de aveleira fazem contra pessoas possuídas. E prefiro não descobrir.

Olho para os campos. Temos mais três para cruzar antes de alcançarmos qualquer prédio ou rua. Meu corpo está a quatro campos de distância, mas sei que ele pode se mover com bastante rapidez se quiser. Afinal, eu faço exercícios. Acho que o ângulo está a nosso favor, mas por pouco.

— É melhor eu correr? — pergunta Elza.

— Não sei. Não acho que ele esteja nos vendo, mas se formos para a esquerda...

— Ficaremos no nível mais alto, pois é.

— E ele irá nos ver.

— Ele irá nos ver se continuarmos aqui por muito mais tempo — diz Elza.

— Certo — concordo. — Vá agora. Corra o mais rápido que puder.

Elza assente e, então, sai em disparada o mais rápido que consegue para o lado esquerdo do campo. Presunto me segue enquanto deslizo ao lado dela. Pelo jeito que galopa, claramente acha que é tudo uma brincadeira.

Elza corre, botas pisoteando a terra molhada. Meu corpo conduzido por um demônio nos vê antes de chegarmos ao muro e começa a correr na nossa direção, uma forma preta diminuta balançando no declive em frente às árvores. Elza escala o muro de pedra sem rejunte, deslocando algumas das pedras menores. Presunto choraminga e escorrega ao redor em círculos, antes de finalmente se lembrar de que consegue saltar sobre muros, e então pula, espalhando lama quando aterrissa.

Atravessamos o segundo campo, mas meu corpo se joga sobre o muro ao norte assim que Elza alcança o muro a oeste, e ela está mancando. Presunto gane quando salta. Elza dá uma bufada que parece ser de dor quando cai no chão. Há uma camada espessa de lama em suas pernas. Beira o insuportável ter que observar e não ser capaz de fazer nada. Vejo que meu corpo possuído está ganhando. Seus passos são regulares como as batidas de um tambor. Quero fechar os olhos, mas não posso.

Elza está ofegando mais do que Presunto agora, se forçando a seguir em frente. O último campo é ligeiramente inclinado, baixo no meio com as laterais mais altas. Elza percorre a encosta lamacenta, bate os pés em uma piscina fria e gordurosa que se forma na parte funda no centro do campo e ofega enquanto foge pela água, pulverizando frieza sobre suas pernas e costas.

— Está indo bem! — grito. — Continue assim!

— Não... sou... uma... corredora... — arqueja ela.

— Está correndo, não está? Acho que isso vale!

Presunto também está ensopado, correndo pela grama, os pelos espetados nas laterais e as pernas parecendo espetos escuros gotejantes. Está chovendo de novo. A chuva faz um ruído quando bate na grama.

A subida final é terrível como um pesadelo. As botas de Elza deslizam na lama, e ela quase cai duas vezes. Seu cabelo está colado no rosto, cobrindo seus olhos assustados.

— Não consigo... — diz ela.

— Tem que conseguir! Não posso fazer isso sem você! Continue!

Os pés dela batem, batem, batem contra o solo.

Meu corpo ultrapassa o último muro entre ele e nós com um salto tranquilo, escorrega pelo barranco enlameado e atravessa a piscina alagada no meio do campo. O cabelo dele parece um domo brilhante devido à chuva, seu rosto retorcido em uma expressão de alegria furiosa. Os dedos do meu corpo se movem em apertos e espasmos, como os tentáculos de anêmonas. Presunto está na frente de Elza agora. Está mais acostumado a correr, assustado pela coisa que ele sabe que não sou eu de verdade.

Elza está a seis metros das casas da Bareoak Drive.

— Cadê... a coisa? — pergunta ela com a voz esganiçada.

Três metros.

— Ainda está longe, muito atrás de você! — minto. — Você está bem! Continue correndo!

O chão está ficando mais plano.

Meu corpo está se aproximando.

Elza corre para uma abertura na cerca, uma passagem estreita.

Presunto desaparece na frente dela. A chuva cai com mais força. Flutuo acima dela, mais alto do que as cercas e casas, como a câmera de um helicóptero. Meu corpo conduzido por um demônio sobe correndo a colina na direção dela. Está fazendo barulhos de choramingos, uma paródia da própria Elza.

— Esquerda! — grito para ela. — Vá para a esquerda! Você precisa encontrar gente!

Não sei o quanto a coisa-Luke é forte. Talvez ele possa matar qualquer um que tente ajudá-la. Elza corre pelo beco e vira com tudo à direita, esparramando-se de lado na calçada. Está caída. Mergulho na direção dela enquanto o demônio se aproxima. Meu corpo corre pelo beco, tênis pesados com amontoados de lama escura, braços sacudindo, boca idiota sorrindo...

Elza não está se levantando, ainda está caída no chão, ela...

Meu corpo chega ao fim do beco, e Elza chuta com toda a força que pode, acertando seu pé com o salto firme da bota. Por um instante se estica no ar, nenhuma parte dele tocando o chão, a força do golpe lançando-o para a frente. Ouço um barulho seco quando a cabeça do meu corpo colide com a lateral de um carro. O alarme começa a apitar. Elza se levanta, ofegando tão profundamente que mal consegue falar. Meu corpo está imóvel, esparramado no asfalto.

— Você me *matou*? Elza, fala sério. Me diz que você não acabou de me matar.

Ela se curva, sua garganta arranhando, e então vomita água no concreto.

— *Blééé*...

— Não acredito nisso.

— Nem... eu — diz ela, limpando a boca. Ela se ajoelha com cuidado e segura meu pulso por alguns segundos. Vejo que meu corpo está usando o sigilo na mão direita, o que significa que Elza acabou de resolver dois problemas com um chute só. — Essa coisa... você... está vivo. Inconsciente. Eu não sabia ao certo se isso podia acontecer com alguém possuído. Simplesmente não conseguia mais andar. Foi... foi isso.

— O que fazemos agora?

— Encontramos uma corda? — Elza dá de ombros. — Amarramos ele e depois decidimos o que fazer.

Presunto volta para o cenário, andando perto da lateral de um carro estacionado. Está todo áspero de lama e água, pelos se projetando de seu rosto em todas as direções. Ele olha para meu corpo e depois recua, como se sentisse um cheiro ruim. O alarme do carro continua a soar. Elza começa a puxar meu corpo.

— Pesado? — pergunto, não que eu possa fazer algo para ajudar.

— Só falta uma rua. Eu consigo.

Ela se posiciona, de modo a passar os braços por baixo das axilas dele, e arrasta meu corpo andando de costas pela rua, meus tênis arruinados se arrastando na calçada atrás de nós. Fico surpreso por Elza conseguir se levantar do chão depois da perseguição, mas ela simplesmente dá seu jeito.

— Estou muito agitada por conta da adrenalina — explica ela. — Uma vontade de rir que não passa. Mesmo quando eu estava sendo perseguida. Parecia tão engraçado. Como se fosse uma piada ruim. Sabe?

— Para ser sincero, não.

Já descemos metade da rua quando alguém sai de casa, tarde demais para nos ajudar. Um senhor fica parado nos degraus da entrada de sua casa, incomodado com o alarme do carro. Ele não fala nada, apenas funga e fica imóvel observando Elza puxar meu corpo, Presunto trotando ao lado dela.

— Bebeu demais — comenta Elza, alto, para o homem, a falsa alegria mal disfarçando sua dor.

O homem funga de novo e balança a cabeça. Folhas cor de fogo caem em espirais no seu jardim.

Meu corpo está deitado de barriga para cima no edredom no quarto de hóspedes de Elza, amarrado com um pedaço dos cinco quilômetros de corda sintética que seu pai faz-tudo guarda na garagem. A corda se enrola sobre si mesma como um ninho de cobras, presa por nós que parecem impossíveis de desatar. Os braços e as pernas do meu corpo são atados e, depois, amarrados aos pés da cama. Flutuo perto do teto, olhando para meu próprio rosto abaixo de mim.

— Espero realmente que isso o prenda — diz Elza. — Nunca tentei manter uma pessoa possuída como refém. Não sei o quanto ele é forte.

— O que fazemos agora?

— Algum tipo de exorcismo, imagino.

— Gritamos saia desse corpo em nome de Jesus? — pergunto.

— Se quiser. Podemos tentar isso agora.

— Nhé. Eu me sentiria idiota.

— Aposto que o Livro fala algo sobre isso. Se nós soubéssemos lê-lo, sei que conseguiríamos pensar em alguma coisa...

— Talvez...

O quarto começa a tremer. A princípio, parece que alguém ligou uma secadora de roupa no andar de baixo, mas logo o barulho começa a reverberar e se intensifica, fazendo com que o quarto trema de fato, os móveis produzindo um ruído.

Presunto uiva na cozinha. As prateleiras empoeiradas colidem e murmuram, os livros de bolso despencam no chão. O edredom convulsiona, o abajur na mesa de cabeceira cai, projetando sombras selvagens enormes. Meu corpo começa a gritar e se debater. Ele luta contra as cordas como um animal e começa a guinchar. Um coro de vozes horríveis sai de sua garganta, um lamento sem palavras.

Uma fumaça preta flui de dentro da boca e do nariz do meu corpo. Cada briga já escutada e a voz de cada bêbado desordeiro na hora de o bar fechar esbravejam como uma trovoada ao nosso redor. O barulho é insuportável. Elza tapa as orelhas com as mãos, testa franzida de dor. A fumaça se consolida e a voz fica mais alta, berrando e gritando. A Fúria flutua sobre a cama, seus olhos queimando como portas de fornalhas, sua boca uma fenda vulcânica.

— Vá embora daqui! — grita Elza. — Saia da minha casa! Vá!

O demônio cresce. O quarto começa a escurecer, como se a coisa estivesse sugando toda a luz para dentro de si. O demônio cresce até atingir dois metros e meio de altura, quase três, e a largura da cama. Há um lampejo de uma chama laranja voraz e vemos o chicote do demônio balançando em sua mão. Mais rápido que a cauda de um escorpião, ele movimenta seu punho para trás e lança o chicote na direção do corpo de Elza.

Não tenho tempo para pensar no que estou fazendo. Jogo meu corpo fantasmagórico entre o demônio e Elza, ficando no caminho do chicote. Preparo-me para ser cortado ao meio, como ele fez com o Vassalo, mas, em vez disso, as chamas espiralam ao meu redor e continuam pairando no ar. Não há dor; o chicote não consegue queimar minha pele espiritual. Estou preso. A Fúria ruge ainda mais alto e puxa o chicote para si, tentando soltá-lo.

— Ele não pode me machucar! — grito. — Minha Legião não pode me ferir! Use a pedra!

Elza se lança para a frente, desviando do chicote de fogo, e pressiona sua wyrdstone no rosto do demônio. O contato produz um brilho de brasa, como uma pequena estrela, e o demônio explode para longe da pedra, estourando em uma flor de fumaça preta que espirala no ar, parecendo entrar em pânico, e depois corre para a janela e a atravessa por uma rachadura no caixilho.

— Elza!

— Isso saiu melhor do que a encomenda — diz ela, olhando para a palma de sua mão direita. Vejo que a wyrdstone em sua mão se dissolveu, restando apenas cinzas.

— O que aconteceu com a pedra?

— Banir um espírito como esse foi demais para ela. Mas aquela coisa, a Fúria, se foi. Ela não pode mais voltar aqui. E nós recuperamos o seu corpo.

Dou uma bela olhada no meu corpo. Meu cabelo está liso e molhado, grudado na minha testa. Minhas pernas e meus pés estão todos sujos de lama, e também há lama na cama. Parece estranho notar de repente que fizemos a maior bagunça no quarto. Sem dúvida, essa é uma preocupação pequena. Quando se está tentando sobreviver, você se esquece de que não deve espalhar lama na casa das pessoas. O rosto do meu corpo está com uma aparência machucada e doente, e há um calombo bem feio crescendo no lugar em que minha testa acertou a lateral do carro.

— Para começo de conversa, por que ele saiu do meu corpo? — pergunto.

— Era o jeito mais fácil de se libertar — responde Elza.

Flutuo sobre o meu corpo, que está amarrado na cama. Há sangue escorrendo pelo canto da minha boca. Estive longe dele só por um dia, mas me acostumei a flutuar, ser invisível, atravessar as paredes.

Meu rosto vai se aproximando de mim, enorme, pálido, rajado de terra. Não sei exatamente como isso vai funcionar. Quando entrei no corpo do Presunto, simplesmente passei por sua pele como se atravessasse uma cortina, mas entrar em pessoas pode ser diferente. Chego mais perto do meu próprio rosto. Desço pelo meu olho.

Estou no centro da Terra.

No centro da Terra, estou sentado no banco de trás de um carro, o mesmo carro que tínhamos quando eu tinha seis anos, e meu pai está no banco do motorista. Sei que é ele devido ao terno branco e ao cabelo longo que ultrapassa a altura da gola. E estamos passando por uma floresta de árvores escuras, com galhos intermináveis que se dividem e aforquilham, e não consigo ver as copas de nenhuma árvore que atingem uma altura além do meu campo de visão. Seguimos no carro, virando em algumas bifurcações na estrada, entrando de repente para a esquerda ou à direita, e nas placas na estrada vejo números rabiscados com a letra do meu pai. Percebo que, cada vez que viramos à esquerda, as placas estão ao contrário. Então começo a sentir que existe algum padrão que não consigo entender por completo. Ouço a voz do meu pai ecoando, dizendo (*o Livro não é um produto da mente consciente*), e os troncos das árvores vão passando rapidamente, e as árvores têm folhas pálidas, e vejo que são páginas, sim, finas páginas amarelas, uma floresta infinita de páginas, e há algo mais no carro conosco, algo escuro e encurvado e sangrento sentado no banco de trás ao meu lado, mas não posso virar a cabeça para olhar para ele. Estou muito assustado, mas posso ouvi-lo respirar, e nós seguimos percorrendo a estrada (*a sequência revela o caminho*), e estou dizendo pai, eu não entendo, e ele está gesticulando com a mão pesada cheia de anéis, dizendo (*não temos tempo para isso*) e durante todo o tempo estou tentando fingir que não ouço o outro passageiro respirando ao meu lado. Estou olhando para fora, pela janela, porque, se um de nós demonstrar que sabe que há uma terceira pessoa no carro, algo terrível vai acontecer. Simplesmente sei disso. (*Minha sequência mostra o caminho.*) Meu pai está falando e apontando para as placas de trânsito com seus números (*você entende?*) e, enquanto ele fala, eu posso ouvir a coisa ao meu lado se movendo, eu a sinto se inclinando na minha direção, ouço seu sussurro dizendo: *você não me reconhece?* e meu pai não pode ouvi-la, ele parece não notar que a coisa está lá, e eu estou congelado aqui, não consigo me virar (*o Livro é seu agora*) (*mostre que você é o mestre*), e a floresta é interminavelmente alta e bifurcada. Está por toda parte. Nós nunca escaparemos, e eu estou dizendo: eu devia conhecer você? E a coisa ao meu lado sussurra: *É melhor saber quem eu sou, você deveria me conhecer, porque eu sou seu irmão.*

— Luke!

— ...

— Você está bem?

Elza e o demônio acabaram mesmo comigo. Cada parte de mim dói. Meu corpo parece um saco de dores agitadas, cada uma delas faminta e raivosa, lutando ferozmente com as dores concorrentes em uma tentativa de se tornar a dor alfa, a governante suprema. Até meus dentes estão latejando. Estou feliz por recuperar meu corpo, mas tem algumas coisas das quais não senti falta.

Presunto entra no quarto e empurra um focinho tranquilizador no meu ouvido. Dou um jeito de sorrir.

— Você estava tendo convulsões — diz Elza. — Fiquei preocupada.

— Eu estava sonhando — digo.

— Voltou para o seu corpo há mais ou menos cinco minutos. Estava sonhando com o quê?

— Hum... foi horrível. Mas era importante. Bem que eu queria lembrar... Meu pai...

— Seu pai estava no sonho?

— Sim... e tinha mais alguém lá.

O sonho continua me escapando, como os sonhos costumam fazer. Meu pai estava tentando me dizer alguma coisa. Se é que era realmente ele... Me pergunto o que aconteceu quando ele morreu. Por que não vi o fantasma dele perambulando por aí? Será que ele já fez a travessia? A Legião o está mantendo longe de alguma forma?

Resolvo me concentrar nos fatos concretos. É dia vinte e seis. Faltam cinco dias para o Dia das Bruxas. Estamos com o *Livro dos Oito*. O sigilo voltou ao meu dedo. Temos uma chance. Presunto resmunga e se acomoda na entrada do quarto.

— Certo — diz Elza, se sentando na cama. Seu joelho encosta no meu. — Boa notícia.

— Não faça suspense.

— A boa notícia é que estou fazendo tirinhas de frango e feijão cozido para a janta.

— Isso é uma excelente notícia.

— Por favor, não me julgue. O congelador estava tipo a casa muito engraçada, não tinha nada.

— Você nunca provou minha comida, Elza. Eu não julgo.

— Então — começa ela. Ainda está de casaco. Enfia a mão no bolso interno, puxa o *Livro dos Oito* e o coloca na minha frente, sobre os lençóis.

— Corpo devolvido ao seu dono por direito. Fizemos algum progresso e, na verdade, voltamos ao ponto de partida agora. Temos o Livro, o sigilo e o código bizarro de numerologia do seu pai. E não faço ideia de como juntar isso tudo.

Passo meu dedão esquerdo na pedra fria de oito lados encaixada no meu sigilo. Lembro-me das mãos do meu pai no volante. Árvores altas se bifurcando ao nosso redor. Algo se mexendo ao meu lado no outro assento. Olho para a capa verde do Livro, a estrela de oito pontas. Sinto como se o sonho tivesse sido mais do que apenas um sonho. *(Aquele Livro não é um produto da mente consciente.)* De onde estou tirando isso? Foi o que meu pai me falou?

— O que precisamos saber está dentro do Livro — digo. — Já vi o Pastor usando ele. A Legião não o teria levado se não fosse importante. Sabemos que não está tudo em branco. Já vi coisas escritas dentro dele.

Eu me levanto, ando para lá e para cá enquanto penso, corpo doendo.

— Certo — diz Elza.

Ela parece exausta, sofrida. A aparência dela é tão ruim quanto o que sinto. A sagacidade que vi nela quando conversamos pela primeira vez sobre a Legião, no cemitério, se apagou. Precisamos terminar isso logo ou nenhum de nós terá forças para continuar.

— O Pastor… Da primeira vez que conversamos, ele me disse que o *Livro dos Oito* era infinito. Disse que mesmo necromantes experientes encontrariam páginas que nunca tinham visto.

— Bem, isso é impossível — diz Elza. — Como um livro pode ser infinito? Olhe para ele. Tem só alguns centímetros de espessura.

— É mágica, Elza. Não garanto nem que ele seja realmente um livro. A aparência dele para nós não importa. E se o Pastor estiver certo? E se o livro for infinito? Ele poderia se mostrar em branco para sempre. Tem espaço para tantas páginas em branco quanto você puder imaginar. Poderíamos virar as páginas a vida inteira e nunca encontrar uma que tivesse algo escrito nela.

— Então, como vamos encontrar alguma com conteúdo? O Pastor parecia saber lidar com ele, não é?

— Não virando as páginas aleatoriamente. Acho que ele sempre vai se mostrar em branco se fizermos isso. Mas deve haver caminhos. Estou me lembrando do sonho completo agora, a rua bifurcada, a floresta, as árvores com galhos infinitos cobertos de páginas. (*Minha sequência mostra o caminho.*) Que sequência? Os números são uma sequência? Foi o que ele quis dizer?

— Que caminhos, Luke? Do que você está falando?

— O Livro é um labirinto. É uma floresta escura. Em livros normais, a página um leva para a página dois, que leva à página três. Mas esse livro não é normal.

— O *Livro dos Oito* é uma "floresta escura"? Você está mesmo se sentindo bem?

— Olha, apenas... confie em mim. — Corro para o quarto de Elza e volto com a pasta de documentos com as anotações do meu pai. Eu as jogo na cama, na frente dela. — Acho que esse é o nosso caminho — digo, apontando para as colunas de números.

Elza ergue uma delas e estreita os olhos para ver melhor.

— Como? — pergunta ela. — Está dizendo que isso aqui são números de páginas? O Livro não tem páginas numeradas.

— Não — digo. Penso no carro seguindo o caminho tortuoso pela floresta, no meu pai me conduzindo e na outra coisa, sentada ao meu lado... Não, não vou pensar nisso agora. Penso no carro virando. Os números escritos nas placas da estrada. — Acho que o *modo* como você vira as páginas é que importa. Talvez se virar, digamos, três páginas de uma vez, você acabe parando em algum lugar diferente do que se avançar uma página a cada três vezes. Os caminhos se dividem.

— Bem — diz Elza —, não custa nada testar sua teoria. Confesso que talvez não tenha acompanhado o raciocínio, mas... não temos outras ideias mesmo.

Nós nos sentamos por um momento, pernas cruzadas na cama. No chão, Presunto resmunga e se remexe enquanto sonha. Olhamos para o *Livro dos Oito*, colocado entre nós de maneira tão inocente quanto qualquer livro já foi colocado, com capa verde e fecho duplo.

Eu o pego, e os fechos se abrem com o toque do meu sigilo. Eu os devolvo para o lugar, e as páginas se agitam, movendo-se até pararem abertas e totalmente em branco.

— Vamos lá — digo. — Me ajude com isso. O que os números dizem?

— Sete — lê Elza.

Viro sete páginas, todas de uma vez só, e paro. Ainda em branco.

— Certo.

— Um — continua Elza. — Mas esse está escrito ao contrário.

Paro e penso por um momento. O sonho... Lembro-me do carro avançando pelas árvores altas e sem fim na floresta. Quando viramos à esquerda, a placa está espelhada. Um livro espelhado seria lido da direita para a esquerda...

Volto uma página, na direção da capa. Quando faço isso, vejo um brilho nas páginas, um pequeno borrão, um sigilo em resposta ao meu sigilo, que desaparece quando tento me concentrar nele.

— Está funcionando! — digo. — Você viu?

— Não vi nada — diz Elza. — Bem, vamos em frente. Quatro. Depois três invertido.

Avanço quatro páginas de uma vez, depois volto três. Outro brilho rápido de tinta negra surge na página vazia, como alguém limpando a garganta usando linguagem escrita. Sinto-me elétrico. É isso, conseguimos!

— Continue — digo a ela.

Ela lê os números para mim, a sequência do meu pai, e viro as páginas do Livro. Logo entramos em um ritmo, e ela lê mais rápido; sinto como se as páginas estivessem se virando antes mesmo de eu tocá-las, o Livro fluindo como um grande rio de papel estampado, meu sigilo tremendo frio, a voz de Elza lendo cada vez mais rápido, mais rápido, sua voz não soando mais como se fosse dela, e sim a minha própria voz cantando para mim, e o Livro está prestes a se revelar, a qualquer instante agora vou atravessar e...

8

8

9

10

O rosto de Elza está bem na frente do meu. Ela não está mais lendo a sequência para mim. Está agachada na minha frente com uma expressão descontente e decidida. Ainda estou segurando o *Livro dos Oito*. Elza estende a mão e bate com força no meu rosto. Solto o Livro e grito.

— Por que você fez *isso*?

— Droga, Luke...

Elza passa os braços à minha volta e me abraça. Presunto corre para dentro do quarto e começa a dar encontrões em mim, mordiscando minha orelha.

— O quê... Elza, o que aconteceu? Por que você está me batendo? O que houve?

Minha cabeça está girando, meus olhos ardem como se alguém tivesse jogado areia neles. Elza me solta. Vejo que ela está realmente chateada.

— Qual o problema? — pergunto. — O que foi?

— Luke... Faz três dias que você está lendo o Livro.

— Eu estava... O quê?

Não consigo acreditar nela. Mal se passaram alguns segundos desde que começamos. Não me sinto como alguém que ficou sem comer durante três dias. Mal sinto fome. Olho em volta no quarto. Quando começamos o experimento, ele estava iluminado com o brilho leitoso da tarde. Agora está escuro, com um retângulo laranja forte de luz iluminando uma das paredes, vindo do poste na rua. Elza e Presunto estão iluminados por uma luz branca mais suave, vinda do corredor. Não faço ideia de como eu não tinha notado a mudança até agora.

— Faz três dias que você está lendo o Livro — repete ela. — Começamos domingo à tarde. Domingo, dia vinte e seis. Estamos na quarta-feira, dia vinte e nove, e já são dez e meia da noite.

— Você está de brincadeira comigo — digo.

— Não tem nada de engraçado nisso — diz Elza. — Pensei... Não sei. Pensei que tinha perdido você. Você não parava de virar as páginas e murmurar consigo mesmo, não olhava para mim... Não falava, não se mexia. Parecia uma estátua que respira. Está sem beber e sem comer. Mesmo com as páginas em branco, você continuou lendo. O que estava acontecendo?

— Como posso ter ficado três dias sem comer e beber? Eu teria morrido, é impossível.

— Estou só contando para você o que aconteceu... Luke, você ficou pálido. Está tudo bem?

Não respondo. Algo está acontecendo dentro da minha cabeça. Meus ouvidos estão zunindo como um sino que acaba de ser tocado. Sinto o sangue correr, uma espuma de champanhe vertiginosa. A escuridão do quarto está cheia de formas brilhantes: linhas de força, multidões afiadas de triângulos, círculos, pentagramas e estrelas de oito pontas, todas se transformando e se espalhando em cada superfície, os símbolos ondulando como o ar sobre o asfalto quente. De repente, o rosto de Elza é inundado por elas. Ela parece uma máscara, rajadas de pontos brilhantes cintilando ao redor de seus olhos. Balanço a cabeça em negação desesperada e os símbolos retrocedem. O que quer que estivesse no livro, o que quer que eu tenha lido agora está dentro de mim.

— Eu me lembro — digo. — É como se lembrar de coisas que não sabia antes.

— Eu falei para a minha mãe que estávamos ensaiando uma peça juntos — diz Elza. — Mas acho que ela nem chegou perto de acreditar em mim. Por sorte, o meu pai está longe e a minha mãe tem trabalhado em vários turnos. Consegui deixá-la longe daqui. Ela acha que você só ficou aqui segunda-feira de noite, caso ela pergunte. Mas ela está perdendo a paciência com o Presunto, e simplesmente não sei o que dizer. Tem sido um pesadelo. Eu não sabia o que fazer se você não acordasse antes do Dia das Bruxas. Continuei vindo aqui, tentando falar com você...

— Está tudo bem — digo. — Estou de volta. Estou aqui.

Elza se abaixa e tira o *Livro dos Oito* do meu alcance, empurra-o para baixo da cama.

— Não quero que você leia essa coisa nunca mais — diz ela. — Precisa comer e beber. E acho melhor dar um pulo lá fora. Pegar um pouco de ar puro.

Fecho meus olhos. Os sigilos e símbolos ainda estão lá, espiralando e pinoteando no meu campo de visão. Eles são amarelo-limão, verde-néon, roxo-dor-de-cabeça-latejante. Estão dentro de mim, parte da escuridão atrás dos meus olhos. Sempre vão estar lá.

A lua está quase cheia, brilhando como um olho solitário e observador através de uma abertura na nuvem escura. A chuva permanece leve, mas constante. Presunto está resolvendo em que posição deve se deitar. Parece que está prestes a se decidir, mas então escolhe outra posição. O vento empurra suas orelhas para a frente e para trás, como folhas. Seu rabo fino está para cima como um mastro, mas nada aparece. Três dias lendo o *Livro dos Oito*... É impossível absorver esse fato. O Livro é mais perigoso do que eu poderia imaginar. Três dias sentado no quarto de visitas de Elza e não consigo nem explicar o que estava lendo, o que estava olhando. O conhecimento de que preciso está aqui, mas não me lembro exatamente de onde ele veio. Não me lembro de olhar para as páginas do livro, não me lembro do que diziam de fato. O que tenho é uma sensação do que *sei*. Sei o que preciso fazer. Não sei como vou explicar isso para Elza. Mal consigo explicar para mim mesmo.

Presunto começa a fazer cocô. Ele sempre parece envergonhado e acusatório quando faz isso, como se estar por perto fosse uma grosseria da minha parte.

Algo se agita além da cerca à minha esquerda.

— Chefe?

Sinto o arrepio dos mortos. Permaneço em silêncio.

— Sei que você está aí, chefe.

Isso nunca termina. E não terminará até que eu acabe com eles.

— O que você quer, Juiz?

— Só uma palavrinha. Diplomacia.

— Precisa escolher um lado, Juiz.

— Bem, só me escute por um momento, chefe. Fiquei sabendo que você talvez esteja com um certo livro que cabia a mim proteger. O Pastor não está feliz comigo.

— Não imagino que esteja.

— Ele levou sua mãe embora, chefe, no mesmo dia que você entrou e roubou o Livro. Ele a pegou e a escondeu. Caso você estivesse pensando em tentar resgatá-la novamente. Ela não está mais na casa.

— Onde ela está?

— O Pastor não confia tanto assim em mim, chefe. Não vi onde ela está.

Isso está piorando. Ela deve ser importante para o que quer que estejam planejando para o Dia das Bruxas. Bem que eu queria que a gente a tivesse tirado da casa no domingo... Eu devia ter imaginado que isso aconteceria.

— Por que está aqui, Juiz? Para me dizer isso?

— O que vim aqui dizer é que talvez deva pensar em quem estava de guarda quando você foi até a casa. Quem foi que estava lá e o ajudou a sair e não soou o alarme e tudo mais?

— Esse seria você, certo?

— Pode ser, chefe. Acho que o que estou pedindo aqui é que, seja lá o que venha a acontecer no Dia das Bruxas, deixe o bom e velho Juiz fora disso, tudo bem? Porque ele nunca quis nada disso.

— Está tentando negociar comigo agora?

— O Pastor tem falado com todos nós, chefe. Diz que você está planejando nos mandar de volta para o inferno. Você não faria isso comigo, faria?

Penso na minha mãe flutuando acima da cama, sua mente trancafiada dentro de si mesma. Penso em Holiday; na família dela; no gato dela, Bach, com sua barriga aberta, cortada.

— Você não sabe do que eu sou capaz, Juiz. Estou com o *Livro dos Oito* e com o sigilo. Já li o Livro, passei três dias fazendo isso. Ele é parte de mim agora. Você não sabe do que sou capaz.

— Tenho uma boa ideia — diz o Juiz, por fim. — Mas o Pastor e os garotos dele estão bem preparados. Ele também já foi um necromante. Conhece o assunto há muito mais tempo que você. Três dias lendo aquele livro não significa nada para ele. O que você aprendeu não é suficiente.

Presunto acabou seu show e agora está investigando uma pilha úmida de adubo ao lado da oficina. O vento soa como a respiração de uma criatura enorme.

— Por que vocês simplesmente não me deixaram fora disso? — pergunto.

— Chefe?

— Por que simplesmente não conversaram comigo? Eu queria libertar vocês sem que nada disso acontecesse. Poderíamos ter chegado a um acordo. Não quero uma Legião. Não sou meu pai.

— Não sei. Seu pai não era exatamente flor que se cheire. Acho que não tínhamos um motivo para pensar que você fosse diferente dele. Não faz parte da nossa natureza, acho. Não peça quando pode tomar à força.

— Quer dizer, nenhum de vocês ouviu falar em perdoar as pessoas? Morra e deixe viver?

— Escute aqui, chefe — diz o Juiz. — Você não quer isso, quer? Não quer ser como o seu pai. Você não é ele. Sei que não quer o que ele tinha.

— Para ser sincero, não.

Ele se inquieta do outro lado da cerca. As luzes na sala de estar de Elza se acendem e apagam.

— Então, por que não se mata? — indaga ele.

— O quê?

— Veja só... Certo, o Pastor me disse que você não entende o *Livro dos Oito*. Acha que entende, mas não entende. Ele era um cara terrível, o seu pai. As coisas naquele livro sangrento... O modo como tudo pode acabar se você seguir o que está escrito nele é pior do que qualquer coisa que possamos fazer. Então simplesmente desista, deixe para lá, e estaremos livres. Todos estaremos livres. Você iria direto para o além.

— Está de brincadeira? Ele convenceu você disso?

— Nem um pouco, chefe. Essa é minha opinião. É para isso que seu Juiz está aqui: verdades nuas e cruas. Quero o melhor para todos, certo. Escute só, sei que está tudo bastante tenso agora. O rio não fica muito longe, certo, desça comigo até lá agora, algumas pedras no seu bolso e está tudo acabado. Sua mãe fica fora disso, a garota que mora aqui...

— Não. Isso nunca vai acontecer. Tenho dezesseis anos, a vida inteira pela frente. Por que deveria abrir de mão de qualquer coisa por um de vocês?

— Tem razão — diz ele.

— Não sei como pensou que essa ideia funcionaria, mas é idiota.

— Não é assim tão ruim morrer, sabe?

— Vá embora.

Posso senti-lo parado, tentando pensar em algo para dizer, e então não há mais nada. Presunto vem até mim, estico a mão para acariciar sua cabeça, mas ele passa direto, resfolegando. Viro-me e descubro que a mãe de Elza está parada na porta dos fundos.

— Estava vindo aqui falar que tem uma escova de dentes extra no banheiro — diz ela, ignorando Presunto colidindo com suas pernas.

— Tudo bem — digo. Há quanto tempo ela estava aqui?

— Você fala sozinho com frequência? — pergunta ela.

— Estava ensaiando para a peça, sra. Moss.

— Ah, sim, essa peça com fantasmas. Elza me falou a respeito.

— Estou nervoso, mas acho que vai sair tudo bem na noite da peça.

— E, ainda assim, estranhamente, minha filha nunca foi a um só ensaio ou mencionou esse grupo de teatro antes desta semana, e, sempre que ela está ensaiando, as falas dela são lá no quarto de visitas com você.

— Todas as nossas cenas são juntas, sra. Moss.

— E sei que a sua mãe não está bem, mas gostaria que tivessem me pedido antes de o seu cão ser largado com a gente durante seis noites.

— Não foi minha intenção, sra. Moss.

Cai um baita aguaceiro. Minha jaqueta está escorregadia de água, e gotas escorrem pelo capuz, pequenos movimentos prateados passando pelo meu rosto.

— Elza é muito importante para mim — diz ela após um momento.

— Perdão, sra. Moss?

— Minha filha é uma criança sensível e única.

— Somos só amigos. Juro.

— Não sei direito o que está acontecendo entre vocês dois — diz a mãe de Elza. — Mas conheço Elza o suficiente para saber quando não estão me contando a história inteira. Fui levada a entender que você está com algum problema em casa. Você é bem-vindo para ficar aqui esta noite de novo, mas acho que será melhor se for embora amanhã. E se eu descobrir que está arrastando minha filha para algum tipo de problema...

Você não faz ideia. Definitivamente, nenhuma ideia.

— Realmente sou muito sortudo de ter uma amiga como ela — digo.

— Bem. Arrumei sua cama no quarto de hóspedes.

— Obrigado, sra. Moss.

O vento está puxando as árvores como uma mão descosturando fios. A mãe de Elza olha fixamente para um ponto além do meu rosto coberto pelo capuz. No fim, ela muda seu peso de perna e diz:

— Elza me contou sobre o seu pai. Sinto muito pela sua perda.

— Está tudo bem, sra. Moss. Não éramos próximos. Obrigado.

— Está certo — diz ela. — Bem. Não está ficando todo ensopado aí fora?

— Entro já — digo a ela, segurando o saco plástico em volta da minha mão. — Preciso pegar uma coisinha.

Presunto não dorme bem em lugares estranhos. Nunca dormiu, desde que era filhote. Tento três vezes dizer boa noite e deixá-lo na lavanderia, e toda vez ele começa a empurrar a cabeça contra a porta antes que eu consiga fechá-la. Acaba que eu pego uma fatia de pão e a arremesso na lavandeira. Então bato a porta atrás do Presunto enquanto ele está ocupado comendo. Com alguma sorte, ele não começará a uivar ao perceber que foi tapeado.

Subo a escada e escovo meus dentes com a escova extra. Quando abro a porta do quarto de hóspedes, encontro Elza sentada na cama recém-feita. Está iluminada pela luz do abajur, lançando uma sombra alta nas prateleiras de livros na outra parede. Olhar para as sombras me lembra da Fúria se agigantando sobre nós neste mesmo quarto. Elza se arriscou um bocado por mim no domingo. Tiro um momento para apreciar a personalidade dela, inteira e viva, apreciar a vivacidade do seu olhar, a ruga na sua testa. Ela está segurando o *Livro dos Oito* no colo, olhando para a estrela na capa. Sento-me ao lado dela.

— Como é que estava lá fora? — pergunta Elza.

— Frio. Escuro. Coloquei o Presunto na cama. Então, sua mãe acha que eu sou seu namorado.

— É raro alguém se hospedar aqui. Não é nenhuma surpresa ela pensar isso.

Ficamos sentados em silêncio por um momento. Os livros que caíram da prateleira quando a Fúria nos atacou ainda estão espalhados no chão.

— Eu sei como me livrar da Legião — digo.

Elza expira com força, como se isso fosse mais do que ela tinha esperança de ouvir.

— Tem certeza?

— Tenho. A informação está aqui agora — digo, dando dois toques na minha cabeça. — Sei o que precisamos fazer no Dia das Bruxas.

— Estou tão feliz — diz Elza. — Isso é ótimo. Pelo menos você conseguiu alguma coisa depois de todo aquele tempo que ficou perdido. Se tivesse ficado sentado aqui para nada...

— Sei do que precisamos. É difícil se livrar de espíritos presos, como a minha Legião. O Livro diz que quase não se há notícias de alguém dispensar uma Legião inteira, especialmente de uma vez só. Mas é isso que vamos ter que fazer. Existe um ritual lunar que pode funcionar. Ele limpa áreas de todos os espíritos que estiverem dentro delas. Se eu fosse o alvo do ritual, o rito baniria a Legião. O ponto é que a lua estará na fase errada por mais uma semana. Não temos tempo. E precisaríamos de oito pessoas para executá-lo, e elas precisam ser todas virgens.

— Então lá se vai essa ideia — diz Elza.

— Os magos sumérios destruíam espíritos presos no corpo de um animal familiar. O Livro não dava mais detalhes sobre isso. Não dizia como você adquire um familiar ou como o processo funciona, nem nada.

— Por que você está me passando as opções descartadas primeiro? — pergunta Elza.

— Só quero que você saiba que... não temos outra opção. É o que é. O que vamos fazer é difícil e perigoso e... Bem, você sabe disso. São meia-noite e dez agora, trinta de outubro. Em menos de vinte e quatro horas será Dia das Bruxas, e a Legião estará mais poderosa do que nunca. Só nos resta uma opção se quisermos bani-los.

— Certo — diz Elza. — Uma opção. Já entendi. Qual é?

— Ela se chama o Rito das Lágrimas. Quebrará minha conexão com a Legião, e todos os fantasmas serão presos no Lado Morto. Então nunca mais poderão machucar nem a mim nem a mais ninguém. Funcionará muito bem no Dia das Bruxas.

— Até agora, tudo ótimo — diz Elza. — O que esse Rito das Lágrimas faz, então?

Fecho meus olhos. Posso ver os encantamentos do rito, cauterizados na escuridão atrás das minhas pálpebras como as imagens que surgem quando se começa a olhar fixamente para o sol. Os círculos mágicos giram na escuridão como um milhão de planetas demoníacos. Posso ver a forma do ritual, poderia desenhá-lo com meus olhos ainda fechados. *Um para fechar o círculo, um para abrir o portal...*

— Vamos ter que conjurar o Diabo — conto a ela.

Elza coloca o *Livro dos Oito* no chão. Por um momento, ela não fala nada. Levanta-se, e por um instante penso que vai sair andando, mas então volta a se sentar.

— Tem certeza? — pergunta calmamente.

— Certeza do quê?

— De que essa é a única maneira?

Penso no que o Juiz acabou de me propor. *O modo como você pode acabar se seguir o que está escrito nele é pior do que qualquer coisa que possamos fazer.* Mas por que deveria confiar nele? Seja lá o que o rito faça, sei que o Pastor e a Fúria me querem morto, e eles arquitetaram planos para garantir que eu não passe do Dia das Bruxas. Pegaram minha mãe. Não estão me deixando escolha.

— Sim — digo, olhando-a nos olhos. — É o único jeito. Segui as anotações do meu pai, segui o caminho dele pelo Livro. Elas me guiaram para isso.

— O caminho do seu pai... Sabe, Luke, seu pai não foi exatamente o pai da década, né? Como sabemos que essas anotações nem sequer...

Ela não termina.

Não respondo.

— Desculpa — diz Elza. — Eu não devia ter dito isso.

— Foi você quem estimulou a gente a decodificar o código do meu pai, a ler o Livro. Agora que eu consegui, você não gosta do que descobri.

— Eu só quis... Luke, é o *Diabo*. O mal encarnado.

— Ele concede favores em determinados dias. O Dia das Bruxas é um deles — digo, pressionando. — Se fizermos uma oferenda, o Diabo concordará em dispensar a Legião e levar os fantasmas para o Lado Morto com ele. O Livro diz...

— Espera aí. Uma oferenda? Que tipo de oferenda?

— Sangue — digo. — O Diabo só aparecerá se sangue vital for derramado.

— Estamos falando de uma *pessoa*?

— Não. O Livro só diz sangue vital. Ele precisa ser vivo e fresco. Mas não importa a origem. Podemos usar um animal...

— Luke...

— Que foi, você é vegetariana por acaso, Elza? Quantas galinhas morreram para você fazer o picadinho que estava cozinhando? Seria realmente assim tão ruim se matássemos um animal para me salvar, salvar minha mãe, salvar você, salvar metade da cidade, talvez? Quem sabe o que a Legião vai fazer se escapar para o Lado Vivo sem vínculos? Não temos *opção*. Quem dera. O Rito das Lágrimas é nossa única opção no momento.

— Não sou vegetariana — diz ela calmamente. — Você está certo nesse ponto. Mas também não pratico magia negra. Sou uma garota clarividente que está tentando fazer a coisa certa para alguém que ela mal conhece.

— Também não pratico magia negra. Não pedi que isso acontecesse — digo a ela, embora no fundo eu saiba que isso não é exatamente verdade.

Eu não queria a Legião, mas queria o dinheiro do meu pai e assinei algo que não devia ter assinado. Deixei que eles entrassem. E, se ainda não for um praticante de magia negra, não sei o que mais pode ser dito a respeito de alguém depois que ele oferecer um sacrifício a Satã.

— Está bom — diz ela. Fala tão baixinho que mal posso ouvi-la. Não olha para mim. — Vou fazer isso. Se você acha que é a melhor saída. Mas precisa tomar cuidado. Você mudou.

— Como?

— Você se aproximou... Se aproximou da morte. O simples fato de ter uma Legião, isso já puxa você para o Lado Morto, disso eu sei. Mas você foi além. Perdeu seu corpo, foi possuído por um demônio... E então, cinco minutos depois de recuperar seu corpo, já sabia como decifrar o *Livro dos Oito*. Você disse que teve um sonho, ou algo assim? Você estava perto do Lado Morto. O sonho pode até ter sido uma mensagem vinda do outro lado. Isso mudou você.

Eu me remexo na cama. Passo meus dedos pela pedra octogonal no meu sigilo. Sinto-me diferente, isso é verdade, mas não vejo como alguém poderia passar pelo que aconteceu comigo e se sentir exatamente igual em relação a si mesmo.

— Talvez — digo. — Tudo que eu quero é me livrar da Legião. É meu único objetivo. Fazemos uma oferenda ao Diabo, e ele dispensa os fantasmas do meu serviço. Minha mãe fica em segurança, eu fico em segurança, você e sua família ficam em segurança.

Outro silêncio. Posso ouvir algo batendo com o vento do lado de fora, uma porta, talvez, ou parte da calha. Elza está olhando para o chão.

— O Livro diz como ele é? — pergunta ela.

— Quem? O Diabo? Não. Só o chama de "Pai da Escuridão". Diz que ele concederá qualquer desejo que estiver em seu poder. Só isso.

— Certo. A gente se fala de manhã — diz ela. — Imagino que teremos muito o que organizar.

— Tudo bem — digo.

Ela me dá um abraço rápido e sai do quarto. Apago a luz e deito na cama, olhando para o batente da porta. Ainda está iluminada por uma luz amarela suave que vem do quarto da Elza no fim do corredor. Por um momento, alimento com tamanha força uma fantasia que chego a me assustar. Não meu sonho habitual com a Holiday, mas com a Elza, de pé na porta, atravessando o tapete com os pés macios, descalços, subindo na cama para ficar comigo...

A luz no corredor se apaga. Ela fechou a porta do quarto. Deito-me de lado no quarto escuro, ouvindo o vento, imaginando-a fazer o mesmo. Fico parado e olho para o corredor vazio.

11

AS PEGADAS DO DIABO

Quinta-feira de manhã, trinta de outubro. A luz além das persianas tem um tom cinza esfumaçado, invadindo o quarto de hóspedes. As sombras são pouco mais escuras que a luz empoeirada. Ouço o assovio do aquecimento central aumentando a temperatura. Sinto como se estivesse deitado em um aposento que ficou trancado por um século.

O fim se aproxima, de um jeito ou de outro. Começaremos o Rito das Lágrimas à meia-noite de hoje, e na hora em que ele for concluído será dia 31, Dia das Bruxas. Se nosso plano não funcionar, a Legião irá me matar e se libertar. Os fantasmas ainda estarão com a minha mãe, mas não sei o que farão com ela. O Juiz disse que eles a esconderam, e sabe-se lá o que isso significa. Eles podem querer possuí-la, ela pode ser o sacrifício deles, pode ser qualquer coisa. Se tudo sair errado esta noite, estarei morto, minha mãe estará morta, Elza estará morta. Se tudo der certo, vamos conhecer o Diabo. E não consigo nem imaginar como isso será.

Passo meu dedão sobre o sigilo. Está quase se tornando um gesto reconfortante para mim. Pergunto-me como meu pai viveu todos esses anos sendo servido por espíritos e demônios que dariam tudo para matá-lo. Será que ele também ficava acordado à noite, passando seus dedos sobre o sigilo, lembrando a si mesmo que ele ainda estava lá, que ainda era poderoso? Por que ele criou uma Legião? Por que nos deixou? Ele também conheceu o Diabo? Que tipo de homem ele era?

Ouço um movimento no fim da escada, o som insistente de uma chaleira fervendo. Levanto da cama devagar, estremecendo enquanto obrigo meus músculos doloridos a funcionar. Quero me deitar aqui e dormir por uma semana, mas temos trabalho a fazer. O Diabo não vai se conjurar sozinho.

Lá embaixo, na cozinha, Elza está sentada à mesa, espalhando manteiga em grossas fatias de torrada. Presunto, tão alto que sua cabeça fica na altura da mesa, está tentando lamber o pote, forçando Elza a usar um cotovelo para mantê-lo longe enquanto unta as torradas.

— Se quiser, coloco ele lá fora — ofereço.

— Sem problemas com ele — diz ela. — Não sabia que galgos escoceses gostavam de manteiga.

— O Presunto adora.

Sento-me na frente dela. Elza é uma daquelas pessoas que cobrem cada centímetro da torrada com o que estiverem espalhando. Ela se dedica a cada fatia até que a cobertura fique perfeita. Olha para mim, a primeira vez que olha para mim desde que desci a escada. Seus cabelos escuros estão amarrados em um coque rebelde. Olho para suas sardas, o nariz aquilino, as orelhas pequenas, geralmente escondidas pelo cabelo, e penso: Quando foi que *isso* aconteceu? Quando fiquei tão interessado em me sentar e observar Elza passar manteiga na torrada?

— O que foi? — pergunta ela.

— Nada.

— Minha mãe já saiu para o hospital. Turno duplo, o que foi uma sorte. É quase meio-dia. Deixei você dormir, parecia que estava precisando. Mas, então, quando vamos realizar esse ritual? E onde?

— Devemos começar hoje à meia-noite. Quando terminarmos, estaremos nos primeiros minutos do Dia das Bruxas. Quanto ao local, o Livro diz que o ritual precisa ser realizado em um local de passagem, algum lugar onde o mundo dos espíritos esteja próximo do nosso.

— Certo — diz Elza. — Então, onde fica isso exatamente?

— Bem, conheço um em Dunbarrow. As pedras eretas, as Pegadas do Diabo.

— Mas você não disse que a Legião tinha andado ativa por lá? Foi lá que você encontrou seu corpo quando estava possuído, não foi? Disse que pensou que eles estavam preparando algo nas Pegadas.

— Se o Pastor também pretende realizar seu próprio ritual no Dia das Bruxas, provavelmente será amanhã à noite, embora eu tenha certeza de que ele também usará as Pegadas. Lugares de passagem têm poder. De qualquer modo, a Legião virá atrás da gente lá, disso não tenho dúvidas. É perigoso. Mas não temos...

— Não temos escolha — completa Elza, cansada. — Não estou discutindo. Do que precisamos para o ritual? Ervas, suprimentos?

Enquanto ela diz isso, os esquemas do ritual se erguem sem serem convidados atrás dos meus olhos, o encantamento sendo escrito pelo meu cérebro. Balanço a cabeça, tentando desalojá-lo.

— Precisamos de salsa de bruxa e folha de acônito — digo. — E precisamos de óleo. Precisaremos de algo para desenhar um círculo mágico em torno das pedras, provavelmente tinta de parede, já que vamos desenhar na grama. Precisamos de um sigilo. E vamos precisar... de uma faca e de um animal. Algo que sangre. Então não posso simplesmente esmagar uma aranha e esperar que o Diabo apareça.

Elza corta sua torrada em triângulos perfeitos. Vejo sua faca cortando o pão e imagino como será cortar a garganta de uma criatura. Não me sinto com muito apetite.

— Não acho que nada disso será muito difícil de conseguir em Dunbarrow. Eles devem ter as ervas na loja de produtos esotéricos que minha mãe visita — prossigo.

— Estou preocupada em sair da casa — diz Elza. — Agora que não tenho mais minha wyrdstone.

— Você estará segura hoje. O Livro me disse que aqueles que pertencem à Legião não podem se manifestar dia 30. As estrelas não estão corretas. Nós não os veremos, eu não posso conjurá-los. É a calma que antecede a tormenta. Assim que o relógio der meia-noite hoje... tudo isso muda. Mas isso significa que temos uma vantagem sobre eles para chegar nas Pegadas do Diabo.

— Luke... — diz Elza. — Se eles estão fracos hoje, então sua mãe, talvez a gente possa...

— Não. O Pastor e a Fúria pensaram nisso. O Juiz me disse que eles a esconderam. Ela não está na minha casa.

— Hum. E o Juiz nunca mentiria para você?

— Talvez. Mas acho que estava sendo honesto, tanto quanto possível... Ele disse que não sabia onde ela estava. O quanto disso é verdade... quem sabe? Ele está com medo da Fúria. Não sei se eu o culparia por isso.

— Então esse é o nosso plano — diz Elza. — Fazer compras, seguir com os preparos, depois o ritual. Hoje à meia-noite estaremos nas Pegadas, sacrificando um animal para o Diabo.

— Também não gosto da ideia. Você sabe disso. Mas a magia negra nos colocou nessa, e a magia negra vai ter que nos tirar dessa.

— Assim esperamos — diz ela.

Como uma torrada pequena, então lavamos a louça. Quando dá uma hora, seguimos para Dunbarrow. Por toda a cidade, máscaras estão sendo tiradas dos armários, luvas peludas de lobisomem recuperadas do fundo da gaveta de meias. Amanhã à noite, monstros irão encher as ruas e as boates, rostos pintados de maquiagem verde, sangue falso, orelhas de gato, presas de plástico e o rosto de borracha mumificado de Elvis. Até lá, a cidade fica quieta. As abóboras acomodadas nos aparadores, esperando seus olhos e sorrisos.

Fazemos nossas compras na loja de produtos esotéricos e na loja de ferragens John Crisco e, depois, por sugestão de Elza, visitamos a loja de alpinismo e trilha Rio Negro, que é um prédio com um telhado achatado esquisito perto do parque. Mais tarde, depois de quase uma hora de discussão acalorada, fazemos nossa compra final na pet shop Patas e Amigos, perto da doceria do velho quarteirão.

No fim da tarde, caminhamos de volta para a casa de Elza. Estamos atravessando a ponta sombria e malcuidada do parque, bem longe da área de lazer e do coreto. Patos amigáveis que querem ser alimentados com cascas de pão não se aventuram tão longe no matagal, que é o território de guimbas de cigarro e garrafas vazias de sidra. Passamos acelerados por uma trilha estreita. Estou carregando o hamster e a lata de tinta, enquanto Elza carrega as roupas. A caixa de transporte do hamster é volumosa, e a lata de tinta amarela está forçando meu braço para fora da articulação, e começo a me perguntar se preciso de uma pausa quando ouço uma voz gritar "Manchett!" em um tom normalmente usado no campo de rúgbi.

Mark Ellsmith está caminhando na nossa direção. Atrás dele estão Kirk, Holiday e Alice. Mark está carregando uma lata de cerveja, e Kirk tem o resto de um pacote de cervejas pendurado na mão.

— Mark — digo.

Seus olhos bruxuleiam de ódio.

— Quem disse que você podia aparecer por aqui? — pergunta ele.

— Aqui onde, no parque? — respondo.

— Você precisa de ajuda — diz Kirk. — Você não está bem, Luke.

— Deixem a gente em paz — diz Elza para eles, mal olhando em volta. — Estamos ocupados.

Holiday parece preocupada. Alice parece animada.

— Cale a boca — retruca Mark. — Vocês que precisam ficar longe da gente.

— O quê?

— Não queremos vocês por aqui — diz Kirk.

— Aqui onde? — pergunta Elza. — Dunbarrow? Você não pode nos expulsar.

— Cale a boca — diz Mark. — Não estou falando com você.

— Escuta — interrompo. — Eu estive doente. Sei que não tenho sido... eu mesmo.

— Parecia mais que você era outra *coisa* — diz Mark.

— Mark, por favor — pede Holiday.

— Você não viu os pássaros! — rebate Kirk.

— E está andando com ela para quê? — pergunta Alice, olhando para Elza, como se de alguma forma isso fosse o maior crime de todos.

— Não posso explicar — digo. — As coisas... Mudaram. Eu não sou mais eu mesmo. Estou doente. Mas tudo vai voltar ao normal em breve. Prometo.

Mesmo enquanto falo, posso ver que ninguém está prestando atenção.

— Sabe, quem se importa? — diz Elza. — Tudo bem, ótimo. Curtam suas vidas fabulosas.

— Por que você disse aquilo para mim? — pergunta Mark.

— Disse o quê? — pergunto.

— No coreto — diz ele. — Na colina. Por que me disse uma coisa daquelas?

— Eu não sei o que disse. Não era eu...

Mark não me deixa terminar. Ele se aproxima e me soca na boca. Não é nem um soco decente, está mais para um tapa frouxo. Minha cabeça pende para trás, e meus lábios ficam doces, quentes e enormes, tudo ao mesmo tempo. Meu rosto lateja. O que meu corpo, a Fúria, disse a ele? Ele está fora de si.

— Mark! — ouço Holiday gritar.

Tropeço para trás e ponho a mão no rosto. Deixei cair a caixa do hamster. Ainda estou segurando a tinta, pensando que talvez gire a lata em cima dele, mas ele não me ataca novamente.

Mais gritos. Tiro a mão do rosto. Elza está dando uma gravata em Alice e tentando forçá-la na direção do chão com o que parece ser algum tipo de golpe de luta livre. Alice ou está chorando ou gritando. Não consigo ver a expressão de Elza. Holiday está parada entre mim e Mark, falando muito rápido na cara dele e segurando seus ombros. Kirk corre para as garotas, gritando, e tira Elza de cima de Alice, que cai para trás nos arbustos, tossindo. Elza empurra Kirk e, em seguida, bate na cara dele, que cai, um borrão de sangue brilhante com uma aparência quase falsa escorrendo de seu lábio superior. Elza se afasta dele, respiração pesada, encarando Mark, que olha para mim e para ela com uma mistura de medo e fúria, depois balança a cabeça e, passando seu braço no de Holiday, diz:

— Vamos embora.

— Ela me bateu! — diz Kirk.

— Todo mundo pare com isso — grita Holiday. — Vocês não precisam... Isso não está *ajudando*!

Kirk ajuda Alice a se levantar.

— Ela me *bateu* — repete Kirk, parecendo um garotinho.

Elza parece estar preparada para bater nele de novo. Estou preocupado com o que acontecerá se ele partir para cima dela mais preparado. Kirk não é um fracote, e não sei mais quanto o meu corpo consegue aguentar.

— Você não pode bater em mulher — diz Holiday. — Vamos.

Kirk bufa e limpa o sangue do lábio.

— Não vale o esforço — resmunga ele.

— Sinto muito — digo para Holiday.

Não há nada nos olhos dela além de pena.

— Sinto muito também — responde Holiday, e eles vão embora.

Olho para a grama remexida. A confusão toda levou cerca de um minuto ou dois. Tenho a sensação de que mais alguém está partindo com eles, uma versão de mim. Eles não vão me perdoar. Isso me assombrará por Dunbarrow como uma segunda sombra. Todo mundo vai ficar sabendo.

— Há *anos* que quero fazer isso — diz Elza. — Você não faz ideia. Você está bem?

— Vou sobreviver.

— Belos amigos, hein?

— Comi um pássaro vivo inteiro na frente deles. Sabe-se lá o que mais meu corpo andou fazendo quando não estávamos olhando.

Pego a lata de tinta e a caixa do roedor. Elza morde o lábio e começa a juntar mechas desarrumadas de cabelo, lentamente refazendo o coque.

Quinze para as onze, é hora de ir para as Pegadas. Coloco meu sigilo e guardo uma faca e o *Livro dos Oito* no bolso do casaco. Então enchemos uma mochila com suprimentos e arrastamos Presunto pela noite. Os esquemas do ritual estão gravados a ferro e fogo no meu cérebro. Então, com alguma sorte não terei que consultar o Livro de novo. Não é como se tivéssemos mais três dias para gastar. Meu rosto lateja. Mal consigo distinguir a dor da pancada das outras dores que vim juntando na última semana. Parece que estou ouvindo duas bandas diferentes tocando ao mesmo tempo. Elza, que admitiu para mim não ter muitas "roupas práticas", está usando uma calça à prova de água e um casaco de alpinismo laranja e verde recém-comprados.

— Por que a gente trouxe ele mesmo? — pergunto, apontando para Presunto.

— Não sei — responde Elza. — Só pareceu a coisa certa. Quando você se foi, eu me sentia mais segura quando ele estava por perto. Não queria deixá-lo sozinho.

— Achou que ele ficaria em perigo?

— Talvez. Não estamos todos? Não sei, é só uma intuição, sabe. Confio em intuições.

Elza está com a caixa do hamster no colo. Presunto está profundamente interessado no animal, e sua respiração vai embaçando a lateral da caixa.

— Estão ficando amigos — comento, apontando.

Elza faz uma careta. Ainda não está feliz com o que faremos com o roedor.

— Falando nisso — diz ela. — Eu quero dizer que isso tudo realmente mudou minha visão sobre você. Quer dizer, acho que somos amigos agora, não é?

— Eu diria que sim.

— Então, escuta, não estou feliz com o que precisamos fazer. Mas confio em você. Para ser sincera, não queria ajudá-lo no início. Tive um conflito interno difícil sobre isso. Você sempre andou pela escola como se fosse feito de chocolate, e seus amigos são tão babacas... Mas, sabe de uma coisa, você está lidando muito bem com toda esta situação.

— Obrigado, Elza — digo. — Sempre imaginei que você fosse uma sabe-tudo arrogante e desagradável e, no fim, acabei descobrindo que estava totalmente certo.

— Cala a boca! — grita ela, me dando um soco de brincadeira nas costelas. — Retiro tudo o que disse. Você é o pior. — O que quero dizer é que espero que você consiga sobreviver a isso. Estou preocupada com você. Com o que precisa fazer — completa Elza depois de um tempo.

— É... Também estou preocupado.

Enquanto subimos a colina, a tempestade finalmente desaba. O mundo se reduz a uma série de lampejos coloridos e borrões. Felizmente, há uma loja de conveniência bem visível a apenas uma rua de distância de Dunbarrow High, e logo eu vejo seu sinal luminoso piscando.

Minha garganta aperta enquanto corremos pela rua. Estou segurando a caixa do hamster com uma mão e puxando a coleira do Presunto com a outra. O pelo dele está lambido para baixo e seus olhos estão se mexendo embaixo das sobrancelhas. Elza trota na frente com a mochila e a lata de tinta.

— As Pegadas ficam lá em cima — digo, apontando para a escuridão absoluta além da silhueta turva da escola. O capuz do meu casaco está ensopado e pesando na minha cabeça.

Puxo a coleira do Presunto e continuamos a andar, cabeças baixas para não molharmos nossos rostos na chuva. Há postes com lâmpadas alaranjadas no estacionamento dos funcionários, mas, tirando isso, a escola inteira está escura. Contornamos o escritório da recepção protegidos do vento por um momento. Então vamos para o pátio, passando pelas salas de aula móveis onde são dadas as aulas de inglês e matemática, e damos a volta na parte de trás das cozinhas. Depois passamos pelos vestiários, chegamos ao campo de rúgbi e o contornamos, com as árvores resmungando e pingando água em nossas cabeças. O vento é como um rio em fúria, estourando suas margens, lançando galhos, folhas e samambaias diretamente em nossos rostos.

O lado norte do campo dá para um matagal pontilhado de arbustos e pequenas árvores mortas. Há lixo soprado dos pátios da escola e acumulado ao longo de anos e anos, pacotes brilhantes, latas e sacos plásticos encharcados batendo nos ramos das árvores como águas-vivas. Elza puxa uma lanterna e a acende enquanto avançamos pelo bosque. Vou tropeçando em galhos e nos pequenos buracos irritantes que parecem se formar no chão da floresta especificamente para fazer as pessoas tropeçarem. As mangas do meu casaco estão tão molhadas que parecem brilhantes à luz da lanterna. O chão da floresta está cheio de emaranhados de galhos de espinheiros.

— Dez minutos para a meia-noite — digo a Elza.

Precisamos andar mais rápido.

Para a frente, para cima. Agora, a única luz é a que vem da lanterna. Mesmo as manchas alaranjadas das luzes da cidade no horizonte, ao sul, se foram, escondidas pela curva da montanha. Este declive é rochoso, o chão acarpetado com uma camada esponjosa de musgo escuro. Chegamos ao topo, lutamos para passar por uma parede viscosa de arbustos e atravessamos uma trilha de terra, a chuva correndo ao longo dos canais que os pneus esculpiram na terra.

— É aqui? — pergunta Elza.

— Sim. Só descer a ribanceira.

Descemos pela encosta na direção das Pegadas do Diabo. Os carvalhos se arqueiam sobre a clareira como um teto abobadado. Conforme nos aproximamos, posso ver as três pedras: uma alta, duas mais achatadas e mais largas, que têm cavidades estranhas em forma de casco ou taça talhadas nelas. As pedras têm um tom cinza-claro, cobertas por escamas de líquen amarelo. Estamos protegidos do vento mais forte, mas a chuva ainda está atravessando as árvores com bastante força. Meus dentes batem.

Agora que estamos perto das Pegadas, posso ver a terra remexida no meio das pedras, onde meu corpo possuído estava cavando: musgo rasgado, terra escura amontoada virando lama na chuva. Aponto o lugar para Elza.

— Tem alguma coisa enterrada aqui? — sussurra ela.

— Pode ser. Parece recente — digo. — Sei que meu corpo estava cavando aqui, mas não sei o motivo.

— O que ele poderia ter enterrado? Alguma coisa para o ritual da própria Legião? Não estou tendo um bom pressentimento sobre isso.

Olho em volta para as árvores, a escuridão sussurrante da floresta além delas, de repente me dando conta de que entramos em uma armadilha.

Vi meu corpo cavando aqui... Mas não temos escolha, o ritual precisa ser realizado em um local de passagem. Não havia nenhum outro lugar.

— Não podemos nos preocupar com isso agora, não temos tempo. Falta quase um minuto para a meia-noite. Precisamos acelerar — digo a Elza. Ela pega nossa mochila e tira as ervas. — Se enterraram alguma coisa ou não, não podemos nos preocupar com isso. Não temos tempo. Salsa de bruxa e acônito. Fique no centro das pedras e eu desenho o círculo.

Pego as ervas. Uma variedade multicolorida de folhas, algumas marrons e secas, outras grossas e de algum modo com a aparência de uma língua, cobertas por uma penugem. Caminho para o centro das Pegadas do Diabo com a caixa do roedor debaixo do braço. Coloco-a bem em cima da terra remexida. Jogo as ervas sobre mim mesmo. Algumas são levadas pelo vento e sopradas para longe de mim, outras caem no meu cabelo ou grudam no meu casaco. Sinto como se estivesse me temperando. Elza amarra Presunto em uma árvore pequena e pega a lata de tinta, abre-a e começa a caminhar para trás — no sentido anti-horário, lembro que o Livro disse isso — ao redor das Pegadas, pingando tinta sobre o musgo. O círculo mágico não é muito complicado de fazer: é apenas um anel ao redor do local de passagem, com uma marca de poder no norte do círculo. Elza parece estar tendo dificuldades com essa marca.

— Já deu meia-noite! É Dia das Bruxas! — grito para ela. — Anda logo!

— A chuva está empoçando aqui. Está difícil de pintar.

Elza se inclina para a frente e começa a mexer na terra, derrubando a tinta com as mãos. A lanterna está no chão ao lado dela, iluminando-a por baixo, lançando uma enorme sombra disforme sobre o paredão de árvores. Presunto começa a latir, forçando a coleira. Pego meu canivete no bolso do casaco e abro a lâmina. Se não estivesse chovendo tão forte, eu poderia vigiar melhor a face sul da concavidade. Já sei que eles estão vindo: sinto o ar mais frio, de um modo mais profundo do que o simples efeito do vento e da chuva. Presunto está puxando sua cabeça fina para trás, tentando escapar da coleira.

Elza se levanta, pingos de tinta em sua calça.

— Feito!

— Ótimo, agora dê o fora daqui.

— Consegue sentir alguma coisa? Funcionou?

— Sim. Dá para sentir.

Aparentemente, nada mudou. Ainda estou parado pegando chuva e vento em uma parte remota dos bosques que ficam em volta de Dunbarrow, enfrentando a morte com um canivete e um hamster comprado em uma loja. Mas me sinto diferente, mais importante. Sinto como se estivesse em um palco e alguém acabasse de ligar o holofote. O que eu faço dentro do círculo mágico importa; seres de fora do nosso mundo serão capazes de me ver, me notar. Meu sigilo está brilhando vigorosamente no meu dedo, queimando mais forte do que nunca, enviando ondas de frio pelo meu braço e para dentro do meu peito.

Presunto escapa da coleira e dispara para os bosques, uivando.

— Presunto! Merda! — grita Elza.

— Elza, dê o fora daqui! Eles estão vindo!

Há um movimento nas árvores. Posso ver o vapor da minha respiração no ar. Há gelo cobrindo a superfície de plástico da caixa do hamster e se formando sobre as próprias pedras.

— Uma última coisa! — grita Elza.

Ela arremessa uma garrafa de óleo de cozinha, depois põe nossa mochila nos ombros e corre para o bosque, seguindo os latidos de Presunto.

Algo vem voando da floresta, ao sul das Pegadas. O Prisioneiro, olhos brancos revirando, flutuando sobre o musgo e as samambaias a uma velocidade assustadora. Ele me ignora e cruza a cavidade em um instante, olhos atentos à abertura entre as árvores por onde Elza desapareceu. O Juiz o segue, sem olhar para mim, jeans enrolados até o meio das canelas, revelando suas botas vermelhas. Os dois espíritos estão maiores e mais vívidos, brilhando como letreiros de neon. Seria impossível confundi-los com os vivos esta noite. Os fantasmas se dissolvem na chuva e na escuridão e desaparecem, perseguindo Elza. Dizer que estou com o coração na boca não chega nem perto de descrever a sensação. Parece mais que cada órgão está tentando abrir seu próprio caminho e escapar pelo meu rosto. Presunto ainda está ganindo no bosque, suas latidas cada vez mais fracas diante do barulho da tempestade.

Tiro o roedor de dentro da caixa. Seguro-o em cima da pedra mais chata e derramo o óleo na cabeça dele, que se contorce em minha mão. O óleo escorre de seu pelo marrom macio e cai nos meus dedos. Posso ver mais alguma coisa se movendo na floresta. Meu sigilo está zumbindo com o poder, espalhando tamanho frio que parece que mergulhei no Oceano Ártico. Fecho meus olhos, as páginas do *Livro dos Oito* aparecendo na minha mente tão claras que parece que estou olhando para elas. Vejo as palavras de que preciso, as palavras que transformarão meu ato de crueldade em algo mais, palavras que tornarão minha faca poderosa. O hamster luta.

— Desculpe, amiguinho. *Eu doravante dedico este sacrifício a Satã, nosso pai sombrio. Por favor, aceite esta besta ungida e o sangue que derramarei por você. Venha para mim agora, nesta hora de maior escuridão.*

Meu sacrifício guincha em minhas mãos. Olho para seu rosto peludo aterrorizado. Nunca matei nada antes. Quer dizer, já esmaguei insetos e coisas do tipo, mas isso é diferente. Formigas não têm rosto.

— Olha, eu sinto muito. É você ou eu. Sem ressentimentos.

O hamster está se contorcendo. Miro a faca na barriga dele. Acaricio o ponto sobre seu estômago e ele olha para mim com seus olhos negros desamparados. *É um hamster, Luke. Pode matá-lo para se salvar. Elza pode estar morrendo neste instante. Não pode recuar agora. E os animais que morrem nos abatedouros todos os dias? Você come aqueles hambúrgueres e mal pensa nisso. Qual a diferença disso para você mesmo matar algo?*

O restante da minha Legião se aproxima da concavidade, esgueirando-se perto das pedras e da borda do meu círculo mágico. O Pastor aparece primeiro, mais alto e mais pálido do que nunca, as lentes de seus óculos brilhando como lanternas. O Oráculo vem atrás, segurando o Inocente em seus braços. O Herege aparece em seguida, cantando calmamente, as chamas sem calor queimando de seu corpo murcho. Não vejo a Fúria nem minha mãe em lugar algum.

— E aqui estamos, finalmente — diz o Pastor.

Continuo segurando o hamster e a faca, o sigilo queimando minha mão, meu olhar fixo no dele. Ele está a poucos passos de mim, bem na ponta do círculo mágico. Passa a mão na barba.

— O Rito das Lágrimas, se não estou enganado? — continua.

Não digo nada. Sei que ele não pode cruzar a fronteira do círculo. Que a qualquer momento posso fazer meu sacrifício e completar o rito. Ainda estou no controle. Mas primeiro quero saber onde está minha mãe.

— Tenho que admitir um certo respeito relutante — diz o Pastor. — Você recuperou o domínio de sua casca terrena, o que é mais do que eu esperava. O fato de estar tentando realizar o ritual indica que descobriu como acessar o *Livro dos Oito*. Impressionante. Um ato condenado ao fracasso, mas impressionante.

— Condenado? Posso completar o rito assim que quiser. Só estou ouvindo você porque quero saber o que aconteceu com a minha mãe.

— Sua mãe está viva, posso garantir. Estará conosco em breve. E não acredito que terminará o ritual, senão já teria feito isso.

Meu sacrifício nem está mais lutando. Está tremendo na minha mão, o coração minúsculo batendo como um cronômetro.

— Um tanto absurdo — prossegue o Pastor. — Fui ensinado a matar assim que aprendi a andar. Você tem a coragem e a vontade, mas falta a crueldade. Sua amiga bruxa está morrendo enquanto conversamos, mas você não consegue reunir forças para derramar o sangue de um mero animal. O contraste entre você e seu pai é notável. Havia muito pouco que o pequeno Horatio não estivesse preparado para sacrificar.

— Não foi culpa deles — digo, olhando para o roedor, pensando em Presunto, Elza, Holiday e minha mãe. Eu coloquei minha assinatura no contrato de Berkley. Fui eu quem trouxe tudo isso para a minha vida.

— Não — diz o Pastor. — Mas, para o necromante, a questão do quem "merece" o quê não se aplica. Os homens merecem apenas o que estão preparados para tomar.

Corte a garganta dele. É um animal. Se Elza morrer lá na floresta...

— Você não sabe o que eu sou capaz de fazer — digo ao Pastor.

— Não. Imagino que ninguém saiba. E é por isso que não vou me arriscar.

Uma mão fria agarra minha perna esquerda, apertando com a firmeza de um torno. Estou tão surpreso que não consigo nem gritar. Pulo para a frente, caindo com tudo na pedra mais baixa. Deixei cair a faca e o hamster, que já está fugindo para a escuridão, completamente perdido. Sem um sacrifício, é impossível concluir o ritual. Falhei. Minha consciência me conteve e eu falhei. Estou arranhando a pedra na minha frente, tentando me levantar, chutando para me libertar da mão segurando minha perna. É uma pessoa real, não um fantasma, mas como...

Liberto-me com um chute e fico de pé, cambaleando, virando o corpo para ver quem está me atacando. Uma cabeça humana, braços e ombros estão se levantando da terra remexida no centro das Pegadas do Diabo. A criatura está completamente sufocada pela lama preta e densa, apenas os olhos realmente visíveis. Seu cabelo está emplastrado na cabeça. A pessoa se ergue ainda mais do solo, torso se libertando da lama, olhos fixos nos meus.

— A Legião de um homem não pode feri-lo, mesmo no dia do poder dos mortos — diz o Pastor. — Mas, se a mulher que lhe deu vida for suficientemente influenciada, ela pode ser usada para acabar com ele e romper a ligação com a Legião. É uma mágica antiga, raramente evocada. Em geral, um necromante mata sua mãe quando chega à vida adulta para evitar que ela seja usada como instrumento para tal. Então, como vê, Luke, não podemos entrar no seu círculo mágico. Mas você não vai sair dele.

Minha mãe terminou de se libertar do chão. Ela se levanta, coberta de terra da cabeça aos pés. A Fúria me encara com júbilo no olhar. A chuva bate em nós dois, mãe e filho. Para eles conseguirem usá-la assim...

Viro o rosto para o Pastor, ciente de que estou prestes a morrer, e uma onda de raiva passa por mim e pelo meu sigilo, que queima o meu dedo, e minha raiva ganha forma e força graças ao anel preto, uma onda de poder que atinge o Pastor no peito. O fantasma se incendeia, fogo branco explodindo dentro de seus olhos e de sua boca, linhas brancas de força que cortam sua carne espiritual, e ele grita de dor. Por um momento, acho que descobri algo que ele não esperava, alguma força para a qual eles não estavam preparados, mas então o corpo da minha mãe me acerta com força por trás, me derrubando em cima da pedra plana. O poder percorrendo meu sigilo se vai tão rápido quanto surgiu. Tento me endireitar novamente, tento direcionar meu poder para o demônio dentro do corpo da minha mãe, mas, enquanto tento fazer isso, sinto um golpe firme no meu estômago. De início, penso que ela me deu um soco, mas então percebo, com uma dor que parece que engoli o sol, que fui esfaqueado.

O corpo lamacento da minha mãe está tenso sobre o meu, seus olhos arregalados e brancos, cheios de alegria e raiva, seus dentes arreganhados, uma mão segurando minha garganta, me mantendo preso. A chuva açoita nós dois. Ela pegou a faca que eu ia usar no hamster, e, enquanto tento empurrar seu rosto, dedos deslizando na sujeira, ela me esfaqueia mais três vezes, dessa vez entre as costelas.

Estou enfraquecendo. A dor é tão insistente que começa a se tornar sem sentido. Sinto vontade de descansar. O corpo dela recua e fico largado deitado na mais plana das pedras, a chuva caindo fria e pesada no meu rosto.

O Pastor aparentemente se recuperou, e ele e o Oráculo estão de pé sobre mim agora, o corpo da minha mãe ao lado deles. Gostaria de fechar os olhos. Realmente estou morrendo. Sinto como se estivesse me sentando no assento de um avião que está a ponto de decolar. O Pastor parece mais fraco, mais apagado, e não brilha mais com a mesma intensidade. Quero erguer meu sigilo e queimá-lo de novo, mas não consigo nem mexer o braço.

— Foi como vi — diz o Oráculo por trás de seu véu.

Ela soa triste. O Pastor não diz nada. Olha para mim com fascínio insaciável. Fico me perguntando qual o gosto de sua vingança.

O céu completamente escuro de momentos atrás parece estar se enchendo de estrelas.

12

O PAÍS DESCONHECIDO

Tenho seis anos, e meu pai está saindo de casa. Sento-me no corredor e observo enquanto ele se atrapalha com as malas. Minha mãe está no quarto. É estranho que ele decida sair desse modo, no meio do dia, enquanto estou acordado. É como se ele quisesse que eu me lembrasse.

Meu pai se estica até a metade da escada e diz tchau, estendendo a mão para mim. Ele está usando uma camisa azul e uma gravata vermelha com bolinhas. Em seu dedo há um grande anel preto. A mão dele envolve a minha, sua palma áspera como casca de árvore.

— Cresça bom — diz ele, depois se vira.

Desce novamente a escada e fecha a porta atrás dele. Ouço o murmúrio monótono de seu carro saindo da nossa entrada. Nunca entendi o que suas últimas palavras significavam.

* * *

Meu nome é Luke Manchett e tenho dezesseis anos. Acho que estou morto. Estou de pé nas Pegadas do Diabo, olhando para o meu corpo, que está deitado na mais plana das três pedras. Está tudo silencioso. Estou cercado por uma névoa cinza e não consigo enxergar o Pastor nem os outros fantasmas. Estou sozinho aqui.

Quando olho para mim mesmo, meu eu espiritual, não há ferimentos nem sangue. A única coisa incomum é que existe uma corda branca e fina, quase invisível, saindo do meu umbigo e me conectando ao corpo deitado na pedra plana. Ela parece uma teia de aranha ou, talvez, um fio solto de algodão. Pego-a nas mãos. O fio está quente.

— Não faria isso se fosse você.

Há um homem ao lado da maior das três pedras. Ele é alto, tem o queixo proeminente e um bronzeado profundo. Seu cabelo tem um tom branco frio. Está penteado para trás com gel, afastado de seu rosto. Ele tem uma barba curta e elegante e veste um terno cinza cor de lobo com uma camisa de um profundo azul da meia-noite.

— Sr. Berkley?

— O fio é extremamente delicado — prossegue o advogado do meu pai — e rompê-lo traria consequências graves a você.

— Onde estamos?

— Este é um lugar de passagem — diz o sr. Berkley. — Uma espécie de fronteira entre o que eu acredito que você chame de "Lado Vivo" e "Lado Morto".

— Então estou definitivamente morto desta vez.

— Ainda não está morto, meu rapaz. Seu destino não está traçado. Esse cordão esguio ainda prende seu animus ao seu soma. Se estivesse fazendo uma viagem astral intencional, ele se pareceria mais com uma corda grossa do que um fiapo.

— Também está morto, sr. Berkley?

— Nunca me preocupei com isso.

— Mas o que está fazendo aqui? Você trabalha para o Pastor?
Berkley ri.

— Não sou um servo dele.

— É o meu guia espiritual?

— Não sou seu guia espiritual. Por favor. Sei que teve uma experiência traumática, meu jovem, mas você é extremamente lento para captar as coisas. Vamos tentar um pequeno exercício de raciocínio. Algum pensamento crítico. Primeira pergunta: você foi mortalmente ferido durante qual ritual de magia negra?

— O Rito das Lágrimas.

— Correto. Então minha segunda pergunta é: quais são a natureza e o propósito do ritual que estava realizando?

— O objetivo era evocar o Diabo. Mas eu falhei.

— Não seja tão duro consigo mesmo. Não descreveria isso como uma falha.

— Mas eu não... ah. Ah!

O sr. Berkley abre um sorriso de dentes brancos e pontiagudos.

— Fui evocado e aqui estou.

— *Você* é o Diabo?

— Sou ele: Satã, Lúcifer, Asmodeus, Belzebu, Abadom, Príncipe das Sombras, Pai da Mentira e muitos outros títulos menos conhecidos. Não vou aborrecê-lo destrinchando-os como um grande tapete apodrecido. Temos negócios para tratar.

— Mas o ritual falhou. Meu sacrifício fugiu.

— O óleo não ungiu tanto a criatura quanto sua própria mão? O seu próprio sangue não foi derramado dentro dos limites do círculo? Não faço distinções quanto à natureza precisa da oferta.

— Eu... ah.

— Acredito que tenha um favor para me pedir.

O Diabo está ajeitando o cabelo com a mão.

— Eu quero... Sr. Berkley, senhor, eu gostaria que a Legião Manchett fosse dispensada dos meus serviços. Gostaria que a levasse com você para o Lado Morto.

Não estamos mais nas Pegadas do Diabo, percebo. Estamos perto de um muro vasto de pedras que está desmoronando, se estendendo além do que meus olhos alcançam. O chão sob meus pés é de flores arroxeadas, secas e sem vida. A névoa fria está por toda parte. Vejo uma porta de madeira na lateral do muro, pintada de verde-claro. O Diabo mexe em suas unhas.

— Tem certeza de que é esse o pedido que deseja fazer? De todas as coisas que posso conceder, é isso que deseja?

— Sim. Com certeza.

— Farei o que me pede, Luke Manchett. Não há um preço.

— Obrigado.

— Aperte minha mão e assim será feito.

Ele estica uma mão de dedos longos, uma expressão ligeiramente entediada no rosto. Sem hesitar, eu a seguro e damos um aperto firme. Sua pele não parece diferente da de qualquer outra pessoa, mas quando sua mão se afasta da minha vejo que não há linhas em sua palma.

— É isso? — pergunto.

— Eles estão vindo.

Fico quieto e espero. A porta ao lado da parede se abre, revelando uma passagem estreita e escura. Um vento sopra vindo da abertura.

Após o que podem ser minutos ou horas, alguém sai da neblina, um homem pescoçudo e esguio. O Juiz caminha na minha direção de cabeça baixa. Suas botas produzem estalidos abafados enquanto esmaga as flores no solo. Ele para diante de mim e olha para o chão.

— Chefe — diz ele.

— O que você fez com a Elza?

— Nada, chefe, acredite em mim!

— O que aconteceu com ela?

— Nada. Não sei! Só fingi que a perseguia, certo?

— Ela está viva?

— Não sei! Tem que acreditar em mim! Não me mande embora, chefe, eu fiz a coisa certa. Ajudei você da melhor forma possível, não foi?

— Você "fingiu" perseguir a Elza... mas, até onde sabemos, ela está morta. Você não ajudou. Você ia deixar eles me matarem — digo. — Se eu não tivesse descoberto como usar o Livro, teria ajudado eles a fazer isso. Você é um oportunista, escolhe sempre o lado mais forte. Certo?

— Jamais, chefe, juro pela minha alma. Não sou um maldito oportunista!

— Sinto muito — digo.

— Para onde eles estão me mandando? — pergunta ele. — Aonde estou indo?

— Para a escuridão, é claro — diz o Diabo.

— Não! Chefe, Luke, por favor, não me obrigue! Não quero...

— E vai mesmo assim — diz o Diabo, suspirando. — Você me pertence. A Legião Manchett foi quebrada, o pacto está feito, e sua punição já está preparada. Agora cruze o limiar.

— Você prometeu — fala o Juiz, olhando para mim. — Prometeu que eu não ia para o inferno. Você é igual ao seu pai. Sempre prometendo. Exatamente igual.

Ele se afasta de mim e, após alguma hesitação, caminha em frente, passando pela porta escura. O som de seus passos desaparece.

Vem um período de silêncio cinzento. O Oráculo flutua da névoa em seu vestido branco, parando para passar seus braços finos e frios em volta do meu pescoço e me beijar na bochecha por sobre o véu. Ela desaparece na passagem escura sem falar nada. Agora o Herege caminha adiante, ossos flamejando e soltando faíscas, recitando sua litania estúpida. Ele passa entre nós e seu fogo se extingue.

Nós aguardamos. O Pastor aparece, seu terno parecendo desbotado na luz cinza, mais para o carvão do que para o preto. Ele segura seu chapéu grande nas mãos e se move a passos arrastados, como um coxo. Percebo que está apavorado.

— Octavius — diz o Diabo, enquanto o Pastor se aproxima mancando. — Que bom vê-lo novamente. Senti falta da sua companhia.

— Não vou implorar — avisa-nos o Pastor. Ele está sem seus óculos espelhados. Encaro-o, e seus olhos parecem piscinas de alcatrão.

— Ninguém está pedindo isso — diz o Diabo.

— Luke — diz o fantasma, se aproximando de mim. — Você é um idiota. Já fiz acordos com esse ser, e isso foi minha danação. Não pode imaginar...

— Vocês não me deixaram outra opção — digo. — Eu não queria uma Legião. Se você não estivesse obcecado com a sua vingança, eu teria *deixado* vocês todos irem embora. Mas você fez minha mãe me matar e depois ficou me observando morrer. Conseguiu a sua vingança. Agora é a minha vez.

— Acha que o Bode Negro atendeu ao seu pedido por causa da bondade em seu coração? Ele não tem nenhuma! Está se iludindo. Sempre há um preço. Este é o fim para nós dois — esbraveja o Pastor.

Não respondo nada. Ele pode estar certo ou pode estar tentando me assustar uma última vez. De qualquer maneira, não posso mudar o que está acontecendo agora.

— Se pudermos andar logo com isso — interrompe o Diabo.

O Pastor fica parado no limiar da passagem, murmurando consigo mesmo, e então o Diabo pigarreia e o Pastor cambaleia para dentro da escuridão. Seu cabelo branco permanece visível por um momento. Uma mancha brilhante, então desaparece. Enquanto ele parte, percebo que venci. A Legião está indo embora, acabou. O Pastor se foi para a escuridão, para o inferno, e eu continuo aqui.

Esperamos. O Diabo cutuca suas unhas, brinca com seu relógio de bolso dourado. Mais um pouco e a forma fumegante do demônio aparece vinda da neblina, carregando o Inocente em seus braços negros e magros. A horrível cabeça de cachorro da Fúria está inclinada para baixo, como Presunto quando faz bagunça no carpete. O Diabo se põe na frente da passagem enquanto eles se aproximam, erguendo suas mãos compridas e sem linhas.

— Deveras decepcionante, minha criança.

A Fúria se encolhe.

— Tentar escapar para o Lado Vivo, renascer entre os mortais — diz ele. — Sabe perfeitamente minha opinião sobre esses assuntos. Perfeitamente... — Ela se encolhe mais. — Não vamos discutir isso na frente de estranhos. Mas, por favor... Eu não deveria dar as boas-vindas a um parente desse jeito. Saiba que será perdoada no devido tempo.

O Diabo coloca as mãos na cabeça escura do demônio e afaga seu focinho com o dedo. Ele chega para o lado, e a Fúria segue com raiva pela passagem, o bebê gentilmente aninhado em seus braços com garras. O demônio se inclina para poder passar.

A Fúria nem me olha.

Você não me reconhece?, pergunta o Inocente enquanto é carregado pelo túnel.

A porta verde se fecha com um estalido suave. O Diabo está esfregando uma mão na outra, olhando para o espaço. Eu pigarreio.

— Hum, só tem seis aí.

— Sei disso.

— Bem...

— Seu Vassalo foi consumido. Ele não existe mais.

— Não tem como...?

— Se eu esculpisse barro a partir da terra e o cozesse na forma de um pote, depois mostrasse o pote a você e perguntasse onde está meu barro, o que me diria?

— Ele era um bom sujeito... Não merecia o que aconteceu.

— Você me diria que o barro se transformou, tornou-se outra coisa. O processo de ser queimado, no forno, mudou-o para sempre.

— E o Prisioneiro?

— Esse esfomeado já estava além do meu alcance quando o seu ritual foi concluído; por isso, não posso obrigá-lo a atravessar. Mas ele não está mais ligado a você.

— Como assim? O que aconteceu com ele? E quanto a Elza?

— Não sei quem é essa "Elza". Acredito que me confundiu com o meu oposto. Não fico prestando atenção onde cada pardal cai. Observo apenas os que me divertem.

— Certo — digo.

Se eu consegui me livrar da Legião, mas perdi Elza, Presunto e minha mãe... Não quero nem pensar nisso. Eles têm que estar vivos. Quando eu voltar, sei que estarão me esperando.

O muro desapareceu, e estou de pé com o Diabo em uma praia cinzenta e solitária. Ainda há névoa pesada ao nosso redor, obscurecendo o oceano. Posso ouvir o marulho fraco das ondas. Olho para meus sapatos.

— O que acontece agora? — pergunto a ele.

— Isso está nas suas mãos.

— Posso voltar?

— Você não morrerá hoje, Luke.

— Obrigado.

— Não garanto nada sobre amanhã ou qualquer outro dia. Mas hoje não.

— Então *posso* voltar?

— É claro — diz ele, abrindo um sorriso branco incrivelmente radiante. — Mas tem uma coisinha que eu gostaria que fizesse para mim antes. Um pequeno favor.

— Você disse que não haveria um preço.

— Sou o Diabo. Um mentiroso. Luke, meu preço é simples: tem alguém que deseja falar com você. Você vai falar com ele. Só isso.

Uma silhueta caminha pela névoa na nossa direção.

— E quem é esse vindo aí? — indaga Berkley para si mesmo.

A silhueta emerge lentamente, cabeça baixa olhando para a areia cinza. É um homem vestindo um terno branco e uma camisa roxa-clara. Ele é calvo no topo da cabeça, mas o que resta do seu cabelo escorre para além dos ombros. Suas mãos estão cheias de anéis.

Tenho cinco anos e estou vendo a neve na nossa antiga casa. Os azulejos da cozinha são de um tom quente de laranja. Estamos no inverno, e estou na ponta dos pés para enxergar por cima do parapeito da janela. O jardim se transformou em um cenário surreal de curvas e contornos. De tão branco, o céu está invisível, e os flocos caem em amontoados gorduchos. Subo me arrastando pela escada até o escritório do meu pai; estou usando uma calça verde para neve. Ele sorri, larga seu livro sem que eu precise pedir, e corremos os dois pela neve.

Nossos bonecos de neve sempre foram assimétricos. Eu fazia a base, e ele, o topo. Eu enrolava uma bola grande e torta e depois continuava formando aglomerados de neve pesada nas laterais, onde eu achasse necessário. Quando se tratava de bonecos de neve, meu pai era um artesão. Ele ficava uma eternidade trabalhando na cabeça, deixando-a tão perfeita que parecia ter vindo de um molde de fábrica. Arrumava os olhos de carvão e a boca com o mesmo cuidado. Ele diz que vai pegar um chapéu, um cachecol, e uma cenoura para o nariz e sai pelo jardim a passos largos. A neve está tão pesada e branca que ele desaparece antes de chegar na metade do jardim, e fico preocupado pensando que talvez ele não consiga voltar.

Meu pai fica parado bem na nossa frente e se ergue em toda a sua altura. Ele me encara e realmente consegue sorrir, então dá um passo na minha direção, mãos estendidas. Dou um passo rápido para trás e meu pai vacila, baixando o braço. O Diabo fica onde está, olhando ansiosamente de um para o outro.

— Luke... meu filho.

— Não — digo. — Nem se atreva.

— Meu filho.

— Não vou tocar em você!

— Muito bem. — Meu pai ajusta a gola da camisa roxa. — Tinha esperanças de que pudéssemos agir como adultos, Luke, mas, se você ainda quer se comportar como uma criança, então imagino que não possa impedi-lo. Nem todo mundo tem a chance de falar com o pai depois que ele morre, sabia? Tive que cobrar vários favores para me darem a permissão de encontrá-lo desta maneira.

O Diabo ergue uma sobrancelha branca ao ouvir isso, mas não diz nada.

— Nem todo mundo tem a chance de falar com o pai depois que ele morre? — digo. — E quando você estava vivo? Por que não podíamos nos falar naquela época? Onde você esteve? Não vai nem fingir estar triste?

— Me desculpe, Luke. Sinto muito por não ter sido parte da sua vida. Isso foi inevitável.

— Dez anos, eu mal recebia cartão de aniversário, e aí descubro que você morreu, e seu advogado, que por um acaso é o Diabo de verdade, me engana para herdar uma Legião de espíritos perigosos e furiosos que tentam ao máximo fazer com que eu, seu filho, também morra, e agora você está aqui para uma última conversa e está me dizendo que eu deveria me sentir *agradecido*? Está falando sério?

— Não posso negar que houve alguns eventos na minha vida que não saíram exatamente como o esperado. Especialmente nas últimas semanas. Dei o melhor de mim para entrar em contato com você quando estava envolvido com as coisas. Não foi fácil. Minhas formas de comunicação estavam restritas. — Ele se interrompe, olha para o Diabo. — Você vai perceber que também comete erros, Luke. Faz parte de ser adulto. Tem que viver a vida que tem, em vez da vida que queria ter.

A maré invisível se agita e sopra em algum lugar da névoa. Então o sonho que tive... realmente era ele. Ele tentou me ajudar de fato.

O rosto do meu pai está com uma aparência terrível, inchado e pálido, com manchas vermelhas no nariz e nas bochechas. Seus olhos estão muito vermelhos, e ele tem rugas até nas rugas. Está tentando soar raivoso, mas suspeito de que tem medo de mim ou do Diabo, talvez até dos dois.

— Então, qual foi exatamente a sua vida, pai? Qual era a vida que você queria? Quem é você, afinal?

— Um necromante — diz meu pai. — Sou um necromante. E, por ter chegado tão longe, por ter começado a usar o *Livro dos Oito* e meu sigilo, você também tem os ingredientes para se tornar um. É uma pena que tenha escolhido dispersar minha Legião. Se fossem dominados, eles poderiam levá-lo longe.

— Acho que não — digo. — O único lugar para onde eles pareciam querer me levar era um túmulo. O Vassalo foi o único que tentou me ajudar, e seu demônio o comeu. Há quanto tempo você tem a Legião? Por que a conjurou?

— Uma pena — diz meu pai. — Sempre gostei do Vassalo. Seria bom se você tivesse... Não importa. Comecei a amarrar a Legião Manchett nove anos antes de você nascer. Precisa entender que não conjurei os oito espíritos de uma vez. Leva tempo para descobrir qual se adapta melhor a qual função. E por que eu comecei? Nós temos tempo para isso?

Meu pai olha para o Diabo, que está observando a névoa.

— Tempo o suficiente — responde o Diabo.

A respiração do meu pai é pesada. Ele passa o polegar no maior e mais escuro anel em seus dedos, que eu reconheço como o sigilo, o anel que também estou usando. Presumo que seja apenas a imagem espiritual do anel, parte de seu fantasma, assim como o terno e os sapatos.

— Começa com a descoberta de um túmulo, o que é bem apropriado — diz meu pai. — Eu era pouco mais velho do que você é agora, trabalhando no verão em uma obra. Estávamos cavando os alicerces de um novo centro comercial, e eu tive o... infortúnio de perfurar algo que deveria ter sido deixado quieto. Um túmulo, uma câmara estranha que continha um único esqueleto vestindo um terno preto. Preso nas mãos dele havia um livro de capa verde preso com fechos de prata, e um anel com uma pedra preta estava em um de seus dedos. Você já está familiarizado com esses objetos. Havia algo neles... Eu os peguei. Ainda não sei por quê. Eu os escondi, chamei o contramestre e, depois disso, eles trouxeram os arqueólogos... Era um túmulo curioso; cada parede coberta com escritos, símbolos estranhos, uma linguagem que ninguém no museu entendia.

"A partir daí, minha vida meio que deu uma guinada inesperada. Não consegui abrir aquele estranho livro verde, e o negociante de livros antigos que contatei se recusou a dar uma olhada nele. Quando viu a estrela gravada na capa, foi embora da reunião sem dizer mais nada. Após essa ocorrência estranha, comecei a sentir que uma mortalha terrível havia caído em cima de mim. Sentia frio o tempo todo. Não conseguia me esquentar. Vislumbrava um rosto nos vidros das janelas, um rosto morto no meio de multidões, uma sombra que não era projetada pela luz, mas por alguma escuridão maior. Acordava com geada nas minhas janelas, marcas estranhas desenhadas por mãos invisíveis nas minhas paredes... Um medo como nunca havia sentido. Procurei a ajuda de um espiritualista profissional, mas, quando percebeu a entidade que me assombrava, ele devolveu o pagamento e se recusou a continuar me ajudando. Nesse estado de desespero recebi uma visita.

"Ele se apresentou como um advogado, um sr. Berkley. Disse que também era um especialista em assuntos sobrenaturais e que tinha sido alertado sobre meu caso pelo negociante de livros antigos que abordei. Me levou para jantar e conversamos."

— Um vinho terrivelmente medíocre, pelo que me lembro — comenta o Diabo.

— Ele me convenceu de que o mundo espiritual existia, de que eu havia perturbado algo terrível dentro dele. A tumba tinha sido violada de maneira irreversível, e eu não tinha qualquer esperança de apaziguar o espírito, permitindo que seu corpo voltasse a descansar. Minha única esperança era fazê-lo servir à minha vontade. Ele me explicou o uso do livro que eu havia encontrado e falou do anel preto, meu sigilo. Com a ajuda de Berkley, eu capturei o espírito, apesar de ele ser muito poderoso, e senti que seu poder agora era meu. — Os olhos de meu pai se avivam pela primeira vez, quase melancólicos. — O espírito se revelou completamente para mim, um homem velho e murcho de olhos pretos como poços de petróleo. Berkley me disse que o espírito era o resquício de um poderoso necromante chamado Octavius. Acredito que já se conheceram.

— Sim — digo com um arrepio.

— Octavius se tornou meu Pastor, o primeiro da minha Legião. Aquilo foi um insulto terrível a ele, não havia confiança ou amor entre nós. No começo, eu o mantive firmemente preso longe de mim. Não podia libertá-lo por temer pela minha própria vida. O fantasma também tinha, suponho, uma influência sobre mim.

— Poderia tê-lo banido para a morte verdadeira — comenta o Diabo. — Os meios para tal estavam no *Livro dos Oito*, se tivesse olhado.

— Eu sei — diz meu pai. — Eu queria.... Eu senti o poder dele. Não era mais um homem comum. Queria mais. A ideia de voltar a ser só um operário, arrastando tijolos para ganhar a vida... Eu sabia que estava destinado a algo maior.

— E foi por isso que o escolhi — diz o Diabo calmamente. — Por isso me entretinha tanto.

Sento-me na areia cinza. Não sei o que pensar da história do meu pai. Pego um punhado de areia: fria e, de algum modo, sem luz, a cor de um crepúsculo de inverno. Meu pai tropeçou em algo cujo perigo ele não entendia e recorreu a medidas desesperadas para tentar se livrar disso. Posso entendê-lo até esse ponto. Nunca pensei que compraria um hamster para sacrificá-lo a Satã. O que ainda não entendo é como ele terminou sendo uma estrela de TV com um casamento rompido.

— E quanto a mim e minha mãe? Onde nos encaixamos nisso? — pergunto.

— Um ano se passou. Comecei a falar com o Pastor e aprendi a conhecê-lo e dominá-lo. Começamos a viajar juntos pelo país. De início, eu estava trabalhando como um exorcista. O Pastor... levava jeito com assombrações. Geralmente ele conseguia persuadir os espíritos a fazer a travessia. Comecei a me tornar conhecido. Sua mãe..., Perséfone, sempre foi muito espiritualizada. Talvez mais interessada no que ela não podia ver do que naquilo que podia. Nos conhecemos em uma feira psíquica. Foi amor real, um casamento de verdade. Tenho certeza de que ela mesma lhe contou essa parte.

— Sim — digo.

Minha mãe nunca falou muito sobre ele, mas sei que seus olhos se encontraram enquanto ele estava lendo a aura dela. Penso nela se erguendo do solo nas Pegadas do Diabo, a faca entrando no meu estômago.

— Ela nada sabia sobre a verdadeira natureza dos mortos, é claro. Não tinha a clarividência. Descrevi o Pastor como um espírito-guia benevolente, o que o deixou extremamente furioso. Enquanto isso, minha reputação aumentava e também minha Legião. Comecei a me corresponder com um necromante escandinavo chamado Magnus Ahlgren, que me fora recomendado pelo sr. Berkley. Sob orientação de Ahlgren, passeei pelos cemitérios da Europa, prendendo santos e assassinos à minha própria alma. Ao mesmo tempo, capitalizei minhas façanhas, assinando o contrato para a minha primeira série de TV um ano antes do seu nascimento. Foi uma inovação que me deixou particularmente orgulhoso. Comecei a ganhar um bom dinheiro, embora a essa altura o dinheiro não fosse meu maior desejo. O Pastor me disse que tinha vivido mil anos e que um homem ligado a uma Legião inteira de oito espíritos conseguiria viver muito além do que seria natural. Fiquei obcecado. Sua avó morreu de câncer quando eu era jovem... Meu pai morreu da mesma maneira. Estava determinado a superar isso, superar a morte. A viver para sempre... Sua mãe não sabia de nada disso, é claro.

"Comemorei seu nascimento, Luke, mas também senti medo. Eu tinha inimigos. A necromancia é uma arte antiga com um pequeno grupo de adeptos, e muitos deles não ficaram felizes com um novato realizando exorcismos em frente às câmeras. Eles disseram que era indigno, desprezível. A guerra mágica começou poucos anos antes de você nascer. Ahlgren, meu único aliado, foi subjugado. As velhas linhagens da Rússia, filhos de Rasputin... Eu tive que abandonar você. Não podia arriscar permanecer sob o mesmo teto da minha esposa e do meu único filho. Quando a guerra acabasse, eu pretendia voltar. Juro."

— E você não os provocou? — pergunto. — Jura que não foi culpa sua? Realmente só foi embora para nos proteger? Como você morreu? Algum outro necromante chegou a você?

— Eu queria voltar, mas nunca tive a chance. Como eu disse, é preciso viver a vida que temos.

— Mas... você não sabia que, se morresse, eu herdaria a Legião? Quando pensou que seria um bom momento para me contar sobre isso?

— Eu realmente esperava viver mais do que você. Acreditava que enterraria meus tataranetos. O Pastor jurou que tinha visto a ascensão e a queda de Roma com os próprios olhos. Acreditei que fosse imortal; escrevi um testamento como mera formalidade. Minha morte... não veio pelas mãos de um inimigo. Eu não a previ. Comendo sozinho, engasguei com um pedaço de bife. A Legião não me ajudou. Meu Oráculo não havia me alertado. Eu não podia usar minha voz, não podia dar ordens a nenhum deles. O Pastor me observou enquanto eu morria e prometeu que sua vingança seria cobrada do meu filho, e então... Berkley e seus ajudantes estavam em cima de mim.

— Uma morte miserável — comenta o Diabo.

O mar oculto murmura. Não gosto de olhar nos olhos do Diabo: eles estão mais brilhantes do que antes, iluminados por algo além da diversão ou da luz do sol.

— Erros — diz meu pai. — Me arrependo de tantas coisas. Acreditei que tinha um longo tempo para me acertar com você e com Perséfone, mas estava redondamente enganado. Alguns breves momentos nesta costa cinza é tudo o que temos.

O Diabo está limpando seu relógio de bolso com um pano pequeno. Parece brilhante e perfeito para mim, mas ele continua polindo a face do cristal do relógio com movimentos circulares uniformes.

— Tenho uma pergunta — diz o Diabo, sem tirar os olhos do que faz. Meu pai engole em seco. — Seu relato está correto, Horatio, exceto por alguns detalhes. Você exagera a duração da guerra que travou com os necromantes do leste. Posso perdoá-lo por ignorar o fato de que seu bom amigo Magnus Ahlgren morreu por ordem sua. Você temia a traição dele, e com toda razão. Alguns inimigos não vêm armados com adagas, mas com sorrisos. Contudo, alguns detalhes importantes foram omitidos. Nos encontramos em *duas* ocasiões, você e eu, e o segundo encontro aconteceu na casa do próprio Luke enquanto ele dormia. Acredito que o garoto merece saber o que se passou entre nós e por que a guerra dos necromantes terminou naquela noite. Conte-nos o seguinte: por que a guerra terminou? De que jeito venceu as linhagens do leste? E por que, logo depois, você abandonou sua esposa e um filho pequeno?

Meu pai está pálido, bochechas brancas como a areia.

— Não — diz ele.

— Horatio.

— Não vou, não posso...

— Lembre-se de com quem está falando, Horatio. Não suponha que pode me dizer o que eu posso ou não fazer. Isso seria profundamente estúpido.

— Por favor — pede meu pai.

— Horatio. *Horatio*, você vai parar? Não precisa se ajoelhar. Lembre-se de que você me pertence. A sua vontade não importa. Já tomei minha decisão. Acredito que o garoto mereça saber a verdade.

— Eu só quero voltar para casa — digo. Meu pai está pressionando a testa na areia cinza. — Já tive o suficiente disso por enquanto. Quero ir para casa e ficar com a Elza e com a minha mãe outra vez.

— Paciência, Luke. O feiticeiro tem mais uma história. Conte a verdade a ele, Horatio. Ou eu contarei.

— Por favor... por favor...

— Conte a verdade ao seu belo primogênito.

— Luke... sinto muito.

— Por favor, fale o que está acontecendo. Estou cansado de não saber do que vocês dois estão falando — digo. — Conte a verdade ou me deixe ir embora.

Meu pai se ajoelha na areia, tremendo. O Diabo ergue uma sobrancelha branca, e meu pai pigarreia para falar.

Tenho quatro anos. Estamos no Mediterrâneo, em um barco, e meu pai está me segurando por sobre a borda para eu poder observar a água. Minha mãe está mergulhando, e ele me conta que a mancha roxa reluzente que posso ver embaixo da água é minha mãe. Acho que não acredito muito nele. Minha mãe está sendo cercada por peixes que querem morder o cabelo dela, e o oceano cegante embaixo de mim é um caleidoscópio de formas vermelhas, verdes, alaranjadas e amarelas, rodopiando como folhas em um vendaval.

* * *

Se encarar a neblina nesta fronteira, você pode fingir que está flutuando. Pode fingir que está em qualquer lugar que não aqui. Meu pai está sentado agora, com seus pés apontados na direção do oceano nublado. O Diabo nos observa atentamente.

— Ahlgren era habilidoso e esperto — começa meu pai. — Forte como nossos inimigos. Ele tinha uma Legião completa de oito, enquanto a minha Legião naquela época tinha apenas seis: Pastor, Vassalo, Herege, Juiz, Oráculo, Prisioneiro. Nossa guerra se arrastava, nenhum dos lados conseguia ganhar vantagem. Uma guerra de necromantes é lenta e amarga, sem misericórdia. Éramos como cobras esmagando uma à outra nas profundezas mais escuras do oceano. Cada passo poderia levar anos, e um único erro poderia significar meu fim, o seu fim, o fim de sua mãe... Comecei a ficar com medo de que Ahlgren fosse me trair. Tinha seguido os conselhos e os segredos dele em meus estudos do *Livro dos Oito*, e Ahlgren sabia a construção dos meus feitiços de defesa, os rituais com os quais eu havia me ligado à minha Legião. Ele podia me trair e acabar com a guerra, voltando às graças das famílias do leste. Fui consumido por esse medo. O Pastor e o Juiz me aconselharam a tomar uma atitude decisiva.

"Nessa época, eu já havia compreendido a verdadeira natureza do sr. Berkley, e o evoquei durante o Dia das Bruxas, quando você tinha cinco anos, Luke. Em plena consciência dos meus atos, desesperado, fiz uma barganha com ele, e ele revelou os segredos que se escondiam nas profundezas do *Livro dos Oito*, além do alcance dos meus estudos. Fui capaz de me ligar a um demônio e colocá-lo sob meu serviço...

— A Fúria — digo.

— Sim, *uma sombra com o aspecto de uma besta furiosa*. Havia séculos que nenhum necromante detinha tamanho poder. Com o demônio completamente ligado a mim, eu o enviei contra Magnus Ahlgren, meu antigo aliado. Ele morreu naquela mesma noite. O restante dos meus inimigos caiu em uma questão de dias. Eu era o novo poder entre aqueles que se ligavam aos mortos. Ninguém ousaria me desafiar.

— Pensei que você tinha dito que nos deixou porque não era seguro para nós. Mas você venceu a guerra antes de abandonar a mamãe e a mim?

— Sua mãe e eu já tínhamos nossas diferenças... Eu queria vencer a própria morte, viver para sempre. Perséfone queria abrir um centro de cura com cristais na região central. Estávamos encarando a vida a partir de perspectivas muito diferentes, e...

— Não — diz o Diabo. — Conte tudo.

Meu pai se levanta em um pulo. Ele está bem na minha frente, a centímetros de distância. Eu poderia desenhar um mapa dos vasos sanguíneos em seus olhos.

— Eu tive que fazer! — grita ele. — Não tive escolha! Tive que fazer. Ahlgren poderia ter me traído! Todos nós teríamos morrido — diz ele, andando na minha direção.

— Já disse que não vou encostar em você! — grito.

— Luke... minha decisão teve um preço. Berkley me disse o preço e eu paguei, e continuo pagando desde então. Paguei por me ligar à Fúria há dez anos, e você também pagou o preço.

— Que preço?

— Para se ligar a um dos meus filhos é preciso atingir um equilíbrio — diz o Diabo. — Uma vida precisa ser dada em troca daqueles que estão mortos, mas meus filhos nunca estiveram vivos e tampouco estão mortos. A troca precisa ser feita por um espírito bruto e em estado potencial. É necessário um sacrifício de pureza extrema.

— Não entendo — digo a ele.

— Você... — começa meu pai. — Você devia ter tido um irmão. Eu tive um segundo filho. Ninguém sabia, nem mesmo sua mãe. Berkley, o Diabo, me contou da existência da criança e também me disse como o espírito não nascido poderia ser ligado a mim, usado como um contrapeso na troca. E então eu descobri, já que era tão raro se ligar a demônios. O preço é muito alto. Mas não foi um assassinato. Eu simplesmente extraí o espírito recém-forjado. Seu irmão não nascido continuou sem nascer e se tornou o Inocente. E você viveu sua vida em segurança. Não havia outra maneira...

Tiro meus olhos dele, virando-me para a névoa.

— Não são nossos pecados — diz o Diabo calmamente, quase para si mesmo — que nos permitem criar o vínculo, e sim nossa culpa.

— Tive que pagar o preço — diz meu pai. — O que fiz foi errado, mas precisava ser feito. Pelo menos foi o que disse para mim mesmo na época. Vi-me sozinho em meio à minha própria família, mais à vontade com os mortos do que com os vivos. Cada vez que via o seu rosto, Luke, eu me lembrava do que tinha feito. Perséfone... Sua mãe sofreu efeitos colaterais, efeitos que eu não tinha antecipado. Melancolia, dores de cabeça, apatia persistente. Tirar o espírito da criança dela a machucou de um jeito permanente. Eu sentia claustrofobia, uma culpa sombria... Tinha vencido a guerra, mas parecia ter me perdido. Não havia mais lugar para mim com você e sua mãe. Eu precisava ir embora. Não merecia vocês...

A voz do meu pai desaparece de repente, como um rádio desligado. Ele ainda está de pé conosco na praia, mas agora parece estar imitando uma conversa com mímica. Seus gestos ficam mais frenéticos quando ele percebe que não consigo escutá-lo. Seus olhos estão arregalados, e ele bate em algum tipo de barreira invisível. Eu recuo. O Diabo sorri para mim, sereno, seu terno cinza cor de lobo tão arrumado que poderia ter saído de uma revista. Ele olha para o relógio dourado.

— Seu pai realmente fala demais — diz o Diabo. — Como meu tempo aqui não é infinito, eu o emudeci para podermos conversar. De qualquer modo, a verdade foi revelada. Pai perverso usa o filho que ainda não nasceu em um pacto sinistro para proteger sua família viva. Mais cedo ou mais tarde, a culpa o consome, ele perde a família viva na barganha. Tudo muito interessante. E não posso mentir: me diverti para valer com você nessas últimas semanas, Luke. Lutando obstinadamente para chegar até esse encontro comigo. A Legião de seu pai não foi páreo para você.

— Você queria que isso acontecesse, não queria? — indago.

— É claro. Sua herança foi tudo obra minha. Queria ver como se sairia. Se você entenderia a sequência, descobriria as camadas mais profundas guardadas pelo *Livro dos Oito*. E você conseguiu, com alguma ajuda de Horatio pelas minhas costas. Queria saber se você iria me evocar, a quem você recorreria quando fosse colocado contra a parede. O Pastor quase o venceu, mas você chegou até aqui no fim das contas. Só tive que dobrar as regras um pouquinho a fim de aparecer para você.

— Fez tudo isso só para o meu pai me dizer a verdade?

— Engraçado, não? Eles me chamam de Pai da Mentira. Mas a verdade pode ser bem mais dolorosa.

— Quero voltar — digo a ele. — Me envie de volta. Quero encontrar Elza, minha mãe e Presunto. Já falei com meu pai. Fiz o que você queria. Me mande de volta.

— É claro. — O Diabo sorri. — Mas antes você precisa fazer uma escolha. Tenho uma proposta para você, meu rapaz. Preste atenção.

Encaro seus olhos azuis luminosos. Não há mais nada de humano neles. Não sei como fui capaz de confundir esta criatura com um homem.

— Seu pai, Horatio, pertence a mim, como parte do acordo de longa data entre nós. Acredito que ele tenha imaginado que teria mais algumas centenas de anos antes de eu cobrar minha dívida, mas as coisas não acontecem sempre do modo que planejamos, como ele adora dizer para nós dois. Ele é um pecador, e tenho todo direito de levá-lo comigo para a escuridão. As profundezas mais frias da morte.

Meu pai está batendo o punho contra o muro invisível, gritando algo para mim. Desvio o olhar.

— Você... — começo.

— Deixo essa decisão totalmente com você. Você é filho dele, seu herdeiro, a pessoa por quem ele pecou, ou assim ele diz. Parece-me justo que você decida a punição dele. Posso levá-lo para as regiões sombrias comigo e garantir que ele receba exatamente o que merece. Seria incrivelmente divertido para mim saber que ele foi mandado para lá pelo próprio filho, sangue do seu sangue. Faça isso por mim, e não há limites para o que posso oferecer a você. A fortuna de seu pai será sua. Posso torná-lo rico, poderoso, o maior mago que o mundo já viu. As propriedades de Horatio, seus carros, isso será apenas o começo. Qualquer garota que desejar será sua se você mandar seu pai para a escuridão. Posso fazer isso acontecer.

— Eu...

— Ou posso libertá-lo. Farei isso, se assim desejar. Ele ficará livre para entrar em qualquer vida após a morte que estiver esperando por ele ou assombrar o mundo dos vivos pela eternidade. Isso não seria mais problema meu. Mas saiba de uma coisa: se eu abrir mão dele, isso terá um preço. Você já fez o seu pedido. Você perderá todos os bens materiais de Horatio. Não lhe darei nada. Soltar esse homem, que é meu por direito... isso seria uma troca. Algo para você, algo para mim.

— E se eu deixasse ele ir, qual seria o seu preço?

— Deixo que você decida o valor do seu pai.

— Eu não sei — digo. — Não sei o que você iria querer em troca.

— Quando chegar a hora, você saberá.

Não sei o que dizer. Quero sair correndo pela névoa e nunca mais voltar. Não quero ver nenhum dos dois nunca mais. Estou com tanta raiva que não consigo pensar direito. Meu próprio irmão... Eu tive um irmão. Você compara o seu valor com o de outra pessoa, e a que conclusão chega? Quanto vale o meu pai? Quanto eu valho? Quanto minha vida importa para alguém além de mim? O que posso oferecer ao Diabo? Eu tive um irmão. Penso na Legião, no rosto pálido do Pastor, frio e repleto de ódio. Penso nos dedos mortos segurando firme um galho desprotegido. Penso no sol nascendo sobre Dunbarrow, um nascer do sol cor-de-rosa, como um incêndio. Penso na névoa, nos arbustos e na porta verde-claro na pedra. O que será que existe atrás dela? *Não me reconhece?* Agora eu reconheço. Tento pensar em Elza e só consigo traçar um esboço apagado dela, uma massa de cabelo e olhos borrados, e o que o Diabo... você não pode me pedir para fazer uma escolha dessas. Quem merece o quê? É demais. Meu pai devia ir para a escuridão. Penso no dinheiro dele, nos sonhos de carros e casas voltando com tanta força que é como se um soco acertasse meu peito. Ele fez a escolha dele. Não pode me fazer pagar por ele. Só que quem sou eu para julgar? Ele merece ir para o inferno ou para onde quer que o Diabo o leve.

A não ser...

A não ser pelo fato de que ele é o meu pai.

Tenho que libertá-lo.

— Ele está livre — digo ao Diabo.

Ele ergue suas sobrancelhas.

— E aqui estava eu, pensando que conhecia você melhor do que isso, Luke. Por que quer salvar o seu pai? O que ele fez para merecer isso?

— Porque... ele é meu pai. Não posso mandá-lo embora com você. — Puxo o sigilo do meu dedo e o arremesso na neblina. Pego o *Livro dos Oito* no bolso do meu casaco e o jogo também, o pequeno objeto verde desaparecendo no mar cinzento. Encaro o Diabo. — Eu nunca quis nada disso. Não quero me vingar do meu pai, se é o que estava pensando. Não importa o que ele fez. O Pastor queria se vingar, e olhe só onde isso o levou. Tenho que libertá-lo. Não quero dinheiro, não quero poder. Não quero ser um necromante. Quero que deixe nós dois irmos embora.

Meu pai está chorando em silêncio.

— *Tenho que libertá-lo...* — diz o Diabo bem devagar, como se estivesse experimentando as palavras. — O que fez para merecer isso, Horatio, não sei dizer.

— Filho...

Meu pai avança, a barreira entre nós agora removida, e me abraça. Ele está frio e cheira a terra. Aguento por um momento e depois o empurro para longe.

— Eu o libertei — digo. — Mas não o perdoo. Talvez nunca perdoe. Se ficar livre, não quero saber para onde vai, só não se aproxime de mim e da minha mãe nunca mais.

— É claro — diz ele, olhando para a areia. — Sei que errei com vocês dois. Espero que com o tempo me entenda melhor e perdoe...

— Não ouse dizer essa palavra para mim — retruco.

— Tem mesmo certeza? — pergunta o Diabo. — Aperte minha mão, e nosso acordo estará selado. Não haverá como voltar atrás.

— Não posso entregá-lo a você.

— Muito bem. Você me deve agora, Luke Manchett. Eu voltarei — diz o Diabo. — Um dia, em breve, voltarei para o seu lado e esperarei uma compensação. Remuneração para fazer a liberdade dele valer meu tempo. Não ache que eu me esquecerei, porque nunca esqueço.

— Fechado — digo.

— Você tem até lá, então — diz o Diabo.

— Luke, obrigado, muito obrigado, filho...

— Não fale comigo — digo ao meu pai, e ele olha para o outro lado.

O Diabo estica sua mão sem linhas na palma. Meu pai parece estar engasgando uma segunda vez, como se não pudesse acreditar na própria sorte. Também não consigo acreditar que ele está escapando dessa... Mas foi o que escolhi. Acabei em uma encruzilhada e este é meu caminho. Estico a mão e aperto a mão do Diabo.

— Lembre-se de que você me deve, Luke — diz o Diabo apertando a minha mão.

Por um momento nada acontece, e então sinto uma dor, como se fogo ardesse em minha palma. Trinco os dentes e bato os pés na areia para não gritar.

Você precisa se lembrar para sempre, sua voz sussurra novamente, e agora a forma do homem, sr. Berkley, está explodindo, e a praia se vai, meu pai se vai, e eu estou segurando algo que parece uma pata, a mão com garras abrasadoras. Ouço música girando, um violino tocando cada vez mais rápido, e vejo gado sendo lavado com gasolina debaixo de um céu pesado, com corvos e rostos estourados sob botas pretas, e cobras estão rastejando para fora de piscinas profundas, e essas piscinas são de alguma forma olhos, sim, olhos brancos sem pálpebras, olhando fixamente, e eu vejo a forma de uma besta ondulando como fumaça e, pela primeira vez, entendo o significado da palavra *Inferno*.

Eu voltarei.

Abro os olhos.

Há algo pegajoso e quente no meu rosto, peludo, próximo e fora de foco, e ele resmunga quando tento segurá-lo e empurrá-lo para longe de mim. Dou uma tossida, engasgado. O rosto de Presunto permanece acima do meu; meu campo de visão preenchido por seus olhos loucos e seu focinho gigantesco. Ele me lambe outra vez. O céu acima dele está com uma cor incrível, violeta e cor-de-rosa, com nuvens que parecem gotas de ouro fundido.

— Cadê a Elza? — pergunto ao cão. — Cadê minha mãe?

Ele bate com o focinho no meu rosto. Devagar e com cuidado, eu me sento. Um dos meus braços está dormente, mas, tirando isso, estou bem. Suspendo meu casaco e minha camisa, tentando encontrar a ferida da facada, mas não há nada lá. O Diabo parece ter sido sincero no que me disse. Eu não morri hoje. Estou deitado no meio das Pegadas do Diabo, com meus pés apontados para a pedra mais alta. Minhas pernas e minhas costas estão cobertas de lama. Há sangue seco na minha camisa e na minha calça. O círculo mágico que Elza desenhou ainda está aqui, um rabisco amarelo tremido já lavado em alguns pontos. Posso ver teias de aranha recém-tecidas nos entalhes em forma de casco na pedra alta, todos os fios brilhando por causa do orvalho.

Minha mãe está encolhida perto da pedra mais plana, coberta de lama seca. Parece dormir, o que não representa nenhuma melhora em relação aos últimos quinze dias. A mão dela ainda está segurando a faca. Por um momento, fico com medo inclusive de tocá-la, com medo de que ela esteja fria como a pedra onde repousa, mas a mão segurando o cabo da faca está quente e macia, e é possível perceber uma leve pulsação. Levanto-me respirando fundo e então jogo a faca o mais longe possível no mato.

— Sério, cadê a Elza? — pergunto a Presunto novamente. — Você se escondeu em um buraco esse tempo todo? O que aconteceu com ela?

Presunto resmunga e depois se vira, andando para longe da minha mãe e das Pegadas. Pego meu casaco e cubro minha mãe, não que isso vá ajudar muito, e o sigo. Não quero deixá-la, mas tenho que encontrar Elza. Tento me concentrar nas nuvens douradas, elas têm uma cor esperançosa, penso. Presunto parece estar me levando a algum lugar, e tento não pensar que posso encontrar um corpo embaixo de uma árvore, esmagado e vazio como um pássaro que caiu do ninho. Sigo Presunto por entre samambaias alaranjadas e sobre uma colina pedregosa, passando por uma bétula apodrecida e entrando na trilha lamacenta sulcada que escalamos ontem à noite na chuva. Sigo-o além da trilha, virando em uma curva, e vejo o carro amarelo da minha mãe estacionado embaixo de uma árvore. Imagino que o demônio tenha feito minha mãe dirigir até aqui. Presunto corre para cima do carro e começa a latir.

A porta do lado do passageiro se abre e Elza sai, sorrindo. Presunto pula em volta dela. Dou um abraço apertado nela.

— Pensei que você não tinha sobrevivido — digo a ela.

— Pensei o mesmo — diz Elza.

Ela parece acabada. O cabelo perdeu sua forma, seja lá qual forma tivesse de início, e a parte de trás está amassada e achatada, com o restante dele explodindo selvagem em todas as direções. Há folhas alaranjadas presas no alto de sua cabeça. Suas pernas e seu casaco estão cobertos por lama seca cor de chocolate, e as mãos e as mangas estão cobertas pela tinta amarela que usou para pintar o círculo mágico. Seu olhar está turvo e desfocado, e noto que ela deve ter acabado de acordar.

— O que aconteceu com você? — pergunta ela.

— Você primeiro. Nem sei por onde começar a explicar o que aconteceu comigo.

— Encontrou com ele?

— Quem? O Diabo?

— Sim, obviamente estou falando do Diabo. Como ele... essa criatura é?

— Bem, ele não era vermelho nem tinha chifres. Nada de rabo pontudo. Ele era o advogado do meu pai.

— Ele era *quem*?

— O advogado do meu pai. O sr. Berkley.

— O advogado do seu pai era o Diabo... — diz Elza, balançando a cabeça. — Você acreditaria em mim se eu dissesse que, a esta altura, nem fico mais surpresa? Vai ter que me contar mais sobre isso, mas... acabou? Você está livre?

— Sim — digo.

Olho para o céu, que está clareando para um azul delicado. Vou contar a ela o que aconteceu de verdade, tenho certeza de que sim, mas não agora. Não quero falar sobre o meu pai, sobre o Inocente ou sobre o acordo que fiz com o sr. Berkley, não sob um céu azul assim.

— A Legião se foi — conto a ela.

— Não acredito! — diz Elza. — Isso é incrível, nós conseguimos.

— O que aconteceu com você? Da última vez que eu a vi, o Prisioneiro...

— Ah, meu Deus, o Presunto comeu ele — diz Elza.

— Ele fez o quê?

— Eu estava fugindo, Luke. Não fazia ideia de para onde ir. Não tinha como ajudar você ou saber o que estava acontecendo. Caí e quebrei a lanterna nos primeiros cinco minutos, depois fiquei sozinha na chuva e no escuro. Podia ouvir o Presunto em algum lugar, mas não sabia exatamente onde, e acho que estava correndo na direção errada, voltando para as Pegadas, quando eles me pegaram. O Prisioneiro veio assoviando para fora das árvores e me segurou de alguma forma. Ele estava me cortando com aquelas tesouras dele, cortando algo fora de mim. Talvez vida, esperança ou algo parecido? Não sei como explicar. Eu estava desvanecendo, como se tudo estivesse muito longe, e eu estivesse pronta para partir, e a última coisa que eu teria visto seria aquele rosto horrível de maçã murcha dele. E justo quando eu... O Presunto comeu ele! O Presunto apareceu saindo da escuridão e comeu o Prisioneiro.

— Estou tendo dificuldades de imaginar essa cena.

— Eu também! E olha que vi acontecer. Ele veio e enfiou as mandíbulas no fantasma, e o fantasma ficou gritando e tentando acertar o Presunto com as tesouras, mas elas estavam passando direto por ele e ele não soltava, e o fantasma foi ficando menor e mais fino, menor e mais fino, como fumaça sendo sugada de volta por uma chaminé. E o Prisioneiro desapareceu.

— Você viu o Juiz? O de cabeça raspada?

— Ele estava lá, mas não fez nada. Só assistiu e, depois, quando o Presunto me salvou, desapareceu. E então começou a sair neblina das Pegadas e não vi nenhum fantasma mais depois disso. Por que a pergunta?

— Por nada. Bom garoto — digo a Presunto, que está esperando do nosso lado. — Desculpe por ter chamado você de covarde. Cachorro esperto.

— Suponho que aconteceu como o *Livro dos Oito* disse — observa Elza. — Fantasmas podem ser destruídos no corpo de um animal familiar. Só nunca imaginei que Presunto contaria como um.

— Então ele poderia ter comido o Pastor esse tempo todo? Como assim?

— Talvez só depois que você o possuiu? Não sei nada sobre familiares, para ser sincera.

— Eu procuraria no Livro — digo —, mas me livrei dele.

— Sério? — pergunta Elza.

— Eu o devolvi. Ele se foi.

— Bem, isso é ótimo — diz ela, sorrindo. — Realmente muito bom. Eu não gostava daquela coisa. Mas, sim, seu cachorro me salvou.

— Bem — digo a Presunto —, pelo menos da próxima vez a gente já sabe disso.

Elza ri.

— Mas, enfim, voltei para as Pegadas — diz Elza. — E elas basicamente tinham sumido. Havia névoa por toda parte, a névoa mais branca e espessa que pode imaginar, e ela estava transbordando das Pegadas de alguma forma, vindo do centro. Nunca vi nada parecido. Os fantasmas se foram e eu não conseguia ver você também. E eu me... perdi, imagino, na névoa. Quer dizer, encontrei esse carro e entrei, mas havia algo de errado com o tempo. Ele estava passando de um jeito estranho, porque parecia que uma noite inteira tinha desaparecido enquanto eu estava sentada lá. Eu podia ver as estrelas mesmo através da neblina, mas elas estavam se movendo mais rápido do que jamais vi acontecer. Era como um sonho. E então acho que realmente caí no sono, e o Presunto apareceu lá latindo e eu acordei.

Olho para Elza, para o seu cabelo preto bagunçado e para as linhas douradas que o amanhecer está pintando no seu rosto. Nós conseguimos. Ainda estamos vivos. Os fantasmas se foram e ainda estamos aqui, juntos em uma floresta iluminada pelo sol. Ela parou de falar e olha para mim com uma expressão atenta.

Nunca vai haver momento melhor do que este. Inclino-me para a frente e para baixo, e sua boca encontra a minha. Seus lábios são quentes e macios, e eu a pressiono contra a lateral do carro, passando uma das mãos por sua nuca. Elza me puxa mais para perto, roçando as unhas pelo meu couro cabeludo, sua língua...

Presunto pula e quase me derruba no chão. Cambaleio para longe de Elza, que ri enquanto Presunto continua a dar pulinhos e a bater com a pata em mim.

— Acho que ele está com ciúmes — diz Elza. Presunto corre alguns metros de volta para a estrada; então, olha para trás e fica ganindo.

— Ele quer que a gente o siga — digo.

— Cadê a sua mãe? — pergunta Elza.

— O demônio estava usando o corpo dela... Bem, isso não importa agora. Ela estava dormindo perto de mim, no círculo de pedra. Parecia bem.

— Isso é ótimo, só nós dois — diz Elza. — Mas acho que devíamos ir lá ver se ela acordou.

Elza tira uma folha do cabelo enquanto fala e sorri para mim. Olho de novo para seu rosto na luz do amanhecer, a folha alaranjada delicada em sua mão, a curva perfeita de suas sobrancelhas e o arranjo magistral das sardas em suas bochechas, e penso comigo mesmo que às vezes vale a pena mergulhar na escuridão, vale a pena se apegar à vida mesmo quando um rio gelado tenta nos arrastar para longe, porque existem momentos como este esperando do outro lado.

Voltamos pela trilha até as Pegadas do Diabo, nós três cansados e imundos. Quando chegarmos em casa, vou jantar duas vezes seguidas e depois dormir por uma semana. Presunto vai na frente, mantendo o rabo desgrenhado erguido como uma bandeira. As cores exuberantes da madrugada estão enfraquecendo; o sol agora sobe por trás das colinas cobertas de florezinhas que se expandem para além da floresta. Os ramos mais altos dos carvalhos são contornados por um ouro abrasador. Os pombos voam das samambaias, gritando enquanto Presunto corre atrás deles, fazendo Elza e eu tomarmos um susto.

— O que eles estão fazendo aqui embaixo? — pergunta ela. — Será que não podem dormir em árvores como pássaros normais?

— Devem estar comendo minhocas ou algo assim.

— Bem, isso é falta de consideração. Pensei que meu coração fosse parar. Ainda estou no meu limite.

— A Legião se foi, Elza. E não vai voltar.

— Eu sei. Só estou elétrica. Quero dar uns socos em um saco de pancada.

— Ainda vou ver você de novo, agora que tudo isso acabou? — pergunto.

— Como assim?

— Ainda vamos...

— Ouvi o que você disse. — Elza me olha com seus olhos verdes, divertindo-se. — É que não consegui acreditar que você pensou que simplesmente voltaríamos à época em que você chutava bolas de futebol para mim do outro lado do pátio da escola. É claro que vamos continuar nos vendo.

— Ótimo. Não sei se tenho algum outro amigo.

— Uau, isso é muito lisonjeiro. Saber que sou a sua única opção.

— Não quis dizer isso...

— Eu sei — interrompe Elza com um de seus sorrisos irritantes. — Você cai na pilha muito fácil. Mas enfim, é ela ali, não é? Na pedra.

— Sim, é ela ali — digo.

Enquanto atravessamos a clareira, Elza me dá a mão.

Minha mãe está sentada na pedra mais plana das Pegadas, aquela onde me esfaqueou. Rosto pálido, cabelo cor de bronze, meu casaco em volta do corpo. Presunto já está com ela, pressionando a cabeça em seu peito para que ela possa afagar os ombros e o pescoço dele. Ela observa distraidamente os galhos de árvores dourados pelo sol e só olha para baixo quando entramos no círculo de pedras.

— Luke — diz ela.

— Mãe.

Eu me ajoelho e a abraço; Presunto cutucando e mordiscando nós dois. Afasto-me e vejo que ela está chorando um pouquinho.

— O que aconteceu? — pergunta ela. — Onde estamos?

— Estamos nas Pegadas do Diabo. Fica perto da escola. Você esteve doente.

Minha mãe assente e olha para as árvores. Realmente não sei o que mais dizer a ela. Como vou explicar tudo o que aconteceu? Como posso dizer que senti sua falta? Que durante dias pensei que ela também fosse morrer? Que ela me matou? Que eu conheci seu outro filho? Não sei como contar nada disso. Não sei se jamais direi. Contento-me com uma apresentação.

— Esta aqui é a Elza Moss, mãe. Uma amiga minha.

— Sra. Manchett — diz Elza, esticando a mão.

Minha mãe a cumprimenta, olhando para a tinta seca nas mangas e nas mãos de Elza com óbvia curiosidade. Presunto está do outro lado da cavidade, revirando um arbusto. O vento ondula a superfície brilhante da poça mais próxima. Elza se aproxima de mim, e sinto sua perna se apoiando na minha.

— Por que estamos todos aqui? — pergunta minha mãe. Ela está levando isso de um jeito bem melhor do que eu levaria. Está com a expressão confusa de alguém que acha que talvez ainda não tenha acordado direito. — Tenho tido cada sonho estranho. Sonhei que era... enterrada. Que estava debaixo da terra, pensei que não conseguiria sair... E depois ouvi a sua voz e a voz do seu pai...

— Precisamos falar sobre isso — digo com calma. — Quando soube o que tinha acontecido, você reagiu mal. Não ficou bem. E ontem à noite você tentou fugir...

— O que aconteceu, querido? — pergunta minha mãe. — O que foi? O que eu fiz?

Respiro fundo. Não gosto de mentir para ela assim, mas não vejo outra solução. Pelo menos posso contar parte da verdade, contar algo que devia ter dito na semana passada.

— Mãe, o papai morreu. Ele se foi.

— Ah, Luke.

Ela começa a chorar, e eu me pego chorando também. Quando a abraço, fico surpreso de sentir Elza nos abraçando também. Ficamos sentados assim por um bom tempo, três corpos quentes e três pedras silenciosas.

13

A última coisa que acontece não é aquele momento no círculo de pedra, não é a volta para casa ou a refeição colossal que eu como, depois da qual eu realmente durmo um dia inteiro. A última coisa que acontece não são as visitas da minha mãe ao hospital, nem o depoimento que preciso prestar à polícia sobre o "vandalismo grotesco" do qual fomos vítimas, um evento que consegui conectar à queixa anterior que fiz quando o Vassalo e o Juiz apareceram pela primeira vez na nossa cozinha. A última coisa que acontece não sou eu sendo expulso do time de rúgbi por ter faltado quase duas semanas de treino (algo que mereço, embora esteja claro que isso foi coisa do Mark). A última coisa que acontece não é o raios X de emergência do Presunto e a cirurgia subsequente por conta de um problema no estômago, durante a qual o veterinário remove lá de dentro uma tesoura enferrujada e uma pedra densa, que, quando vista de certo ângulo, lembra um rosto enrugado familiar.

A última coisa que acontece se dá três semanas depois, quando desço para tomar café da manhã após um banho. Tenho conseguido dormir melhor do que esperava: sem pesadelos, ou não exatamente pesadelos. Meus sonhos são céus noturnos frios cheios de estrelas e sigilos.

Enfim, desço e vejo que minha mãe já está acordada, sentada à mesa da cozinha usando seu poncho matinal. Seu cabelo está amarrado para trás, e ela está observando uma pequena urna escura situada bem no meio da mesa. Sento na frente dela. Não pergunto o que tem dentro. Não preciso. Redemoinhos de vapor sobem de sua caneca de chá verde.

— Entregaram hoje de manhã — diz minha mãe.

— Então ele...

— Disseram que ele não queria um funeral. Deixou instruções solicitando uma cremação privada e que nós recebêssemos as cinzas. Não entendo... — Minha mãe balança a cabeça. — Mas era o que ele queria. Podemos nos lembrar dele, só você e eu.

— Certo — digo.

Penso no corpo do meu pai, queimado e compactado até caber em algo do tamanho de um frasco térmico, mesmo enquanto seu espírito se expande, indo para um lugar que ainda mal posso imaginar.

— Sinto muito — diz minha mãe. — Queria tanto que você pudesse vê-lo novamente, quando os dois estivessem prontos. Mas isso é tudo que temos.

Noto que ela espera que eu chore.

— Tudo bem — digo.

— Sinto muito — diz ela mais uma vez. — As coisas não saíram exatamente do jeito que eu queria, pelo visto. Você pensa que está indo por um caminho e acaba parando em outro lugar.

— Mãe, vamos ficar bem, de verdade.

— Eu sei — diz ela, fungando. — Senti tanta saudade dele. Não tenho sido... eu mesma, faz anos já. Fiquei na minha, esperando ele voltar. E agora... bem... — Ela gesticula na direção da urna. — Vou interpretar isso como um sinal — prossegue minha mãe. — As coisas precisam mudar. Parei minha vida e senti pena de mim mesma por tempo demais.

— Não tem nada de errado em se sentir triste — digo.

— Sim, claro que sim, querido. E pode se sentir do jeito que quiser. Mas eu só queria dizer... que amo você e que sei que as coisas não têm sido muito boas. Me disseram que seu pai deixou todo o dinheiro para a caridade. Foi muito gentil da parte dele, mas isso nos deixa em uma situação engraçada. Vou ter que começar a procurar emprego de novo. Vou fazer uma mudança de rumos.

— Acho uma ótima notícia.

— Bem — diz ela, olhando para a urna. — É estranho, querido. Sinto quase como se estivesse... livre. Como se tivesse tirado um peso de mim. Como ele não pode voltar para a gente, agora posso seguir em frente.

Presunto se alonga ao sol da manhã que atravessa a janela. Seus pontos parecem estar cicatrizando bem.

— Onde quer espalhar as cinzas? — pergunto.

— No oceano, talvez? — sugere ela. — Nas praias perto do velho castelo. Ele nunca foi lá, mas acho que teria gostado.

Faço que sim. Estou quase pegando meu uniforme da escola quando ela diz mais uma coisa.

— O advogado do seu pai também deixou uma coisa para você.

— O advogado do papai?

Meu estômago revira.

— Sim. Foi ele quem entregou a urna. Você não esbarrou com ele por pouco. Um homem realmente muito bonito. — Minha mãe ri. — Queria me dar os pêsames pessoalmente. E trouxe uma coisa para você também, Luke. Algo do seu pai. Deixei lá no seu quarto.

— Uau — digo. — É melhor eu subir e ver o que é.

Subo a escada lentamente, me sentindo enjoado, lembrando o que vi quando apertei a mão de Berkley. Ele, aquela coisa, esteve na minha casa dez minutos atrás... De alguma forma, eu tinha começado a desejar que o Diabo fosse apenas uma fantasia, uma invenção. Eis um lembrete fresquinho de que minha dívida é bem real.

O pacote está em cima da minha cama, com LUKE escrito em letras elegantes. Rasgo a embalagem. Dentro dela, como já imaginava, eu encontro um pequeno livro verde preso com fechos de metal e um anel antigo com uma pedra preta octogonal. Coloco o *Livro dos Oito* e o sigilo do meu pai em cima do edredom. Há um recado junto, escrito com tinta em um cartão quadrado.

Meu rapaz,

Juntei algumas coisinhas do seu pai. Elas são muito preciosas, e seria uma pena se você as perdesse. Mantenha-as por perto.

Adorei conhecê-lo mês passado. Mal posso esperar até nossos caminhos se cruzarem novamente.

Seu amigo,
Sr. Berkley

Quando leio a última linha, o papel começa a escurecer e envelhecer. Em questão de segundos, tudo que resta são alguns flocos do que parecem ser cinzas flutuando no ar parado do meu quarto.

À tarde, entro no galpão do jardim, esvazio uma caixa de ferramentas e depois coloco o Livro e o estojo com os anéis do meu pai dentro dela. Deixo-a à prova de água passando uma sacola plástica e fita adesiva em volta dela, pego uma pá e vou para os campos além do nosso jardim. Se Berkley insiste em que eu fique com eles, então ficarei. Só não quero essas coisas no meu quarto.

Escolho a região ao norte, mais distante da nossa casa, e começo a cavar. O solo está frio e duro, e, embora eu esteja cavando apenas um buraco pequeno, quando termino o sol já está se pondo. Baixo a caixa de ferramentas envolta em plástico para dentro da terra.

Não estou enterrando o corpo do meu pai, e seu fantasma se foi faz tempo, mas o que estou cobrindo de terra — o Livro e seu sigilo — representam o que ele realmente era. Era isso que ele mais amava, mais do que a mim, minha mãe e meu irmão que não chegou a nascer. Com cada pá cheia de terra preta, estou erguendo um muro entre mim e ele. Quero que isso tudo fique para trás. Quando termino de enterrar a caixa, ajeito o solo e marco o lugar com uma placa de pedra do muro do nosso jardim.

Às vezes não sei por que libertei meu pai. Não é como se eu pudesse dizer que ele merecia. O que ele fez comigo e com minha mãe foi só o começo. Ahlgren, todas as outras pessoas que deve ter matado... Talvez meu pai devesse ter ido para o inferno. Talvez o Diabo tivesse razão. No fim, acho que o salvei para mostrar a ele que ele estava errado. Errado em me deixar, errado em não encarar quem realmente era, errado por abandonar a única pessoa que ainda não era capaz de abrir mão dele, mesmo depois de saber a verdade. Onde quer que esteja, espero que meu pai tenha tempo de pensar nisso.

O céu está enrubescendo com um vermelho profundo, e as árvores na face mais distante do campo esticam suas sombras na minha direção. Há um pássaro, dois, um bando de corvos: oito deles piando barulhentos lá no alto, seguindo para os pântanos além do nosso vale. O vento suave parece o som do meu próprio sangue, fluindo. Observo os pássaros até eles sumirem do meu campo de visão. Então me viro e caminho de volta para casa.

Agradecimentos

Não é pouca coisa desenvolver um romance inteiro a partir da semente inicial de uma ideia, e eu certamente não teria chegado tão longe sem ajuda. Em primeiro lugar, gostaria de agradecer à minha agente, Jenny Savill, que acreditou na história. Se não fosse ela, Luke e companhia teriam se tornado a população abandonada de um documento do Word há muito esquecido. Também gostaria de agradecer a meus editores, Jessica Clarke, Kate Fletcher e Kristina Knoechel, que trabalharam incansavelmente para deixar a história da melhor forma que ela poderia ter.

Gostaria de agradecer a todos os que leram e comentaram as versões anteriores deste romance, incluindo Emily Burt, Tristan Dobson, Victoria Dovey, Sammi Gale, Lewis Garvey, Alex McAdam, Danny Michaux, Oliver Pearson, Jenn Perry, Eleanor Reynard e Daniel Winlow.

Por fim, gostaria de agradecer à minha família por seu apoio e sua gentileza inabaláveis nos últimos cinco anos.

Impressão e Acabamento:
GRÁFICA STAMPPA LTDA.